心中有束温暖的光

『80后』追踪纪实

刘春荣◎著

文化发展出版社
·北京·

图书在版编目（CIP）数据

心中有束温暖的光 ：“80 后”追踪纪实 / 刘春荣著 . 北京 ：文化发展出版社，2024. 8. -- ISBN 978-7-5142-4424-3

Ⅰ. I25

中国国家版本馆 CIP 数据核字第 2024MD7279 号

心中有束温暖的光：“80 后”追踪纪实

作　　者　刘春荣

责任编辑：袁兆英　　　　责任校对：侯　娜
责任印刷：杨　骏　　　　封面设计：程　跃
出版发行：文化发展出版社（北京市翠微路 2 号　邮编：100036）
网　　址：www.wenhuafazhan.com
经　　销：全国新华书店
印　　刷：廊坊市海翔印刷有限公司

开　　本：787mm × 1092mm　1/16
字　　数：300 千字
印　　张：20.5
版　　次：2024 年 8 月第 1 版
印　　次：2024 年 8 月第 1 次印刷

定　　价：78.00 元
I S B N：978-7-5142-4424-3

◆ 如有印装质量问题，请电话联系：15313926907

前　言

接到这个选题的时候，我的内心是惶恐的，我知道这个选题太过宏阔，“80 后”这个群体也是十分庞大，我担心以我的资历，难以完成这个宏大的项目，难以写出来“80 后”这代人所经历的辛苦以及他们所肩负的重任。感谢中国报告文学学会给予了我支持，同时也指明了创作方向：“落实习近平总书记提出的书写新时代中国故事指示精神，讴歌时代，讴歌人民，弘扬社会正能量，宣介全国各行各业各条战线“80 后”中青年先进模范及励志人物，创作反映年轻一代精神风貌的作品。”这席话拨开云雾，让我的心豁然开朗，于是，我决心倾毕生所学努力写好这部作品，不辜负师长、各级领导及亲朋好友对我的殷切希望。

在写这本书之前，我一直以为“80 后”还很年轻，他们赶上了好时候，很多人应该还是在父母面前撒娇，过着丰衣足食、无忧无虑的生活。我真正沉下心去采访，一点一点走进他们内心之后才发现：他们也已经步入中年，承担着家庭、社会、工作等多重压力，为孩子撑起一方天地，被父母当作主心骨，为社会承担了更多的责任，他们已经是单位的中流砥柱，社会的中坚力量！

随着采访的深入，我对他们从开始认为的理想化生活到后来体会了他们的辛苦，内心衷心钦佩。这本书里共有17位主人公，17位我真心喜欢的小伙伴。每一个人性格不同，所在的领域不同，但他们每个人都在奋斗，都在为社会，为家庭，为理想而努力地拼搏，他们在各自的领域取得了让人瞩目的成绩，他们是家庭的骄傲，也是整个社会的骄傲。

肖俭是我的第一个采访对象，这个“85后”小女生留着短发，笑容明媚，小小的身躯仿佛隐藏着巨大的能量，说话干脆利落，做事雷厉风行。她9岁开始帮父母在村里磨豆腐，她随口的一句“人生有三苦：撑船、打铁、磨豆腐”，让我的思绪一下子回到了农村，回到了久远；第二位接受我采访的小伙伴是张鹏老师，他来自农村，更珍惜自己的工作，把更多的精力都奉献给了他所热爱的教育事业，每年，他都从微薄的工资中拿出一部分用为资助班级里的贫困生，董慧等学生都因为他的努力而改变了命运……他的爱人与他在同一所学校任教，两个同样善良有相同追求的人走到一起，帮助了更多的孩子走向更广阔的前程。我采访她的时候，说起来一些贫困生的难，她哭了，她的眼泪，让我相信这个世界有太多的美好，最后她说：“现在都慢慢好起来，一切都会更好。”

最远的地方，我到了甘南迭部县的旺藏镇。旺藏镇地处迭部县中部白龙江两岸的高山峡谷地带，环境优美，交通不便，美丽的藏族姑娘九玛草就生活、工作在这里。作为一个85后藏族女生，她漂亮、善良，踏实、勤奋，又有高学历，是全县唯一的正科级女干部。采访一周，我跟她形影不离，随她走村串户，去每一个村委，再到一户户村民家里。每到一个村口，村民都会主动围过来给她打招呼，我听不懂他们说什么，但他们脸上的笑容，让我感受到这里党群关系的和谐……

让我难忘的是长春之行，沈阳铁路公安局吉林公安处副处长蒋海春同志的奋斗史让人无比感慨。他从一个基层民警成长起来，讲到工作，他的眼里闪烁着光芒；冰天雪地的巡逻，在查获犯罪分子的那一刻，内心感觉温暖；在桃园附近的值班室值夜班，更是连村民的桃园也给看了；在池塘旁边的值班室值班，一早起床，院子里爬满了螃蟹……虽然他一身病疼，身高一米八，只有110斤的体重，但他没有埋怨，没有喊苦。他轻轻松松地讲述他的工作，他的家庭，他的爱人和孩子……爱工作，爱家庭，爱父母，爱孩子，也爱媳妇，这个铁血男儿，坚强的人民警察，给我的印象是温和的、有血有肉、有情有义。这里不得不提的是，河南小伙王龙飞，他文化程度不高，只读到了初中，做过厨师，当过保安，送过外卖，为了生计，去巴基斯坦打工。这个善良的河南小伙，不顾自己还在为生存努力，在伊斯兰堡看到贫民窟的人在生死线上挣扎，他用微薄收入的一部分来资助那些贫民窟的穷人。后来他在伊斯兰堡附近建立了星光村，成为村长，帮助那些食不果腹、衣不蔽体的巴基斯坦人。作为一个中国人，传统的中国文化根深蒂固，他不会英语和乌尔都语，却教会了村民用中文沟通，把中国文化传入每一个村民心中，为中巴友谊做出了积极贡献。民航飞行员高许航，从江西农村走过来的中医中药科学院的中医中药科学家唐仕欢，深圳中医正骨专家黄楚盛，地下空间站指挥长宋启华，规模农业带头人郝丹，青年企业家石艳以及北京市四中房山分校的后勤主任张玉金等小伙伴，都让我感动不已。

作为压轴出场的小伙伴陶留海，他的经历充满传奇，一个技校出身的中专生，从基层电力工人一步步走来，二十多年如一日，白天一线工作，晚上挑灯夜战搞科研，他的发明创造都是为工作而成就，工作中遇到困难，他不等不靠，而是主动出击，选择一条充满艰辛的挑战之路，成长为国家电网公司首席专家。他和他的超特高压带电作业，稳稳地走在国家乃至国际超高压带电作业的最前沿，为国家的电力事业做出了贡献。

在这里特别鸣谢支持与帮助我的各级领导、老师和朋友。

感谢沈阳铁路作家协会副主席杨明老师、沈阳铁路车务段辛野老师，感谢国网河南电力漯河供电公司办公室张利民主任，感谢恩师周立华女士和她的朋友黄梅女士，感谢沈阳铁路宣传部黄华老师，感谢吉林公安处宣传部，感谢山东航空，感谢甘南日报社张大勇总编为本书写后记，感谢凌海市文联王广成主席，感谢家乡郸城县委宣传部，感谢中国电力作家协会，感谢国网河南电力……感谢太多太多的人，感恩每一份遇见，感恩有你们支持。

付梓在即，接受检阅。虽然心有忐忑，但仍然满怀期待，愿我们每一个人都不负韶华，终成心愿；也愿这本书能为每一个正在奋斗的人带来启发。

目　录

白龙江畔，那 38 公里国道线上

白龙江，长江支流嘉陵江的支流，发源于甘肃省甘南藏族自治州碌曲县与四川省若尔盖县交界的郎木寺，历史上是汉族与少数民族融合的重要区域，是汉蜀之间的战略要地，中国工农红军过川入陇的重要通道，流域内历史战争遗迹遍布，有阴平古道、哈达铺红军长征纪念馆、“俄界会议”会址、天险腊子口战役遗址等知名历史遗迹。

白龙江水从源头郎木寺开始缓缓流出，到逐渐水流湍急，再舒缓再奔涌，两岸的树木葱茏，百草丰茂，花团锦簇，羊肥牛壮，有水的地方就是天堂。美丽的旺藏镇就有得天独厚的条件。河道全长 576 公里，流经旺藏镇全域 38 公里。白龙江水从这里一路下行，在四川广元市境内汇入嘉陵江。

这 38 公里的国道线，对于旺藏镇镇长九玛草来说，再熟悉不过了。她几乎每天都要从这里经过一遍。她熟悉这里的一草一木，一山一水，熟悉每一个村庄每一座桥梁，熟悉每一条街道，也熟悉每一处农舍，熟悉每一个村民，从 2021 年到 2023 年，这两年多的时间里，她日常工作大部分时间就是走村串户，从白龙江的这一旁，穿过崎岖的山路，或越过不怎么宽阔的小桥，来来往往，反反复复，走遍旺藏镇的山山水水、村村寨寨，旺藏镇2100户居民，6200名村民，她都认得，也都熟悉。无论走进哪一个村子，迎面而来的村民都会走上来给她打招呼。九玛草笑盈盈地与她见到的每一个人寒暄，“忙着呢，好着呢，干啥去……”平常的话语，平常的问候，却是那么亲切，一如自己的家人。对于村民们来说，这个漂亮、温暖、善良而又亲切的藏族姑娘就是自己家的女孩子，有什么困难有什么要求，甚至有什么苦恼，大家都愿意告诉她，与她诉说困难，也与她分享生活中的快乐。

这个藏族女生以她出色的工作能力，以及她的才华与情怀，是目前迭部县11个乡镇唯一的党政一把手。

翻开她的简历，这个“85后”小女生成长的履历呈现在眼前：2009年毕业于西北师范大学历史学专业的高才生九玛草，考进共青团迭部县委员会工作；2015年到2019年任迭部县劳务工作办公室副主任；2021年至今，任旺藏镇镇长、党委副书记；2011年被评为甘南州优秀团干部；2012年被评为甘肃省希望工程优秀工作者；2018年被评为迭部县优秀共产党员；2019年被评为迭部县脱贫攻坚先进帮扶干部；2020年甘南州首届青年干部职业能力大赛荣获二等奖；2022年荣获迭部县优秀公务员嘉奖；2023年被评为甘南州三八红旗手。

一串串的荣誉背后，是她的劳动与辛苦付出。她一步一个脚印，踏踏实实行走在迭部县域以及旺藏镇的广阔土地上，用言语与实际行动践行诺言，诠释一个共产党员的使命与担当。

一、团县委新来的年轻人

2009 年 7 月，时年 24 岁的九玛草从西北师范大学文史系毕业了。当时，她一门心思想成为一名老师，在准备考教师编制的时候，赶巧迭部县招聘事业单位工作人员。九玛草犹豫之后选择了报考。她以全县前三名的成绩被顺利录取，入职团县委，成为一名年轻的团干部。

到单位入职之后，她负责的工作主要是希望工程和社会助学，负责协调各方面的资源为贫困生助力，帮助他们继续完成学业，成为社会的有用人才。

作为“希望工程捐资助学”项目的具体负责人，九玛草建立了全县所有贫困学生资料库，与爱心人士对接。让她印象深刻的是，这些爱心人士的无私奉献，即便她离开团县委的工作这么多年了，上海的杨树林爱心团队也让她难以忘怀。

他们的资助，帮助了不少困难家庭的孩子，让他们完成了学业。在与这些孩子接触过程中，刚刚步入工作岗位、收入不高的九玛草，也义不容辞地加入助学帮学的大军中。在她走访的无数个村民家中，尼傲乡一户村民的窘迫状况进入了她的视野。这户村民住在山上，家里有 3 个孩子，父亲生病，常年卧床，母亲一个人种地养牛羊还要到处打零工，做各种工作挣钱，供养 3 个孩子读书。为了让孩子接受更好的教育，这位辛苦的母亲让 3 个孩子在县上租房子住。孩子们离开父母，自己在狭小的出租房子里生活，他们自己做饭洗衣，大的小的互相照顾，艰难地进行着求学之路。

听到孩子的母亲这么说，九玛草心急如焚，她不知道这3个8—13岁的孩子该如何生活，能不能吃得饱穿得暖。九玛草匆忙返回县城，根据孩子母亲给的地址，找到了这3个孩子租住的“家”。来到地方一看，九玛草惊呆了，3个孩子已经放学回来了，居住的几平方米的小房子里，只有一张床，床上凌乱地堆放着孩子们的衣物，门口的一口锅里有一锅生冷的米饭，孩子们衣着邋遢，正每人拿个碗吃着冷的白米饭。看到这一幕，九玛草落泪了，她赶忙夺下孩子们的饭碗，说：“先别吃，等我一会儿。”

她飞奔出去，买了菜与肉回来，给孩子们做了一顿热腾腾的饭菜。孩子们吃得开心，九玛草的心情却越发沉重，她默默地离开了。

第二天，九玛草早早等在这里，自己花钱买了书包、文具以及一些日用品并把他们送到了3个孩子的“家”里。这些帮助，对于这3个孩子来说，就是杯水车薪。为了更好地解决他们的实际困难，九玛草到处奔跑，联系爱心人士，并成功与深圳一位陈姓女士对接。这位爱心女士，从2010年开始，一直到2015年，每年最低资助每个孩子2000元。3个孩子每年最低6000元的资助，解决了孩子们的困难，让孩子们更好地投入学习中去。后来，这3个孩子都顺利完成了学业，其中一个孩子成为一名森林消防员，另外两个孩子也都有了工作，3个孩子都成了对社会有用的人，他们的家庭也摆脱了贫困，走上了共同富裕的道路。

这样的例子数不胜数。奔走呼号，并身体力行参与到助学工作中去之后，九玛草的内心深处埋下了爱的种子。当她为孩子们做成一些事的时候，当她看到她被认可被需要的时候，她内心的充实感与快乐感油然而生。

2012 年，九玛草被评为甘肃省希望工程优秀工作者。这是认可、是荣誉，更是鞭策。从此，这个外表柔弱的小女生已经变得坚毅和刚强。

2013 年，九玛草参加了全县副科级后备干部考试，以笔试第一名的成绩被组织选派到旺藏镇挂职村党支部副书记。

至此，这个年轻的女孩已经逐步成长为一个做事干练、满腔热血的政府基层干部。

二、到基层去，到人民需要的地方去

2015 年，九玛草结束了 4 年的村支部副书记挂职工作，被调到迭部县人社局，任劳务办副主任，主要负责劳务输转，全县学生招录工作等。

这个时候，她有了时间读书、学习、写作。作为一个有文学情怀的年轻干部，她把自己的文学才华发挥得淋漓尽致。“第一届最美迭部人”的评选开始了，九玛草作为工作人员之一，负责全县参选人员的资料整理与事迹挖掘。获得全国道德模范提名的“妹妹”“赛智”等的资料与文稿就是九玛草整理出来的。在全县的表彰大会上，九玛草一人包揽了颁奖主持词、颁奖词等文字稿件。她的文风典雅大气又热情澎湃，让很多人刮目相看。

九玛草工作能力强，加上一次又一次的活动，不仅是文字功底出色，组织才能也出众，因此，2018年，她被评选为迭部县优秀共产党员。

2019年，她被调进迭部县融媒体中心工作，负责县融媒体全面工作。2年以后，她所在的单位被评为全省的先进党组织。

回忆过往，九玛草说："作为在大学入党的一名老党员，我时刻不忘入党誓词，努力做好本职工作，把自己的一切交给党，不忘初心砥砺前行。"

想起革命前辈，九玛草更是坚定自己的信念。她的家族是一个有着优秀革命传统的家族。她的曾外祖父杨告告是中华人民共和国成立后迭部县第一届副县长，曾组织尼傲村群众协助红军穿过迭部县。

说起这位曾外祖父，九玛草眼里闪烁着崇拜敬仰的光芒。

中华人民共和国成立初期，杨告告参加了革命工作，作为爱国、统战人士被选为迭部县建县后第一任副县长，投身于中华人民共和国、新迭部县的统战工作。

这样的一位老革命，深受后辈子孙的爱戴。1966年，71岁的杨告告在家中去世。他的家人秉承老人的家风，过着低调而普通的生活。

杨告告没有为家人谋私利，他的后代子孙没有人利用他的声望谋取任何福利。九玛草的父母都是普通的工薪阶层，在乡供销社工作，拿着微薄的薪水，养育九玛草和妹妹长大。

到了九玛草这一代，这个坚定、坚强的女孩，用能力证明自己，用手中的笔耕耘梦想，抱定为一方父老乡亲造福的理念，一步一步，从考取公务员开始，在辛勤奉献中凭工作业绩脱颖而出。

2021 年 6 月初，九玛草如愿以偿来到基层工作，被任命为旺藏镇镇长、党委副书记。

这条贯穿旺藏镇 38 公里长的国道线，成了九玛草每日必经之地。沿这条国道巡江，是她日常工作之一。所谓巡江，就是旺藏镇的领导干部分别包一个江段，在这个地段察看环境卫生以及有无安全隐患等。九玛草查看完责任江线，就开始走村串户的行动，每一个村寨，每一户农家，有几口人，做什么营生，家里有什么困难，九玛草几乎了如指掌。

车子越过白龙江畔的国道，穿过高低不平的山路，驶进江畔低洼处，再驶过一座刚刚能通过车子的小桥，往上翻越，上面是盘旋的山路，下面看是低声咆哮的白龙江水，陌生人走过这里，忍不住头晕目眩胆战心惊，作为日常工作的必经之路，九玛草却早已习以为常。

车子开到江对岸的格益那村，九玛草下车远眺，边走边到一处民舍边近处仔细观察，她今天是特地来看看村中一户村民的房屋维修工作进行得怎么样了。

格益那村是搬迁村，村子是政府资助整体从山上搬迁过来的。

前天，该村的一户村民打电话来，他家的房子院墙出现了裂痕，亟须维修，但家里经济困难，只好求告镇长。

九玛草看到，眼前的院墙裂痕明显，随时都有可能倒塌，安全隐患不容忽视。九玛草当即打电话让某个工程队负责人尽快安排人过来，该负责人的回答却颇有点为难：“九镇长，我们手头工具和人员都不凑手。”

九玛草说：“人员你尽快组织，需要什么工具你告诉我，我来解决。”

该负责人说：“需要一台挖机，裂痕下凹部分需要重新充填地基。”

九玛草说：“你带领施工人员尽快赶到施工，挖机我来想办法。”

放下电话，九玛草把电话打给一个个同学。很快，挖机找到了。

该施工队负责人再也无理由拒绝，人马机械赶到格益那村，施工开始。

九玛草再次赶到这里监督施工进度，顺便深入走访村民们，看看还有没有别的需求。

现场热火朝天，挖机轰鸣。

忽然，一位50岁左右的妇女闯到施工队前面，要求施工队停工。她情绪激动，大声嚷嚷，指责施工队挖机太大，会影响她家房子墙体安全。九玛草走过去，握住她的手，轻轻安抚，告诉她挖机工作不会影响她家墙体，地下都是坚硬的石头，不会对她家造成任何影响。

大嫂稍微安静了两分钟，随之再次大吵大嚷阻挠施工队施工，施工队负责人无奈地苦笑，手下干活的速度并没有放慢。大嫂更生气了，嗓门又提高了八度，开始骂骂咧咧。

九玛草再次握住她的手抚着她的肩，柔声细语告诉她这是政府在免费进行惠民服务，如果她遇到需要帮助的地方，镇政府包括九玛草本人也会毫不犹豫地伸出援手。

那位大嫂还是不停地嚷着：她家也很困难，需要政府的资助，凭什么只资助邻居而不资助她？

九玛草这才明白，原来，并不是施工队的挖机影响到了大嫂家的墙体安全，而是大嫂见邻居受到政府资助，内心不平衡，也想要一些经济上或者物质上的帮助。

九玛草没有生气，耐心给她讲道理，问她现在居住的房屋是不是政府也资助了钱，是不是免费为她建起房屋与院墙，家里困难的时候，是不是政府也上门给她送过生活物资和金钱。九玛草说："大嫂，我还来过你家，给你家送过米面油，还送过小猪崽让你养。"

最后，大嫂有些不好意思地说："九镇长，我看你的面子，让他们施工，不闹了。"

一场纠纷，就这么让九玛草轻松解决，施工队得以继续顺利施工。

把大嫂送回她家，九玛草又和她聊会儿天，返回施工现场，与工人们挥手告别。坐进停在村头的车子，九玛草又向另外一个村子进发。

她去的下一个村子叫花园村，村子里有一对聋哑夫妻和一位老人共同养育一双儿女。聋哑夫妻不识字，只能用手语来沟通，这对夫妻不能出去打工，只能靠开垦一些山地，养一些牛羊来养活一家老小。七十多岁的老母亲与他们一起生活。两个孩子在县城读书，小的是个男孩，今年初中毕业考高中；大的是个女孩，今年高考结束。九玛草很是挂念两个孩子的成绩，也担心他们家里的生活遇到困难，她就提前买好了米面油放进车子后备箱里，又准备好现金500元，准备给聋哑夫妻拿上。对于这对聋哑夫妻来说，他们不会微信支付，不懂网上购物，现金仍然是最好的方式。

花园村在白龙江畔的另外一侧，越过江上的小桥，爬上一条条山路，蜿蜒曲折，道路崎岖不平，颠簸在狭窄的道路上，让人不禁担心，如果对面有车驶来，该怎么会车？说来就来，迎面果真有车子驶来，九玛草不慌不忙，将车子退到最边沿拐角处，待对面来的车子小心驶过，九玛草才重新上路，朝着花园村进发。

拐过九曲十八弯，车子驶进了一条较为平坦开阔的柏油马路上，在一处果园旁边，村民大婶闹梅在路边卖水果。

这个大婶是个致富能手，聪明，又勤劳能干，九玛草走村串户时认识了她，她不但种植果园，还采菌种菜，养牛放养。

九玛草鼓励她好好搞好种植业，如果有困难，政府可以帮助解决。

因此，九玛草与闹梅大婶结缘，这个朴实能干的农村妇女，把这个漂亮又温和的镇长牢牢记在心上。

九玛草停下车子，走下来与大婶打招呼："大婶，水果卖得咋样呀？"

看到九玛草，大婶的眼睛笑成了一条缝，说："九镇长，水果已经采摘了，家人去城里卖了，余下的一些就在路边卖卖，都是熟悉的镇子上的人，知道我家水果好吃，卖得还不错呢。"

大婶边说边往九玛草手里塞杏子和青苹果。

九玛草说："给我称上10斤吧，正好我有用。"

大婶说："我给你装一袋子送你，不要钱。"

九玛草笑了笑说："我是想帮你卖一点，让你卖完再去采摘，不要钱我就不要你水果。"

大婶称了10斤甜杏，递给九玛草说："你给我50块钱吧。"

九玛草说："不行，50块太少了。我给你微信支付，扫给你70元。"

大婶说："50块就够了，我卖的就是5块钱一斤，哪能多收你那么多钱？"

九玛草二话不说，直接微信支付扫过去70元。

大婶拉住九玛草的手开始拉家常。

告别了大婶，九玛草继续往花园村进发。

穿过很远的山路，驶过凹凸不平的石子街道，九玛草终于来到了花园村村口，她停下车子，从车子后备箱里拎出两袋米和面，一手一袋拎在手里，旁边有村民过来帮忙，拎上了食用油和刚才买的10斤甜杏。这个年轻的学生模样的村民问："九镇长，又是到聋哑夫妻家吧？"

九玛草温和一笑，说："是的，谢谢你帮我拿东西。"

那个年轻的村民帮助九玛草拿着物资直奔而去。到了之后，发现夫妻两人都不在家，他们去了山上干农活，不到天黑不回家。

好在老母亲在家，看到九玛草来到，她激动得大声说："姑娘你来了，快进来坐，进来坐。"

东西拿了进来，年轻的村民告辞出去了，家里只剩下九玛草和老奶奶。

老人拉着九玛草的手，在炕边坐下来，打开话匣子，滔滔不绝地讲起了家里的生活以及两个孩子的学习。

得知大女儿考大学分数是390分，九玛草说："读个大专还是可以的，一定要让她继续读书，如果有困难，我可以帮你们想办法。"

老人连连点头，说："儿子和媳妇吃尽了没有文化的苦头，只要孩子愿意读书，家里再难也要供她读下去。"

说完大孩子，老人讲到小孙子，他今年参加中考，考了385分，不知道能不能考上高中。

九玛草拿起电话，打给了县教委工作的朋友，问他385分能不能考取高中。

朋友说："今年分数线还没下来，但根据去年的分数线，385分考取普通高中没问题。"

九玛草说："如果分数线下来，你打电话通知我一声，我帮扶的家庭有个孩子今年要上高中。"

朋友答应了，九玛草放下电话，给老人继续聊孩子读书的事情，并询问生活有没有困难。

聊天很久，九玛草站起来告辞，她拿出准备好的500元现金塞到老人手里，老太太哭了，说："姑娘，米面油还有水果我都留下了，这钱我是坚决不能收的，我知道这是你个人的钱，每次来都给钱，你工资也没那么高，要你钱于心不忍呀。"

九玛草再次把钱塞到老人手中，说："钱拿着花，你当我是自家女儿，不要客气，我毕竟年轻，挣钱也容易，有困难告诉我，我帮你解决。"

老人拉住九玛草的手说：“你别走，我给你擀面吃。”

九玛草说：“我吃过饭了，下次来，一定吃你做的手擀面。”

告别了老人，九玛草拖着疲惫的身躯走进车里，在驾驶室里坐下来，看车窗外，才发现夕阳西下，夜幕已经降临了，忙碌了一天，她竟然没顾上吃饭。她打开自己的背包，从里面取出一块饼干，慢慢吃下，补充一点能量，再喝一口水，然后开车冲进夜色中。

三、为大学生回乡创业保驾护航

九玛草和“95 后”女生吕敏的认识，是在读书分享会上。那是一个周末的下午，九玛草主持由她发起的小镇读书分享会，主要是全旺藏镇的文学爱好者，各类图书读者以及镇里工作的同事，旨在提高大家的阅读兴趣，扩大知识面，同时也愉悦身心。这个读书分享会，吸引很多人参加。在这里，人们不仅能学到知识、互通信息，还能交流致富经验，解决很多生产、生活中的困难，让大家产生归属感、愉悦感以及成就感。

交流会上，九玛草注意到一位笑容明媚、略显羞涩的小女生。作为分享嘉宾这个小女生有点羞怯地站起来，走向台上，向大家介绍她自己，并分享了她自己的读书经历。

由此，“95 后”大学生吕敏和她的爱人以及他们返乡创业的事迹，走进了九玛草的视野。汉族姑娘吕敏为了爱情，跟随藏族小伙来到旺藏农村，生活并创业的故事打动了在场的每一个人。

吕敏，1995 年出生于甘肃陇南，是甘肃农业大学生物学研究生，在校期间，她认识了旺藏小伙旦知旺加，旦知旺加是土木工程专业，但这丝毫不影响两个年轻人彼此心生爱慕，陷入爱河。两个人毕业之际，吕敏给男友说了自己的想法，她希望能有一个地方让自己大显身手，所学专业得以运用。

旦知旺加说，“那就回我的家乡旺藏呀，那里山清水秀，有大片的土地可以使用，一定会让你找到用武之地。”

吕敏毫不犹豫地同意了男友的提议。研究生毕业之后，她毅然决然地选择和旦知旺加一起回到他的老家——旺藏镇希布古村。

然而，回到村里，两个人的创业之路并不顺利，他们将求亲靠友借来的 80 万元投入建成的饲料粉碎加工厂，由于对市场调研不足等，饲料粉碎厂不得不关闭。这么多的钱打了水漂，吕敏和爱人陷入了迷茫之中。

吕敏的爱情打动了在场的每一个人，她的创业经历也让在场的人深感同情。

九玛草知道，这个一腔热血的返乡大学生需要指导与帮助，旺藏的土地上需要年轻大学生注入更多的活力。只要能留住年轻人，留住这些有头脑、懂经营的知识分子，旺藏就会得到更大的发展。

于是，读书分享会结束后的第二天，九玛草就来到了希布古村调研，见到了吕敏和她的爱人旦知旺加。九玛草认真听取两个年轻人的创业经历与创业计划，吕敏告诉九玛草，她和爱人正在培育菌种，把饲料粉碎加工业转移到菌类养殖上来。吕敏拿出了具体规划，也让九玛草参观他们建造的大棚，九玛草也找到了“村两委”，了解两个年轻人的创业情况。通过多次调研与实地考察，九玛草认为这两个年轻人专业技术强、有想法，人也踏实可靠，如果他们创业计划成功，可以解决一部分村民的就业问题，也能带领大家一起致富。九玛草把调研结果报到镇党委政府，帮助吕敏和她爱人解决具体困难，并争取资金支持。

九玛草第一次为他们争取扶持资金 13 万元，另外追加 30 万元贷款（镇政府担保）；第二次争取扶持资金 30 万元。

这样的扶持力度，让两个年轻人深受感动又倍受鼓舞。

吕敏抓住九玛草的手说：“九镇长，我们一定好好干，把菌类养殖做成功，为旺藏建设做出自己的贡献。”

如今，吕敏的菌类养殖已经拥有了 20 个大棚，安置了当地 15 名村民就业，年收入已经达到了十几万元。

走进吕敏的菌类养殖场，大棚内刚刚种植的菌类已经破土而出，平菇、猴头菇、黄金菇等各种菌类已经纷纷钻出养殖棒，如花朵似锦绣，生机勃勃，煞是好看。

吕敏负责产品研发与菌类培植，在她的简易实验室里，基础的实验器材整洁齐备，看到这些，再看看吕敏温和恬静的笑容，九玛草的脸上露出了微笑。

吕敏的爱人旦知旺加负责产品销售，这个擅长沟通交流的藏族小伙子，组织工人及时采摘每天产出的菌类，用最短的时间销售出去，学校的食堂、机关食堂、各类饭店，以及部分农家乐等都是他的客户。

他说："一个菌棒能采摘 5 茬，共采菌 1.5 斤，销售出去每斤是 3.5 元。一个菌棒的成本是 1.4—1.7 元，这样算下来，利润还是不错的。"

九玛草说："政府采取联农带农的形式扶持，只希望他们能够扩大规模，形成产业化种植，带动一方经济，为旺藏经济发展蹚出一条新路子。"

如今，吕敏的菌类养殖已经走上正轨，九玛草把目光投向了销售市场，她说："他们种植的菌类干净，营养丰富，适合学生营养餐，也适合各类人群。希望旺藏的菌类培植业能够越来越规范化，产品越来越丰富，市场越来越大。"

与吕敏的主动创业不同，旺藏村村民桑杰的创业之路，是九玛草"逼"出来的。出生于 1997 年的桑杰，大专毕业之后返乡，他的父母在家开的农家乐收益一般。九玛草在日常走村串户中，发现桑杰在家，她问桑杰："桑杰，你毕业回来了，有什么打算？"

桑杰说："还没有想好，大概会出去打工吧？"

九玛草说："你家紧邻主席旧居，有得天独厚的条件，你可以想办法利用你家的条件，帮父母把农家乐开得越来越好。"

桑杰还是犹豫，他不认为在家门口工作会干出什么名堂来。

九玛草仍然鼓励他，分享红色旅游开发的点子，旺藏需要为游客提供更多优质的贴心的特色服务，只要把服务工作搞上去，农家乐前景乐观。

桑杰有些羞涩，并没有答复。

当时，碌巧县里举办"形象大使"大赛，九玛草就推荐桑杰作为旺藏镇形象大使去县里参加比赛。由于是全县规模较大的比赛，各个乡镇都非常重视，九玛草与镇里有关人员，对桑杰进行了培训，从个人形象到言谈举止，都让桑杰认真学习和锻炼，参加完大赛之后，桑杰变得开朗也变得自信了，他有了留在家乡做农家乐的想法。

年轻人做事雷厉风行，桑杰说干就干，在九玛草的支持下，桑杰把家里的二楼拆掉，重新建起带卫生间的客房。

他母亲是厨师，做农家饭，父亲是后勤管理，桑杰又安排了几个村民就业，他本人既是服务员又是老板，桑杰的农家乐就这么热热闹闹地开起来了。

镇里为了鼓励他创业，为全村树立一个致富榜样，给予近 20 万的扶持资金，镇政府帮他宣传推广，加之他家紧邻主席旧居，很多游客来到这里，就想在这里尝尝本地正宗的农家饭。

桑杰的生意蒸蒸日上，每日单间 200 元的房费也不高，饭菜又是实打实的实惠，所以每日房间客满，饭菜也需要预订才行。说起今天的农家乐，桑杰感慨地说：“感谢九镇长让我有了更好的发展。”

九玛草说：“留住年轻人，旺藏才有希望，红色旅游大有作为。”

为年轻人铺路，为年轻人导航，也为年轻人奔走。看到了越来越多知识分子返乡工作，九玛草内心是愉悦的。

四、带货镇长的日常

在旺藏镇有五大苹果种植基地，分别是：旺藏村、亚日村、花园村、帕尕村、希布古村。这些村庄由于地势好、海拔高、日照充足，产出的苹果汁水很多，又脆又甜，口感非常好。

为了帮助果农搞好种植，年初的时候，九玛草就和果树专家一起到村民的田间地头，帮助他们拉枝修剪；春天花开的时候，帮助果农疏花疏果；花落果成之后，要给果实套袋。一样一样，九玛草全程参与，这个瘦弱、秀美的藏族姑娘身上，仿佛蕴藏着无尽的能量。从早到晚，从天亮到日暮西山，她奔走在山水间，奔走在老百姓的果林中，也奔走在旺藏镇老百姓的致富路上。

为了调动果农的积极性，九玛草号召在全镇举办“苹果种植技能大赛”，她从企业拉来20000元的赞助，轰轰烈烈搞起技术大比武。她在全镇找出来30个种植能手，作为主力军，带着全镇的果农做修剪，40天的时间，完成了全镇3600亩苹果树的修剪工作。修剪工作做得突出，又积极带领并教授他人的技术能手，被评选出来给予奖励。

为了帮群众卖苹果，镇上配备专业设备，让村镇干部、直播达人进直播间免费为群众卖各种农产品。

旺藏镇依傍白龙江，水资源丰富；高山峻岭，适合菌类生长；蕨麻草遍地都是，是蕨麻猪最好的食物……

于是乡镇干部在镇长的要求下纷纷走进直播间，为镇上的百姓吆喝，售卖经济作物和农产品。木耳、蕨菜、野生蜂蜜、羊肚菌、蕨麻猪、水果等，只要村民有，拿到直播间，直播间都是免费帮村民售卖。

如今，旺藏镇精心打造的苹果交易中心，已经正式挂牌运营，

“邂逅迭部，遇见旺藏”，远方的朋友，你有没有心动？

白天工作，走村串户；晚上走进直播间，旺藏镇的干部们在镇长的带领下，摇身一变就是那接地气的卖货达人。

货源真不少，老百姓的日子改善很多。即便如此，九玛草在走村串户的时候，还主动“拉业务”。

又是一个下乡的日常，九玛草这次的目标是距离镇政府不远的亚日村，和她一起同行的还有副镇长尕让丁主，这是个村干部成长起来的公务员，熟悉农村工作，干农活儿也是一把好手。

走到村里，老远闻到了青稞酒的香味，九玛草和尕让丁主顺着酒香走过去，来到了一户村民家里。一位大婶正在酿酒，九玛草认得她，她叫莎草，是一个非常能干且很有经济头脑的藏族妇女。

看到九玛草和尕让丁主到家来，莎草很热情地打招呼，九玛草说：“大婶，知道您有果园，种植了不少果树，原来您还有酿酒的手艺。”

莎草大婶有点自豪地笑了，说：“我这是家传的手艺，是从父母手里传下来的。”

九玛草问：“有多少产量？每年能卖出去多少斤？”

莎草大婶说：“主要是自家喝，还有村里乡亲邻居来买，每年也就 2500 斤。”

说着，莎草大婶找来酒杯，倒出来两杯酒，让九玛草和尕让丁主尝尝。

酒香浓郁，绵软滑顺，入口即感青稞酒的原香弥漫，好喝不上头。慢慢品尝，九玛草和尕让丁主异口同声地赞叹："好酒！"

九玛草说："大婶，您今年多酿酒，我帮您卖酒。"

听她这么说，同行的尕让丁主笑了，说："看，九镇长又揽来生意了。"

九玛草也笑了，说："为老百姓卖货，让大家日子过得更好一点，是咱们的责任。"

莎草大婶开心地答应了："回头我把酒装好，给您送镇上去。"

九玛草笑笑说："酒包装好之后，您打我电话，镇政府派车来拉。"

莎草大婶做梦也没有想到，她做的青稞酒，居然还能让镇长帮助卖出去，感动得抓住九玛草的手久久不愿意松开。

九玛草问："大婶您还有没有别的困难？"

莎草大婶犹豫了一下，小声说："有，你过来看。"

莎草大婶拉着九玛草的手，走到院子外面的猪舍旁，指着圈里的蕨麻猪说："镇长，这是70头猪，我担心养到过年卖不掉，您帮我卖掉吧。"

九玛草看到猪圈里悠闲吃猪草的蕨麻猪，说到："这么小的猪，现在卖太可惜了，您安心养猪，等到过年的时候，我帮您卖猪。"

尕让丁主说："对对，九镇长可以帮您卖猪，我也可以。"

莎草大婶脸上露出惊喜的表情，连连表示感谢。

谢绝了莎草大婶的挽留，九玛草又奔向下一户村民家里。

就是这样走村串户，就是这样挨家“揽生意”，镇上直播间的货物越来越丰富。

五、打造生态农业基地

迭部县扎西林果种植养殖农民专业合作社坐落在白龙江畔，占地 38 亩，依山傍水，风景如画。

合作社创始人是旺藏镇亚日行村村民加布九，这是一个有七户村民加盟的合作社，村民自己种植的苹果、梨，以及各种蔬菜瓜果和经济作物都在这里贮存，并销往全国各地。

九玛草不止一次来过这里，亲手帮扶他们，也亲眼看到他们快速成长。院子里靠山的一角是冷库，贮藏一些农产品，冷库旁边是加布九居住的地方，另外一旁是厨房，厨房后面是蕨麻猪猪舍。

九玛草熟悉这儿的一切，来到院子里没有看到人，知道加布九一定是在后院干活儿。

九玛草穿过院子，来到后院，干净整洁的猪舍就在眼前。

加布九夫妇和儿子三个人，正热火朝天地整理猪舍。

猪舍内铺上了细碎的木屑做成的菌床，木屑里掺进了一些中草药，免得生虫，同时也预防猪生病。

九玛草没有打扰他们，而是静静地站在那里，看那些猪舍和在桃园里散步吃草的黑色蕨麻猪。

加布九抬起头看到了九玛草和年轻的工作人员杨文俊。

这两个人他再熟悉不过了。

杨文俊祖籍是河南省郸城县，他的父母当年来迭部县支援山区建设，一来就扎根在这里，如今已经成为迭部县的永久居民。杨文俊作为标准的“甘二代”，他对老家河南没有太多的印象，但他清楚地记得他祖籍是河南省郸城县，他的父母每年都要回河南探亲。

他很少去河南省，因为他出生在此，成长在此，结婚生子也在此，他是中原人的血统，但他在为迭部县旺藏镇人民工作。

大学毕业之后，他考取了迭部县公务员，分配在旺藏镇，成了九玛草的得力助手。和九玛草一起走村串户，成了他日常工作的一部分。

他看到九玛草每天奔波在各个村庄，出现在不同农户家里。

九玛草平时还要处理各项工作，要让失学的孩子回归学校；让生病的村民有地方就医；让回村创业人员得到指导与扶持；还要注重精神投资——搞读书分享活动……小小的身板，仿佛聚集着用不完的能量。作为助手，杨文俊看在眼里，也努力赶上九玛草的步伐，脚踏实地走好每一步，做好每一项工作。

这是第几次来这里，杨文俊记不得了。

为了扶持这个合作社，也为了打造旺藏镇生态农业基地，他陪同九玛草来了一次又一次，了解他们的实际需求，为他们解决实际困难。

猪舍外面是桃园、苹果园，猪可以进来吃草，粪便当作果树肥料。果园种植的果蔬不但自给自足，还可以出售以增加经济收入。养殖、种植良性循环，形成一个生态农业环境。

九玛草第一时间发现了这个农户的合作社，看到了白龙江畔得天独厚的优越地理条件，也看到了生态农业的发展前景。这里水电路都通，加布九夫妻踏实肯干，不怕吃苦，镇政府扶持他们，为整个旺藏农业找到发展之路。

看到了九玛草和杨文俊二人的加布九连忙热情打招呼。

这个朴实的藏族汉子，木讷、实在、踏实肯干活，靠汗水养家糊口，从来没有想过向政府伸手索要什么。

在他创业最困难的时候，镇长九玛草来到他的家里，向他抛出了橄榄枝，给予他政策上的扶持，支持了 20 万元。

这 20 万元对于建设合作社冷库等基础设施已经花光积蓄的加布九来说无异于雪中送炭，他用这 20 万修猪舍，做菌床，养蕨麻猪，购置果园所需农具，虽然资金还有缺口，但已经极大缓解了他的经济压力。

有政府支持，加布九可以轻装上阵，大干一场了。这个实在的藏族男人，一边和九玛草、杨文俊打招呼，一边邀请他们去果园里看看。

他的爱人，一个有点羞涩、不会说汉文的藏族女子，手脚麻利地去摘树上的桃子和杏，洗干净端了过来。

没有语言，也没有太多的表达，这个满脸汗水的妇人，毫不犹豫地与客人分享她的劳动成果。九玛草拿起一个杏子，慢慢吃下去，甘甜，酥面，极好的口感，让人入口难忘。

她放眼望向远方，望向目所能及的白龙江畔，以及整个旺藏镇。

旺藏镇的土地，旺藏镇的农业，应该是这种生态循环模式。

尾　声

旺藏寺，藏语称“旺藏扎西彭措林”，意为“吉祥圆满洲”。位于迭部县麻牙乡的旺藏村，在旺藏镇政府的对面。这是一个古老而又历史悠久的寺庙，鼎盛时期，庙里有400多僧人，是迭部县境内规模较大的一座寺庙。1935年，红军路过寺庙，缺衣少食。寺庙喇嘛打开寺门，把红军迎进来，给予衣物及饮食招待。经过几天的休整，红军离开寺庙，前往腊子口，突破了天险，兵分三路到达哈达铺。

这个有着光荣传统的寺庙，却由于年久失修，现在处于半关闭状态。

九玛草看着破败的寺庙，看着寺庙内大殿墙壁上珍贵的壁画，认识到这些历史文物亟须修复。而现在，由于政府没有这么多的资金，只得暂且先用布料覆盖保存，看着壁画一天天被风蚀，九玛草的内心无比焦灼与沉重。

她希望能够有资金请专家修复，希望不久的将来，修复后的藏旺寺会焕发新的活力。

她的脑海里闪现出一道灵光，把红色旅游做起来，也许能给旺藏寺以及寺内珍贵文物的修复找到一条新路子。她想起前几天参加的“我是小小红色讲解员”活动，那些可爱的小学生，身穿红军服装，向前来观光的游客讲述红军的故事，讲述腊子口战役，讲述一个个红色基地留下的传统……旺藏地区红色教育与红色传承也是红色旅游的项目之一。

想到这儿，九玛草的脸上露出了坚毅的表情。为了旺藏的发展，为了旺藏镇老百姓的生活幸福，她直播卖货，为老百姓卖猪，下田修剪果树，上树帮果农摘果……什么农活儿都干，什么苦都吃了，搞红色旅游遇到点困难又算得了什么呢？

开发红色旅游，传承红色基因，旺藏寺的开发与修复是九玛草的下一个工作目标。

采访后记：受访人，九玛草，迭部县唯一的女镇长，研究生学历，旺藏镇镇长、党委副书记，现为甘南州商务局党组成员、副局长。

采访地点：旺藏镇农村

铁警春秋

——记全国优秀人民警察蒋海春

2022 年 5 月 25 日，全国公安系统英雄模范立功集体表彰大会在北京召开，沈阳铁路公安局锦州公安处山海关车站派出所所长蒋海春被评选为全国优秀人民警察。那一刻，蒋海春心潮澎湃，他只是做了他应该做的事，人民却给了他这么崇高的荣誉，给了他这么大的信任，让他感到幸福与感动。他的付出与努力，他的拼搏与奋斗，他的青春与汗水，他的快乐与伤病，都在这一刻标上印记。

这个高大、挺拔、英俊、消瘦的年轻警官，在他 20 年的警察生涯中，用他的努力实现价值，用他的青春书写华章，用他的履历展示辉煌。

蒋海春先后荣立个人一等功一次、个人三等功三次，曾获辽宁省“五一劳动奖章”、辽宁省最美基层民警、全国优秀人民警察、公安部铁路公安局“全路优秀人民警察”、公安局“优秀共产党员”、沈阳局集团公司“优秀党务工作者”等荣誉称号。

每一项荣誉的背后，都是汗水，都是职业操守的坚持，都是无怨无悔的责任与担当。

蒋海春说：“穿上警服的那一天，我把自己交给了国家，交给了人民。”

一、线路警察的苦乐年华

2003年8月，蒋海春毕业于郑州铁路警察学院。一个月之后，他回到家乡辽宁省锦州市，到铁路公安处报到，成了一名人民警察。

经过短暂的岗前培训，他成为一名线路民警，负责秦皇岛市到沈阳市区间的线路治安工作。

这就意味着他和他同事一起，将担负着这段铁路沿线的安全任务，巡视与安全检查成了他的日常工作。

火车跑起来，背后有很多的辅助工作，线路警察要保障铁路设施设备的安全，防止不法侵害，保证治安大动脉运输绝对安全。

这样的工作，让蒋海春每天沿铁路线巡视，沿途村庄都要挨家挨户走访。

村民们谁家有红白喜事，蒋海春和他的同事们自掏腰包给村民随份子，走访的时候，发现有困难户，他们就会主动帮助村民解决困难。

有一次，蒋海春又去村庄入户走访，走进一个残疾老人的家里。

这个老人很可怜，家里有三个儿子，一个姑娘，大儿子和小儿子外出打工回不来，留在家里的二儿子是智障，姑娘是脑瘫，老人平时靠在铁路边捡破烂为生，还要照顾两个生病的儿子和姑娘，家里困难程度可想而知。

蒋海春看到了这种情况，决定帮助这家人。

蒋海春给老人送来了米面油等生活物资，还多次协调乡镇政府和社保局为这家人办低保，跑了很多次。当社保局的同志问这家人和他是什么关系时，蒋海春说："我是铁路警察，这家人是我们警察的帮扶对象。"该同志当即答应说："你们也是为了老百姓，我们一定会尽快把低保帮他办下来。"不多久，低保办下来了，老人和二儿子以及脑瘫姑娘都有了低保，基本生活得到了保障，老人很是感激，来派出所送锦旗。

走村入户访村干部、访一户一户的村民，每天奔走在这条线路旁的村村寨寨，蒋海春很快熟悉沿线居民的基本情况，与村民打成一片。

看到他过来，村民们大老远就跟他打招呼，拉他去家里吃饭。

老百姓家的饭是不能吃的，但老百姓家有什么事，是要到场的，喜事祝贺，白事送份子钱，关系融洽的好处是，沿途百姓主动当起了义务护路队员，别说谁敢去偷，就是有谁盯着铁路电缆多看两眼，村民都怀疑要做坏事，也得上前问个究竟。

蒋海春和他的同事践行的是"枫桥经验"。它是发源于浙江省诸暨市枫桥镇的一种社会治理经验，其基本内涵是"发动和依靠群众，坚持矛盾不上交，就地解决"。新时代枫桥经验主要内容包括五个方面的坚持：党建引领，人民主体，自治、法治、德治“三治融合”，人防、物防、技防、心防“四防并举”，共建共享。在实践中，新时代枫桥经验要发扬优良作风，适应时代要求，构建网格化管理、精细化服务、信息化支撑、开放共享的基层管理服务平台，加强基层社会治理队伍建设，建立健全富有活力和效率的新型基层治理体系，这就是当时铁路公安系统执行的“枫桥经验”，依靠枫桥经验，蒋海春和他的同事们，最大限度地维护了铁路运输生产安全。

春秋季节尚好,没有太多极端天气。夏冬两季极端天气很多，线路安全更是不能放松。夏天雷雨，暴雨如注，越是这样的天气越要上线巡逻，大风大雨中，雨衣根本起不了大作用，常常一身泥水，有时还滑倒摔伤；冬天的时候，天寒地冻，越是风雪交加，越是需要保证电气化设备安全。

2008 年雪灾，让蒋海春至今记忆犹新。大雪封冻之后，电气化铁路瘫痪，零下二十多摄氏度的天气，呼吸的气息都能结成冰，蒋海春坚守在雪害后的沿线警务区，随时准备应对突发事件。一天坚守下来，蒋海春冻得感受不到脚手的存在，但看到铁路快速恢复，蒋海春的内心是宽慰的。

苦的时候是真苦，但快乐的时光也不少。

想起工作中的趣事，蒋海春的脸上露出了微笑。

蒋海春工作的线路警务区，有一处是在村民的桃园里，夏天桃子成熟的时候，满园的桃子飘香。村民说，有他们在果园那边住，夜里就不需要自己去看桃子了。

于是，白天奔波巡线的民警，到了夜晚，不但守候线路，顺便把村民的桃园也给看起来了。

浩渺夜空，繁星点点，耳旁是树叶沙沙的声响，空气里弥漫的是桃子甜香的味道，如此浪漫的夜晚，让蒋海春回忆起很多，生活这么多的美好，值得他去坚守这一方净土。

还有一处线路警务区是在一个村子外的池塘边，晚上听着蛙声，看窗外繁星点点，再听虫儿低鸣，夜色撩人，心头总有一种美好的情愫在升腾。

夜色越来越深，蒋海春很快进入梦乡，第二天起床，打开房门，蒋海春惊呆了，满院子乱爬的麦田河蟹，呆了一瞬，他赶紧回房间拿来了脸盆，就这么轻而易举地实现了河蟹自由，蒋海春感谢住处旁边废弃的池塘，也感谢这美好早晨带来一天的好心情。

收拾完螃蟹，蒋海春马不停蹄地投入工作中去。

与盛夏和秋季带来的浪漫不同，冬天的夜晚，却是冷得发抖。

冬夜来临，气温便开始骤降，寒冷的北风像是受到指挥的军队，一阵阵地向着房屋内进发。这时候，一阵阵寒风顺着房屋的墙体呼呼地快速吹过，发出一些奇怪且近似咆哮的声音，蒋海春裹紧被褥，强迫自己入睡，有时也背一些诗词："怒发冲冠，凭栏处、潇潇雨歇。抬望眼、仰天长啸，壮怀激烈。三十功名尘与土，八千里路云和月。莫等闲、白了少年头，空悲切……"《满江红》是他常常背诵的诗句。

一觉醒来，打开房门，虽北风呼啸，大雪纷飞，但眼前的景象却让人心情激荡："北国风光，千里冰封，万里雪飘。望长城内外，惟余莽莽；大河上下，顿失滔滔。山舞银蛇，原驰蜡象，欲与天公试比高。须晴日，看红装素裹，分外妖娆……"《沁园春·雪》又让他心情豪迈，迎风雪出行。

夜晚就这样来来去去，黎明总是盘踞在黑夜的尽头。一个眼里有光，对警察工作充满热爱的人，也懂得爱惜别人，在阳光升起的每一个日子里，爱与幸福不期而遇。

二、刑侦警察的责任

2004 年，蒋海春的人生迎来一件喜事：和相爱多年的女友步入婚姻的殿堂。

爱人在移动公司工作，平时没那么繁忙，有她在家，蒋海春感觉自己又有了新的力量，他可以轻装上阵，努力使自己的工作做得更好了。

根据工作需要，蒋海春调离沿线岗位，进入刑警支队工作，成为一名刑警。与做线路民警相比，刑警的日子更不“安稳”，再添了一份“惊心动魄”。

虽说不再去沿途村庄挨家走访，但紧绷的心弦一刻也不能放松，警情就是命令，随时随地都在准备与狡猾的犯罪嫌疑人作斗争，有时候，说是惊心动魄，一点儿也不为过。

从线路民警到刑侦警察，蒋海春听从组织安排，变换了工作岗位。

离家近了，但回家的时间还是不能固定。

这一年全国范围内的追逃行动开始了。

站内识别逃犯，是铁路刑侦警察必须拥有的技能。

彼时，火车票还不是实名制，抓逃犯不但需要丰富的经验，还要有一双火眼金睛。

在人流如潮的锦州站，蒋海春走在人群中间，敏锐捕捉着来自周围的蛛丝马迹。

排队的时候，有的人不盯前排，也不盯旅客，只盯着警察；有的人，排队快排到跟前了，却转过身走了；在广场排队的时候，夏天很热，有的人却到没有阴凉的地方；冬天很冷，有的人却站在最冷的风中……这些反常的现象，都会让蒋海春心生警惕。他除了观察，还要查看每个犯人是什么案子，以及把这个人的体貌特征等都记在本子上；再看看那个人身上有没有伤，如果有伤，问清楚原因。一些逃犯就这样落网。

2005 年盛夏，在锦州站站前，有一个人排队不在阴凉处，而是在火热的大太阳下，蒋海春注意到了他，向他走过去。那个人看蒋海春走来，撒腿就跑，蒋海春快速反应，马上就追。

那个人拼命跑，蒋海春全力追，追了几条街，还没有追上。不得不说，那家伙体力和奔跑速度还真不错。

他体力再好，蒋海春也没有发怵，还是继续追。这时候，那人跑到一个小伙身边，小伙子毫不犹豫地伸出腿绊了他一下，那人猛个不防，被绊倒在地。

蒋海春赶到，成功把他抓获，麻利地给他戴上手铐。这个坏事做尽的逃犯，终于接受了正义的审判，去了他该去的地方。

那时候，很多假币是从广州带回来的，携带假币的方法也很奇葩，女性把假币绑在大腿根上，穿上裙子，看起来时尚又漂亮。

这样的犯罪嫌疑人只能靠经验观察，靠肉眼识别。有一次，蒋海春照例穿行在人群中。突然，一个苗条、面目清秀的女子从前方走来。该女子体型很瘦，走起路来却没那么利索。没有残疾，也不肥胖，没有理由走得这么不自然。直觉告诉蒋海春，这个女人有问题。

蒋海春来到她面前，问道："女士，您从哪儿来？准备到哪儿去？"

该女子眼里闪过一丝慌乱，连忙调整情绪，故作镇定地回答："我就是沈阳人，回沈阳。"

蒋海春微微一笑说："从南方回来的吧？"

女子下意识地回答："从广州回来的。"

蒋海春说："回沈阳探亲友吗？"

女子说："我说过了，我沈阳人，我回家看我妈。怎么了？不允许吗？"

蒋海春说："回家当然欢迎，但你需要配合我们的检查。"

女子说："我是合法公民，我穿的裙子，你检查什么？"

蒋海春礼貌地请该女子进入旁边的检查室，要求她站到屋内放置的一个体重秤上。

女子无奈，只得站了上去。

神奇的一幕出现了，看起来很瘦、弱不禁风的女子，竟然有 120 斤。

蒋海春叫来了女同事，让她带这名女子去里间检查。

到了检查室里间，女子不得不脱下了裙子，让人震惊的一幕出现了：该女子两条腿的大腿根部，用胶带捆绑满了厚厚的 100 元假币。

这女子见无法抵赖，转而大哭大闹，装疯卖傻，但事实就是事实，她还是必须接受法律的严惩。

日复一日，年复一年，蒋海春练就了“识人术”，无论多么狡猾的犯罪嫌疑人，无论乔装得多么巧妙，蒋海春一看准能看出破绽，有人说他是火眼金睛。蒋海春淡淡地说：“哪儿有什么火眼金睛，只是我观察得仔细、见得多了而已。”

三、绿皮火车上的斗智斗勇

从刑警到乘警，蒋海春没有犹豫，警种改变了，为人民服务的性质没变，一个警察的职业操守也没有变。

乘客上了车，乘警也就开始忙起来。一双眼睛要时时观察，看有没有危险分子，有没有可疑的人

有一段时间，车上出现了小偷，乘客的财物被偷走。当时，是一个六十多岁的老人带着十多岁的孙子，从外地到沈阳看病。老人把钱放在贴身的衣袋里，一会儿摸摸，一会儿再捏捏衣服，神情很是紧张，细心的蒋海春发现了老人的异常，走过去和他聊天，让他放松心情，不要紧张，然后，小声告诉他，你这么不停地摸衣袋，会引起小偷注意。

老人有些不好意思了，认为蒋海春说得有道理，就强装镇定坐在座位上安静了下来。

蒋海春谈话中得知老人是去省城为孙子看病。这小孩很可怜，父亲去世很早，母亲改嫁，只有老人和孙子相依为命，现在小男孩又生了病。蒋海春了解了情况，猜测到他身上带的是给孙子看病的钱，也明白老人没出过远门，带着孙子看病，衣

袋里装的钱那就是老人的命呀。

知道老人的不容易，但老人不停摸衣袋的举动肯定也引起了别人的注意，如果被不法分子盯上，那就坏事了。

于是，蒋海春打定主意，护送老人到站。

一路平安无事，列车终于到达沈阳站，看着老人带着孙子走出车门，蒋海春悬着的心稍稍放下。

看老人离开，蒋海春返回车内，准备奔赴下一个站点。

突然，远处传来一个苍老的哭声，蒋海春暗叫“不好”，赶紧下车询问情况，原来，那个老人刚走不远，发现身上的钱没有了。

蒋海春心里恨得牙痒痒，这是老人给孙子的救命钱，被坏人盯上了，车上没敢下手，刚下车就被偷走了。

因为有值乘任务，蒋海春连忙打电话向车站协助处理，他把车上同事的钱都借来，加上自己身上的全部家当，都给了老人，让老人别耽误看病。

列车快离站了，站勤民警让他赶快上车，剩下的事他们处理，蒋海春奔上列车继续前行，内心难过，懊恼不已。

后来，站上的战友告诉他，由于车站人流量大，流动性强，偷老人钱的小偷没抓到。

蒋海春心里郁闷，决定亲手抓住这个小偷。

根据他的经验，小偷这次得了手，下次还会再来，不可能偷一次就金盆洗手。

于是，在这个列车上，那个消瘦、脸上带着微笑的乘警不见了。取而代之的是一个戴着眼镜，乔装打扮的大学生模样的人，他常常坐在某一车厢最不显眼处。

蒋海春乔装打扮成一个大学生，在车上往返多次，仍然没有那个小偷的踪影，蒋海春心里犯了嘀咕：难道那个小偷只是一时冲动犯罪吗？他不会再来了吗？转念再想，人性都是贪婪的，小偷这次得了手，下次还会再来。

他决定继续乔装下去，如果不是惯犯，不可能仅仅下车几分钟的时间就如此精准地偷走老人的钱，又在那么多人面前消失得无影无踪。

坚定了想法，蒋海春背着双肩包，拿着一本书，在上车处排队。

突然，蒋海春看到了一个四十多岁目光闪烁不定的中年人。

凭经验，蒋海春感觉此人一定非同寻常，那闪烁的目光透露着奸诈，油头滑面且一脸猥琐，蒋海春心头一喜：莫非此人就是自己等待已久的目标吗？

蒋海春不敢大意，远远地站在另外一个队伍里，用眼睛余光悄悄盯着他。

是贼总要露出獠牙，是狐狸总要露出尾巴。

这家伙用同样的方法，下车之后，利用人潮涌动的间隙，向一位中年女士下手。蒋海春快走几步跟上去，说时迟那时快，一把抓住了那个伸向女士挎包里的手，动作麻利地给他戴上了“银手镯”。

后来，经过审讯，这个惯偷交代了他偷老人钱的经过，蒋海春问他：“你知道那是什么钱吗？那是老人给孙子看病的救命钱！”

那个贼不说话，头深深垂了下去。

5000多元看病钱，终于退了回来，也送到了老人手中。

有一个70多岁的老贼，养了一帮小偷，就在这列绿皮火车上，来来回回偷乘客的财物，有的农民工打工一年挣的钱被偷走，有的学生带的学费被他们偷去，也有各类看病的人，救命钱被他们偷个精光……他们团伙作案，互相掩护，抓住一个，其他人继续作案。后来，老贼在家闲得手痒痒，亲自上车“炫技”，没想到失了手，被蒋海春抓到。无论问他什么，他都仗着岁数大，倚老卖老，要么啥也不说，要么胡说八道。

在审讯室坐的时间久了，这个老贼饿了，蒋海春看出了他的想法，问他：“你想吃啥？我给你买去。”

老贼说：“想吃肉包子。”

蒋海春二话不说，出去给他买了肉包子，又给他倒一杯热水。老贼吃饱喝足，主动给蒋海春演示他“高超”的作案手段，也交代了他的作案密码：人多不偷人少不偷，人不多不少时下手偷。

于是，他的徒子徒孙被一网打尽。

从此以后，这个列车上再也没有过小偷到访，人们都知道：秦沈列车上，有一个很牛的乘警，他抓小偷的手段很厉害。

作为乘警，面对的也不只是小偷，还有形形色色的犯罪嫌疑人。

比如：携带毒品，又如，携带假币。

带毒品的手段很隐秘，这就需要观察，有一次，一个苗条的小姑娘上了车。

这个姑娘上车之后，引起了蒋海春的注意。只见她脸色蜡黄，精神萎靡，完全没有年轻人应该有的活力与朝气。

蒋海春以为她不舒服，装作不经意间从她身边经过，然后，回头看了看她，问她："女士，你需要帮助吗？"

姑娘看也不看他一眼，径直走向自己的座位，坐下来闭目休息。

一路上，这姑娘不说话，不喝水，更不吃东西，也不上厕所。

她脸色不好，一个哈欠接着一个哈欠，却根本没有睡着。

蒋海春脑海里浮现一个不好的想法：是不是她带有毒品？

到站之后，这个姑娘被女警察带进了一个检查房间，检查再三，这姑娘身上并没有找到毒品，但她受不了毒瘾袭来的痛苦，不得不交代了她吸食毒品的犯罪事实。

尿检证实了她的证词，这个年轻的姑娘去了她该去的地方。

过了几年，她戒掉毒瘾，走出戒毒所，是不是会感谢在这趟车上的"美好遇见"？因为一个年轻民警的细心与坚持，她吸毒的事情才被发现，才被送进了戒毒所获得了新生。

每一次抓获犯罪嫌疑人，每一次保障旅客财产安全，每一次帮助了需要帮助的人，蒋海春的内心获得一些感动。一个警察的职业自豪感油然而生。

工作繁忙，蒋海春在家待着的日子屈指可数，爱人李爽在家就顶起了一片天。什么事情都是自己做，会的自己动手，不会的学会动手。这个"80后"女生，硬生生把自己培养成了无所不能的女汉子。

想到这些，蒋海春有些惭愧，李爽是家里的独生女，是她父母百般宠爱的掌上明珠，自从嫁给了他，这个柔弱的女生，一天天变得坚强，她支持爱人的工作，也心疼他的辛苦，家里大大小小的事情，她都不让蒋海春操心。

有一年冬天，家里的下水道堵了，李爽尝试了很多操作，都没能捅开下水道。

于是，她灵机一动，上网搜索解决下水道堵塞的方法。

网络真是万能呀，“好方法”还真让她给找到了，就是用火碱疏通。

根据网上的提示，李爽先去建材市场购买一些火碱。

她把适量火碱（一次 50—80 克）放在盆子里面，然后加入一点点的热水。

需要等待热水和火碱融合，大概等个 20 分钟以后，她把烧碱水倒进下水道。突然，倒进的烧碱反水，剧烈往上翻涌，喷到了她的腿上，剧烈的烧灼感袭来，她疼痛难忍赶紧拿起手机后蒋海春打电话，突然间想起来，也许老公正在执行任务。

想到这儿，大腿疼得像着了火一样的她还是忍着疼痛，电话通了之后，说了句:“没事，就是看你忙不忙。”然后，她放下电话，冲进浴室，拿起花洒，用凉水往腿上喷。

接到李爽的电话，蒋海春心里一个激灵，他太了解她了，如果没有紧急的事情,她根本不可能给他打电话,她没说什么事,但肯定有事。

正好换班的战友到了，蒋海春急忙和战友交班，然后开车往家赶。

到家之后，他看到了坐在洗浴间里用花洒往腿上喷凉水的爱人。此时正值寒冬腊月，可她的大腿已被火碱灼烧……

蒋海春心疼坏了，赶快抱起她就往楼下冲。

他开车飞驰在去医院的路上，内心的焦灼、担心与疼惜让他的眼里含着热泪。

倒是爱人安慰他："没事的，休息几天就好了。"

去医院看了之后，休息几天没有好，一直到现在，腿上的伤疤还是触目惊心。

2011 年，儿子出生了。在爱人住进医院之后，蒋海春还在忙碌着，当时单位在搞全局刑侦模拟案件考核，集中封闭训练。妻子临产的前日，蒋海春还在考核的战场上。爱人没有给他打电话，在家人的陪伴下，她在医院里坚强面对临盆的疼痛。

这次考核，蒋海春拿到了全局第一，考核成绩出来以后，蒋海春匆忙赶赴医院。看到蒋海春，媳妇什么话也没说，抓着他的手哭了。

蒋海春看着妻儿，又激动又羞愧，这个钢铁一样坚强的男人，拙笨地对妻子说："考核我得了第一。"

妻子看着他无措的样子，哭着又笑了。

孩子小的时候，一哭一宿，整夜整夜不睡，天亮的时候，儿子入睡了，而李爽却要拖着疲惫的身体收拾家务。

那时候，有人问蒋海春媳妇，最想做的事是什么。她说："就想痛痛快快地睡一觉。"但孩子这么小，他不舒服的时候就是哭闹，孩子爸爸工作忙，孩子的妈妈美美睡一觉就成了奢望。

有一年冬天的一个夜晚，孩子感冒了，发高烧烧得厉害，李爽用体温计一量，一下子烧到 40℃。她吓坏了，赶紧用温水加一点盐，用浸透的毛巾给孩子擦拭身体，物理降温。她给孩子擦拭身体一遍，再让孩子的身体贴上她自己凉凉的皮肤，用她的皮肤给孩子降温。

天亮之后，李爽赶紧抱孩子去了医院，给孩子输了液，病情才逐渐好转。

孩子头疼脑热的情况经常有，无论多难，她都是一个人咬牙坚持，支持他工作，因为她对他那一份沉甸甸的爱，更因为他是为了一方安全，为了事业的坚守。

四、一切为了人民

2016 年 8 月，有一位李姓旅客的报警求助电话打到了锦州车站派出所，时任锦州所所长的蒋海春连忙联系了旅客。

李姓旅客向蒋海春讲述了他的被骗经过。

李姓旅客收到了一条银行短信，按短信提示，他点开了链接，然后，他卡内的 7000 多块钱瞬间被转走。

李姓旅客心情很是紧张，这 7000 多块钱是他攒了很久才攒出的一笔钱，是他自己的养老钱，他年龄大了，挣钱的门路少，攒这 7000 多块很不容易。蒋海春理解他的心情，一边安慰他，一边让他回去等消息。很显然，这样的网络诈骗不是第一次，也不可能是最后一次，如果不把犯罪嫌疑人捉拿归案，社会危害性极大。蒋海春从那条诈骗信息入手，一边梳理，不放过任何可疑线索，配合公安处专案组，历时 5 个月，辗转 10 个省，终于锁定了主犯身份。“8・07”特大电信诈骗案成功告破，吹响了全局严厉打击电信诈骗犯罪的号角，抓捕嫌疑人 11 名，查获作案工具100余台，银行卡200余张，为全局乃至全路公安机关打击电信诈骗案件提供了宝贵经验。

一等站锦州站为东北地区重要的交通枢纽，2017年，党的十九大安保期间，他创新智慧警务，多方协调市公安局出资建立了派出所指挥室，安装了4个高清人脸识别探头和22个监控探头，每日进行大数据研判，对核查推送的每一个重点人一查到底。其间，先后抓获了涉嫌伤害后“漂白”身份在逃18年和涉嫌强奸罪“漂白”身份潜逃24年的2名犯罪嫌疑人，打响了公安处利用数据信息研判、人脸识别技术抓获漂白在逃人员的第一枪。

在他的带领下，锦州所先后荣立集体三等功3次，获得全路公安机关执法示范单位、全路优秀公安基层所队等各项荣誉23个。2020年，蒋海春调到山海关车站派出所任所长，山海关站地处华北与东北的交界地带，蒋海春和他的同事们肩负着维护进京通道安全的重要责任，为全路4个公安局、19个公安处值乘的300列客车提供无条件站车交接支撑。

2020年初，他带领全所58名民警，率先探索“两队一室”（做强执法办案队、做专执勤警务队、做精综合指挥室）警务模式，在“改革＋管理＋信息化”的提档升级目标下，仅仅用了两个月的时间，派出所面貌焕然一新。他来到山海关所，只用了一年时间，该所即获得“先进党总支”“暑期安保先进集体”等荣誉称号，获得了公安部“集体一等功”等殊荣。

2020年8月26日，这个日期看似平淡无奇，却正值暑期环秦安保关键时期，与国庆安保毗邻，货车37287次行驶至沈山线东水关立交桥时，因桥上有人故意丢落大型障碍物而紧急停车。这是一起严重的危及铁路行车安全的案件，所长蒋海春高度关注，抽调精兵强将兵分三路，通过“天网监控”排查，锁定了案发时间及嫌疑人身影，但由于监控录像像素过低，无法辨别。“既然人辨别不出来，那就通过查找三轮车来找人。”在辖区 14 个村庄，4 万余人里搜索肇事三轮车无异于大海捞针，蒋海春和战友兵分多路，走访了 160 家电动车经销商，最终确定肇事者驾驶的电动车为“金彭牌”蓝色电动车，并获取该男子的正面照片。仅用 27 小时，案件就成功告破了，蒋海春及其同事将犯罪嫌疑人魏某抓获，得到了国铁集团和公安部铁路公安局的通报表扬。

2020 年，新型冠状病毒感染疫情（以下简称“疫情”）突如其来。人流密集的火车站成了感染的“高风险地区”，他顾不上考虑太多，转身投入了疫情防控工作，和同志们一起战斗在防疫一线，没有时间休息也没有时间考虑自己的健康状况。在他的思维里，他一直认为自己很健康，不休息能坚持，少吃一顿饭也没关系。事实上，很多时候，工作的紧张与繁忙，让他忘记了吃饭与睡觉。连续奋战 45 天，他严守进京通道，针对上级推送“重点地区旅行史”人员进站乘车信息，探索出乘车前先电话沟通劝阻，其次车站广播通知、检票口终端卡控的方式，最大限度减少一线民警与重点人员接触，保障民警人身安全。

长时间熬夜和饮食不规律，他的身体状况急剧下降，一天傍晚，他如往常一样啃一块干面包，喝了几口水，就这样打发了当日的晚饭。突然，他感觉腹部疼痛难受，很快冷汗直流。

他疼痛得蹲在了地上，双手捂着腹部一侧，脸色蜡黄。

一位战友发现了他的情况，赶忙把他送至医院紧急就医，医生检查后告诉他：这是急性胰腺炎发作，非常危险。医生要求他立刻禁水禁食，进行胃肠减压，排出胃内气体，缓解饱胀感，同时减少胰液分泌。初步恢复后，炎症消退，且淀粉酶正常，在医生指导下才可以饮用少许白开水，这一禁食禁水就是10天。10天以后，没有了不适症状，方才可以进行流质饮食，喝些纯米汤或纯菜汤，不能带有任何油脂、蛋白的食物，避免胰腺炎的复发。再慢慢地转变为半流质饮食，并且以植物性饮食为主，直至完全康复后，才能进食蛋白类食物，逐步恢复到正常饮食。

这场病，让身高1.8米、体重140斤的他，直接暴瘦30斤，到出院的时候体重只剩下110斤。身先士卒、身体力行、身经百战的蒋海春，经受住了冰与火的考验，用他炙热的双手向党和人民交上了一份沉甸甸的优秀答卷。

尾　声

美丽的吉林市带给世界太多的惊艳，清澈奔涌的松花江穿城而过，大型的人工湖泊松花湖带给人们人间仙境的视觉冲击。松花湖是全国著名的大型人工湖泊，地理位置优越，气候清爽宜人，山水风光兼有“黄山之美、漓江之秀”，以“水旷、山幽、林秀、雪佳”的独特景致闻名中外。1986年7月，当代诗人贺敬之游览松花湖时曾经赋诗：“水明三峡少，林秀西子无。此行傲范蠡，输我松花湖。”1995年6月，时任国家主席江泽民视察松花湖时欣然握笔题词："青山绿水松花湖"。

这里的山水、林田湖草、沃土鲜花，以及厚重的历史文化，都让蒋海春心潮澎湃。

2022年6月，蒋海春履新，来了吉林公安处任副处长。

他爱这里的山水，爱这里的一草一木，爱松花江江水澎湃，也爱松花湖风景如画。

这么秀美的山水，这么美好的人间，值得他为之继续奋斗，苦点累点，自己做出牺牲也无怨无悔。

站在办公楼里的窗户前，蒋海春望向了远方……

采访后记：受访人，蒋海春，沈阳铁路公安局吉林公安处副处长，全国优秀人民警察。

采访地点：沈阳铁路公安局吉林公安处

唯愿苍生皆无恙

8 月的郸城，水清草绿，树木葱茏。洺河水穿城而过，岸两旁百草丰茂，花团锦簇。这个美丽的豫东小城，以小城人看得见的速度高速发展，“全国农业高新基地”，“中国书法之乡”，全国著名的“百强教育强县”，河南省“医共体”改革的排头兵……这个拥有 140 万人的人口大县，不仅成功脱贫，更是万众一心，共同走上了发展之路、富裕之路。

相传春秋末年，老子在邻县鹿邑炼丹，久不成功，让他心情郁闷，于是，他外出散心，来到了洺水河畔，看到河水清澈，岸旁各种药草香气四溢，引得蜜蜂蝴蝶飞舞其间。于是，老子决定在洺河中间段置炉炼丹，恰巧，王子李丹从此经过，送给老子一株药草，老子把药草加入丹炉，居然练出了仙丹。老子惊喜万分，大喊：“丹成了，丹成了”。郸城一名由此而来。

美丽的传说，不仅是劳动人民美好的愿望，更是人们对这片土地深沉的热爱，也是郸城人民对中医中药最朴素的坚持。因此，中医中药的发展，不仅是人民健康的需要，更是一种文化的传承与发展。

郸城县中医院把这一传统医学发扬光大，“医共体”更是为民众带来了福祉。

2021 年，时年 36 岁的肖俭成为郸城县第二医疗集团党委书记，成为郸城县中医院及其下属 6 个乡镇医院的领导人，这位“85 后”小女生带领郸城县第二医疗集团走向辉煌。

她微笑着迎面走来，干练的短发，白皙的皮肤，细眯而秀美的眼睛，在阳光的照耀下，闪烁着灵动的活力。如果不是别人介绍，谁能把她和那个叱咤风云、风风火火搞医革的人联系在一起呢？

就是她——原郸城县卫健委副主任、现县政协文教卫委主任、县第二医疗健康服务集团党委书记肖俭。

她亲手起草了《河南省紧密型县域医疗卫生服务共同体建设规范手册（试行）》，是河南省医改的制定者、见证者、参与者以及坚定的执行者，让优质医疗资源下沉到基层，让老百姓方便看病、看得起病，把以“治疗为中心”的服务模式逐渐转变为以“健康为中心”，切实减轻老百姓的负担，踏踏实实为老百姓做实事，使得郸城医改受到国务院办公厅的嘉奖。她用她柔弱的肩膀，扛起医改的大旗，把老百姓的健康放在心上，率先在郸城县推行以人民健康为中心的紧密型县域医共体建设。郸城县的医疗机构由原来的“各自为战”、碎片化管理，变为由县级医院牵头，带着乡镇医院共同发展的医疗集团化管理，把全县的医疗资源进行充分整合，全县的医疗队伍统一调配，优质的资源主动下沉基层，让老百姓在家门口看得起病、看得好病、少生病。

让老百姓花最少的钱，得到最好的健康保障。这是肖俭最想达到的目标。

她的医改举措，得到政府部门大力支持，更是得到老百姓的拥护。

在她多方奔走与努力下，郸城的紧密型县域医共体建设取得了巨大的成功，她的成就也让她获得了诸多的荣誉：

2018 年，她作为河南省妇女代表参加河南省第 13 届妇女代表大会；

2019 年，所分管的医改工作受到国务院办公厅督查激励表彰

2020 年，所分管健康促进工作获得全国“推进医改服务百姓健康”十大创新举措；

2020 年，获周口市委全面深化改革工作先进个人荣誉称号；

2021 年，获河南省总工会“五一巾帼标兵”荣誉称号；

2022 年，获周口市委市政府 2021 年度“改革创新奖”荣誉称号；

2022 年，获周口市人民政府深化医药卫生体制改革工作个人嘉奖；

2022 年，获河南省卫生科教工作先进个人称号；

…………

成绩后面是付出是辛苦，这个“85 后”女生一步一个脚印，用勤奋与汗水，用努力与勤奋，用对党对人民的无比热爱来诠释青春无悔……

金秋气爽，天高云淡。收获的日子总是让农人充满喜悦。

粮食丰收，颗粒归仓，安徽省临泉县瓦店镇的一个农村小院子里，一个年轻的孕妇收完最后一棵玉米，把成袋的玉米装车让丈夫拉回家，她拖着笨重的身子，一步一挪缓慢地行走。

到家之后，丈夫卸完玉米，准备歇息，她感觉肚子疼痛，孩子要生了。

丈夫不敢怠慢，请来了接生婆，在家里为妻子接生。一切顺利，一阵响亮的哭声传来，一个胖乎乎的女婴呱呱坠地，这是家里第一个孩子，年轻的夫妇为她取名叫肖俭，寓意勤俭持家的意思。

这一天是1985年9月16日。

女儿出生后，家里经济压力增大，父母没有别的挣钱门路，最后决定开个豆腐作坊，在家里卖豆腐。

常言说："人生有三苦，撑船、打铁、磨豆腐。"

肖俭的父母自然知道做豆腐生意的辛苦，但农村人不怕苦，只要能挣到钱，让孩子过上好日子，苦点累点又算得了什么呢？

后来，家里陆续又添了一个女儿，一个儿子。三个孩子的家庭，让肖俭父母的压力更大。夫妻俩没日没夜地劳作，日子仍然过得紧巴巴的。

父母到地里干活的时候，肖俭就在家带弟弟妹妹。姐弟三个人常常一身泥土，满脸灰尘，但父母顾不了那么多。他们干农活、做家务、磨豆腐，还要卖豆腐，肖俭的母亲又养了蚕，每天忙得不可开交。

7岁那年，肖俭上小学一年级，还要带着妹妹。放学回家，她就要帮父母做家务活，喂牛喂猪、拔草、烧火、洗碗，只要能干的活，她都要干。

9 岁那年，父母由于常年超负荷劳动，积劳成疾，都生病了。为了挣钱，肖俭每天放了学，自己推着豆腐车去村里卖豆腐。

学校的校长在同村居住，他看到肖俭卖豆腐，每天都关照她的生意。他买豆腐很有意思，从来不买整斤整两，而是每次都要自己动手切大小不一的豆腐块。然后，让肖俭算账。不让抹零，也不允许少找钱，校长每次都耐心地等待肖俭把账算好，把钱收准确。卖豆腐，让肖俭的心算本领迅速提高，算数成绩也是遥遥领先。

就这样，肖俭边卖豆腐，边读书，有时候还要辅导弟弟妹妹做作业，即便如此，她的学习成绩依然保持班内前几名。

2003 年，18 岁的肖俭高中毕业，顺利考上大学，就读于安徽中医学院中西医结合临床专业。

考上大学了，家里还有弟弟妹妹在读书，父母的压力更大了。当她带着父母给的家里仅有的 3000 元钱到学校报到时，她发现报了名之后，她已经身无分文，没有了吃饭的钱。她鼓足勇气找到系主任，说明情况，学校给予了资助，她才顺利在学校里开始了大学生活。

第一学期，她从家里拿了 3000 元，这也是她读大学唯一一次从家里带钱出来。第一学年结束，同学们都回家享受假期，肖俭没有回家，而是找地方打工挣钱。

她在街上发过传单，被学校安排勤工俭学岗位，也管理过学校自习室。

即便如此艰苦，这个坚强的女孩依然乐观，她爱唱爱跳，活泼乐观。一次偶然的机会，她接触到了黄梅戏，一下子就着了迷，开始学习唱黄梅戏。黄梅戏是由山歌、秧歌、茶歌、采茶灯、花鼓调，起源于农村，后来传入城市，逐步形成发展起来的一个剧种。它吸收了汉剧、楚剧、高腔、采茶戏、京剧等众多剧种的优点，逐渐形成了自己的艺术特点。

黄梅戏唱腔淳朴流畅，以明快抒情见长，具有丰富的表现力，兼具质朴细致，以真实活泼著称。一曲《天仙配》让黄梅戏流行于大江南北，也让肖俭迷上了这个剧种。

她开始认真学习黄梅戏，并很快唱得有模有样、韵味十足。一段《女驸马》，肖俭唱得字正腔圆、荡气回肠。

后来，她被一家戏曲茶社看上，邀请她课余时间去戏曲茶社演出。于是，肖俭又找到一个打工的地方，课余时间去演出挣生活费和学费。

医科大学五年（学习 4 年，实习 1 年）毕业，很多同学选择了考研，而肖俭由于家庭经济情况，只想赶快上班工作，挣钱贴补家用，减轻父母的负担。至于考研，她想等工作稳定了之后，稍有经济基础了，再继续学业。

她考取了医师执业资格证，成为一名内科医生。

本来她可以留在合肥工作，但她有了一个深爱的男友，他是河南郸城县人。男朋友听从父母的召唤，决定回家乡的中医院工作。

肖俭二话没说，放弃了原单位的工作，跟随男友一起来到了河南郸城县。她在县中医院成为一名内科医生，男朋友成为一名康复科医生。

工作安定了下来，两个人欢天喜地地结了婚，开始了按部就班的生活。柴米油盐，人情世故，该有的交往，一点都不能少。那是2009年，肖俭和爱人的工资是每个月650元，两个人的工资加起来共有1300元，各种开销刨去，每个月都不够花，为了省钱，肖俭自己动手做饭蒸馒头，只要自己能做的，决不花钱买。记得那年，肖俭的妹妹结婚，妹妹长大，有了自己的幸福，肖俭为妹妹高兴，作为姐姐，她也想给妹妹准备一份厚礼，可是，两个人加在一起1300元的收入，又让她底气不足。多了没有，少了拿不出手，爱人提出向别人借借，多给妹妹拿点钱，肖俭说："咱们量力而行。"

最后，两个人决定拿出1000元给妹妹随礼。

1000块钱的份子钱出去了，肖俭看着这个月剩下的300元钱陷入了沉思。

接下来一个月的生活，夫妻二人每天就是咸菜馒头稀饭，居然也撑到了月底。

提起这件事，肖俭笑笑说："馒头也能吃饱，没感觉苦。"

虽然钱少，但肖俭说，她为了爱情而来，和爱人守在一起过日子，她感到开心快乐。两个人一起努力，比什么都幸福。

一年以后，他们迎来了爱情的结晶，小宝宝的降生给这对年轻的父母带来了喜悦，同时也带来了压力，婆婆瘫痪在床，无力帮忙照看孩子；夫妻二人工资低，也请不起保姆。好在两个人都分别有频繁的夜班，你上班我带孩子，我上班你带孩子。如果中间没有空余，那只能逮住谁算谁了。

肖俭说："有时邻居来家串门，自己忙着去上班，就把孩子塞给邻居。”

艰难的日子慢慢也过来了，主要的是，丈夫牺牲多一点，他对家庭的贡献更大。

说到丈夫，肖俭一脸幸福，她说：“他很浪漫，节假日送花，生日送礼物。”

也许，这就是嫁给爱情的样子吧，即便生活没那么富裕，那种卿卿我我的爱情，仍然能够抵挡一切的困难，包括贫穷。

肖俭在单位比较开朗，同时又多才多艺，工作认真又热心助人，因此受到单位领导的关注。当时，中医院的医务科需要她这样的人才，领导就找她谈话，希望她到医务科去，把医院的医务管理这一块做好。

去还是留？肖俭陷入矛盾之中。

选择去，意味着放弃自己专业，转行去做行政工作；留下来，自己学有所用，业务能力会越来越强。

后来，爱人给予她支持，她才下定决心去医务科报到。

医务科的工作对她来说是一个挑战，为了尽快实现规范化管理，她没日没夜地查找资料，记录和整理文件，学习别的医院的管理经验，很快，她整理并制定出来一套完善的管理制度。

不到两年的时间，单位的医务管理工作在地区各项考评中名列前茅，而肖俭也成为中医医院医务管理工作的县级专家。

各种医疗安全，医患关系，以及各种纠纷的处理，成了她的工作日常。

有时候，因为一些矛盾，病人会把她堵在办公室里，不让她回家。每当这个时候，肖俭就静静地听病人发泄情绪，她说："他们需要情绪宣泄，而我愿意当这些坏情绪的垃圾桶，听他们宣泄，再想办法解决问题。为他们解决合理诉求，是我的职责和使命。"

有一位47岁的女患者，因为子宫肌瘤入院。入院检查后医生惊呆了：患者的子宫内布满了大大小小形态不一的肌瘤，必须尽快手术治疗。

抽血化验、心肺功能检查、彩超等，医生都做了很详细认真的检查，符合手术指征，可以手术。紧锣密鼓的准备之后，手术有条不紊地进行。

手术进行顺利，多个肌瘤顺利切除。病人除了晚一些恢复疼觉外，并没有太多不适。通过几天住院观察，病人符合出院指标，可以康复出院了。

这时候出现了意外，女病人说她左足出现问题，不能正常行走了。

于是，一场医患纠纷开始了。

肖俭第一时间介入，听取该女士及家属的意见，同时协调医院相关部门做一些检查。女患者脾气急躁，等不得，就每天找肖俭哭闹，上下班路上堵，办公室堵，也不多说，就是哭闹。说她刚得了孙子，没办法抱孙子了，医院得负责任。

那段时间，肖俭睡不好觉，吃不下饭，对于这样的患者，她第一次感觉自己的无助。说不得，气不得，也躲不得，问题终究要解决。

最后，经过肖俭多方协调，医院考虑到该女士家境困难，也本着人道主义救助的精神给予该女士适当的经济补偿。

纠纷处理结束，该患者满意地走了，肖俭揉揉发胀的脑袋，无声苦笑。

有医院就有医患纠纷。这样的事情需要耐心，也需要爱心。对患者的同情，对医院的热爱，这两者并不矛盾，它考验的是一个人的职业操守与职业情怀。

说起肖俭的成长，离不开组织的培养，也离不开郸城医疗系统推行的“医共体”改革。中医院原院长、现任郑州市卫健委副主任付登宵作为“医共体”倡导者和改革先行者于改革功不可没。1989 年，付登宵从部队转业返乡，由于他是卫生兵，回到郸城之后，组织上根据他的特长把他分配进了郸城县中医院。他到了中医院成为一名普通医生。为了提升自己，他考到河南中医学院脱产学习，学习结束他返回中医院，从基层做起，逐渐在医院管理方面崭露头角。2007 年，付登宵被调离中医院，去了新单位——郸城县卫生监督所，任所长。他一系列的脚踏实地的改革，使郸城县卫生监督所以崭新的面貌展现在民众面前。一年以后，郸城县卫生监督所被评为“全国卫生系统先进集体”，他所推行的管理模式至今仍在原单位实施。

2013 年，付登宵被调回中医院，任中医院院长。回到中医院后，付登宵在全县的医疗系统做了认真的调研，发现中医院各方面与县人民医院、县第二人民医院相比都很落后，不但管理混乱、环境脏乱差，而且医护人员责任心不强，工资收入普遍很低，很多人就是混日子，得过且过。

付登宵没有马上开会整顿，而是走遍单位每一个角落，拍了几千张照片，再三筛选出最典型的 500 多张照片，加班做出来 PPT，随后召开班子成员会，让大家看中医院的现状——环境方面又脏又乱，地上到处是烟头纸屑等垃圾；医护人员着装随意，有人扣子扣错，还有人穿拖鞋上岗……一张张图片无声诉说，大家看得羞愧不已。付登宵语重心长地告诉大家："医院如此环境，病人能信任我们吗？我们这样的面貌，怎么能为人民的健康保驾护航？"

这样的环境，这样的在岗情况，还有医院每年不到 2000 万的总流水，如果不改变，医院坚持不下去，根本谈不上前途谈不上发展，更谈不上为人民健康服务。

是改变的时候了，付登宵决定大胆起用年轻人，给年轻人机会，也给医院注入新的活力。

一批年轻的管理人才走上了管理岗位，肖俭，王珍等"80 后"年轻人被重用。这个时候的肖俭是医院医务科科长，她出色的管理才能受到大家的认可。

人事方面，起用年轻人，让医院一下子变得朝气蓬勃；业务方面，注重学习和提高。付登宵提出了"中医有特色，西医要突出"的理念，要求全体医务人员抓紧业务学习、提升业务水平，同时，也引进中医中药专家，通过门诊实战来带动徒弟……与此同时，付登宵还争取到县委县政府的支持，在全县范围内发展中药产业，让老百姓通过种植中药受益，也为中医提供优质的中药材，力争把郸城县域打造成亳州中药市场的副中心。

付登宵和县委领导一起带队去亳州考察，调研亳州的中药市场、药厂、中药材种植等，虚心请教河南中医药大学的有关教授，根据郸城实际情况，定下来"四大郸药"，即丹参、薄荷、桔梗、半夏。

这些中药材的种植，不但保障了郸城中医院部分常规中药用药，也为郸城老百姓带来实实在在的经济利益。

药材问题解决了，医院内部的各种整顿也初见成效，郸城中医院步入发展的快车道。

肖俭个人的才能得到了充分发挥，这个中西医结合的医生，显出了她另一方面的才能——医患协调。上级主管部门的沟通与汇报、上达下传，她总是思路清晰、主题明确，多难的事情她都能解决得当，并且文笔很好，《郸城县中医药发展战略规划纲要 2016—2030》的初稿就是肖俭起草的。

根据发展纲要，中医院创建“三级”、北京开论证会、郑州开论证会，以及很多资料的整理和完善，肖俭默默承担了这些工作。

2011 年，郸城县中医院获得“全国基层中医药工作先进县”的荣誉称号。

中医院得到了发展，但乡镇医院根本没有人愿意去。那时候，付院长开始考虑医疗制度改革，希望通过医疗改革改善乡镇医院的大环境，惠及广大民众，解决民众看病难看病贵的问题。

2017 年，县委县政府打响脱贫攻坚战，让因病致贫、因残致贫的人走出贫困，走向共同富裕的道路。

这个时候，县委县政府把医疗部门脱贫攻坚的大旗交给了付登宵同志。付登宵临危受命，走马上任郸城县卫健委，成为卫健委主任，也成为郸城县医疗改革的领头羊。

2019 年，郸城县卫健委由于医改需要，在全县医疗系统公开招聘有志于医改的管理人才。这时候，肖俭已经是中医院肾病糖尿病科室主任，同时也是医院医务部主任，工资收入已经相当可观，如果去卫健委这个新部门工作，意味着她将全力投身于医疗改革工作，没有时间再搞临床。不仅如此，这个新部门还是个“清水衙门”，不再有奖金及各项补助，只能拿行政工资，个人收入会大幅降低。

想到医改工作将惠及民众，农村出身的肖俭深知底层人民的疾苦，为了老百姓看得起病，自己的收入低点又有什么关系呢？何况，爱人也在医院工作，两个人的收入加起来也够家人生活了。

至此，肖俭不再犹豫，第一时间报了名。经过考试、笔试、面试等各项考查，肖俭从众多报名者中脱颖而出，以笔试第三名的成绩成功入职卫健委体改股，成为体改股第一任股长，也让她有机会全程参与县医疗体制改革工作。

说到这项工作，肖俭谦虚地说：“我只是参与者、执行者，功劳属于卫健委，属于各级领导和支持医改的各界朋友。”

除了医改的执行者、参与者这个身份，她还是具体医改工作政策的制定者和医改带头人，《河南省医共体建设规范手册》就是由她起草的。

这个手册明确了医共体的定义：紧密型县域医共体（以下简称医共体）是指，以县级医院为龙头、乡镇卫生院为枢纽、村卫生室为基础的县乡一体化管理，与乡村一体化管理有效衔接。充分发挥县级医院的城乡纽带作用和县域龙头作用，形成县乡村三级医疗卫生机构分工协作机制，构建三级联动的县域医疗服务体系。

其指导思想以习近平新时代中国特色社会主义思想为指导，全面贯彻党的十九大和十九届二中、三中、四中、五中全会精神，坚持以人民健康为中心，深入推进县域医疗卫生服务供给侧结构性改革，加快推进医共体建设，构建定位明确、权责清晰、分工协作的医疗卫生服务体系，全面提升县域医疗卫生服务水平，为人民群众提供公平可及、系统连续的健康服务。医共体基本原则是：

坚持政府主导。全面落实政府办医责任，统筹城乡融合发展，优化整合县域内医疗卫生资源，合理组建医共体，创新管理体制和运行机制，完善保障政策；

坚持管办分开。深化“放管服”改革，厘清管办职责，落实医共体经营管理自主权，促进医共体内部协同发展、医共体之间有序竞争；

坚持资源下沉。推动医疗卫生工作重心下移、医疗卫生资源下沉，充分发挥县级医院上联下带的纽带作用，把更多优质医疗卫生资源引向基层、投入基层；

坚持防治结合。贯彻预防为主的卫生与健康工作方针，充分发挥中医药在维护和促进人民健康中的独特作用，推动“以治病为中心”向“以人民健康为中心”转变；

坚持公益导向。以完善基本医疗卫生服务为重点，统筹推进医疗、医保、医药联动改革，增强人民群众的获得感。

…………

坚定了目标，明确了方向，肖俭把所有的精力投入医改工作中去。

一项改革，一个新事物的产生，有利于广大民众，就必定会触碰到一些人的利益。比如：县城的一些公立医院，它不缺患者，专家级医生收入不低，让他们放弃安稳的高收入工作，下沉到乡镇医院坐诊，不但工作环境艰苦，收入也减少了，个别人根本不愿意下沉；个别乡镇医院领导人，因为改革，个人利益受损，这些人也不支持医改工作；个别单位，因为医改触及部门的利益，让某些人心里不爽，千方百计阻挠医改……针对林林总总的这些情况，县委县政府及卫健委提出了“不换思想就换人”的口号，对医改工作给予最大支持。

当时，县中医院就把40岁以内、党员、三年以上管理经验的中层领导派出去，到基层医院当院长，有效充实了基层医院的领导力量，再把专家级别的医生下沉到农村医院，加强了基层医院的医疗技术提升。

通过医疗改革，肖俭所在的中医院，与六个乡镇级医院联合起来，组建了郸城县第二医疗健康服务集团。

很快，全县范围内医疗资源有效覆盖，达到了国家提倡的“90%以上的病人留在县城内，常见病不出乡镇，大病不出县城”，有效减轻了老百姓的负担，为百姓看得起病打下了坚实基础。

郸城县的医改工作成功了！肖俭也从幕后走向了台前，很多单位邀请她分享医改经验，也让她分享成功的喜悦。

国家卫生健康委、武汉华中科技大学医药卫生管理学院、北京大学公共卫生学院等先后邀请肖俭去分享他们的医共体建设经验，肖俭登上讲台的那一刻，认为自己付出再多的辛苦都是值得的。

医共体的另外一个成果就是乡镇卫生院的发展壮大与医护人员综合服务能力的提升。

原来的乡镇卫生院，房屋破旧，设备简陋，医护人员医疗水平不高。因此，病人哪怕是头疼发热也不愿意就近看病，而是舍近求远到县里看病。

鉴于这个情况，县里给予部分财政支持，乡镇卫生院自筹部分资金，对各个乡镇卫生院进行全面升级改造，改造后的乡镇卫生院设置中医馆，采用针灸理疗、中医中药等传统医疗手段，并且具备远程诊疗能力。

巴集乡卫生院是医共体改革后发展迅猛的卫生院之一。院长徐浩是一位“80后”年轻人，他所在的巴集卫生院共有80位在职工作人员。这些医护工作者也是年轻人居多，一个乡级卫生院有何秘诀留住高学历年轻人呢？

首先是工作环境，花园式建设让每一个在来这里的人都感觉心情愉悦。其次就是人性化管理，人尽其才人尽所能，让每个人感受到了尊重与关爱。再者就是收入提高了，付出与收入成了正比。

徐浩说：“是医共体改革带来的福利，让年轻的医护人员有了归属感，有了成就感，也有了留下来为民服务的决心和信心。”

在这个单位里，各个科室的医生都有跟随名师学习的经历，集团统筹安排招募优秀人才加盟。

推拿针灸科李医生原来是一家私人诊所的医生，院长徐浩听说了他治病很有一套，便三顾茅庐请他来医院工作，李医生被他感动，跟随他来到医院，看到医院门诊病房楼很大气，环境整洁，各种设施齐全，在医院也能实现专家远程诊疗，李医生很惊讶，答应先工作一段时间试试。

这一试让李医生决定留下来安心工作了。由于他医术高超，一些疑难病症也能药到病除，一时让他在方圆几十里名声大噪，慕名而来的患者络绎不绝。李医生努力工作的同时，医院给予他各种保障，让他的月收入达到了万元以上。

在理疗室里，村民赵大妈由于腰疼正在做治疗。治疗一次23元，医保报销之后，她个人支付部分只有不到5块钱。

炎热的夏季，赵大妈躺在空调房里，一边享受着凉爽，一边接受治疗。不到5块钱的费用，却是李医生这样的高手来服务，赵大妈心里很满意，见人就说医保好，看病方便，看病便宜。

在这里，徐浩院长和他的同事把重点放在老百姓的健康保障上，推行“智能健康服务站”工作，以实施国家《“健康中国2030”规划纲要》为指导，推进健康中国建设，坚持预防为主，推行健康文明的生活方式，营造绿色安全的健康环境，减少疾病发生。调整优化健康服务体系，强化早诊断、早治疗、早康复，坚持保基本、强基层、建机制，更好满足人民群众健康需求。

不仅是巴集乡卫生院年轻人多，全县19个乡镇卫生院也都是如此。年轻人的到来，让一贯死气沉沉的乡镇医院重新焕发出活力，他们热情，善于学习，对群众实打实地好，医疗水平也确实很高，赢得了民心，也赢得了尊重，更赢得了信任，

中医中药基层断代风险平安度过，中医中药在年轻人手中得到更好的传承与发展。

肖俭说："医改的成功，是县委县政府及卫健委等各方努力的结果，我有幸参与其中，我分享的是郸城医改经验，也是传播为民众解决看病难的经验，只要能惠及更多的民众，我愿意天天讲，时时讲。"

由于肖俭在医改工作中的突出表现和她做出的贡献，2021年10月，时任县卫健委副主任的她被任命为郸城县第二医疗集团党委书记。

这个"80后"女生带着她的医疗改革的成功经验，深入基层医院，和基层医生一起为农村医疗尽力服务。

在一次下沉工作中，肖俭作为医疗专家来到了胡集乡卫生院，和当地卫生院的同事一起到附近村为村民提供服务。来到村里，村民们很快围了上来，其中一个村民引起了她的注意。该村民为男性，45岁左右，消瘦，他病恹恹地站在人群中，无精打采的样子。肖俭走过去，问他哪儿不舒服。男子说："不知道咋了，没有力气，头晕，口渴，容易饥饿。"肖俭认真询问了一些情况，通过多年的临床经验，她心里有了初步判断：该村民可能是糖尿病患者。

肖俭安排随行的同事马上带这位村民去胡集乡卫生院做相关检查，检查结果很快出来了，该村民果然是糖尿病患者。当时该村民血糖指标极高，达到了很危险的地步。胡集乡卫生院马上安排他住院，并紧急启动"先看病、后付费"程序，该村民没有拿钱就住进了乡卫生院，肖俭亲自为他判定治疗方案，很快，他的病情得到有效控制，几天以后，该男子拿常规治疗药物出院回家。

男子说："多亏肖医生，不然，我还真不知道身体情况，感谢党的好政策，让我看得起病，治得起病。"

看到村民病情得到有效控制并顺利出院，肖俭感受到医改带给老百姓实实在在的实惠，这一刻，她感觉再苦再累也值了。

2023 年 2 月，肖俭被提拔为县政协文教卫委主任。肖俭说："只要为党工作，只要人民需要，我随时随地听从召唤。"

无论工作多么繁忙，肖俭也坚持业务学习，肾病、糖尿病专业不能丢，为人民健康服务的本领不能丢。现在，她正冲击副高职称。与此同时，她研究生论文答辩成功，拿到了硕士学位证书。

这个阳光、温暖、勤奋、上进的"80 后"女生，正以更昂扬的姿态投入到新的工作中去。

采访对象：肖俭，1985 年生，安徽省临泉人，郸城县政协文教卫委主任、县第二医疗集团党委书记

采访地点：郸城县委宣传部

心和梦想一起飞

“女士们，先生们，此处正是10100米高空，我们的飞机穿梭在云层中，白云从身旁飘过，蓝天触手可及，机下是美丽的青海湖，碧波荡漾，蓝色如锦缎，亮光闪闪，水天一色……”在乌鲁木齐飞往南京的航班上，飞过青海湖时，高许航又被眼前的景色所打动，忍不住打开旅客广播，对旅客们这样说道。对于他来说，这样的天气是常态，这样的美景常有，这样的心情也是一如既往。

从青岛到乌鲁木齐，再从乌鲁木齐到南京，飞行往复，不过是他的日常生活而已。但他就是喜欢这样的生活，喜欢飞行，喜欢飞行中的这种感觉和这些如画的风景。

每一趟航班，每一条航线，都有无限的美景，心情一如蓝天大海，在苍穹之上翱翔，这种感觉让他沉醉、让他留恋，也让他心甘情愿为之付出。飞上蓝天，他是雄鹰；走上大地，他是有担当的教员。飞行与授课，让他的生活色彩斑斓，也让圈外人士倍感神秘。

这么一个充满诱惑、充满希望、充满浪漫，又朝气蓬勃、魅力四射的职业，高许航如何驾驭？如何热爱？又如何为之倾尽心血、挥洒汗水与青春？高许航用他的荣誉做了回答。

2011 年，高许航被评为山东航空公司飞行部先进个人；

2013 年，获评山东航空公司飞行部先进个人，同年 8 月 1 日被聘为 B737 机型责任机长。2017 年、2019 年，高许航被评为山东航空公司“先进工作者”。

…………

一

1984 年 9 月 30 日，高许航出生于辽宁省朝阳市，作为家里的独生子，他一出生就受到父母的宠爱。父母虽然是普通的工人，但还是尽最大努力给予高许航最好的照顾。

小时候，每看到天空有飞机掠过，高许航就特别关注，他常常盯着远去的飞机发呆，心里想着，飞机上的飞行员一定帅得冒泡，如果有朝一日自己能开着飞机满天飞就好了。

有时候夜晚做梦，高许航梦到自己成为那个“开飞机”的人，睡梦中就笑醒了。幼时的高许航，把飞行梦深深印刻在了心里，他相信，早晚有一天，他会翱翔蓝天，俯瞰大地；他会展翅苍穹，梦想成真。

这一天终于来临了。

2004 年，高许航参加高考，被中国民航飞行学院录取，成为一名飞行学员。入校之后，前两年是理论课，主要学习航空理论课与大学基础课。

入学第三年，高许航考取了私用和商用驾驶执照，这意味着他的蓝天梦即将实现。

2006 年，高许航到绵阳飞行学院报到，开始进行系统的飞行训练。

飞行训练绝对是考验人的综合素质的具体方式。

在飞行学院的训练过程中不仅有飞行操作的技能考验，也同样考验在层层的实践考试筛选过程中人的心理抗压能力。

高许航同届的同学有 360 人，最后毕业的只有 310 多人。

再苦再累，高许航都没有退缩，他更具激情和热情，因为这是他小时候就有的梦想，如今梦想成真，他感到命运对他的眷顾，感受到生活与生命的美好。

2008 年，高许航以优异的成绩毕业，同时被学院授予“优秀毕业生”称号，山东航空公司（简称山航）向他递出了橄榄枝。

“山航与中国国际航空实现代码共享、航线联营、航材共享和支援，并达成信息管理与系统开发、管理交流与合作、培训业务等方面协作。山航先后荣获中国民航飞行安全奖‘金雁杯’‘金鹰杯’。刚刚过去的 2006 年、2007 年更是连续取得全民航航班正点率第一名的佳绩。”

就职于这么一个优秀的航空公司，高许航内心充满感动，他庆幸自己遇到了伯乐，来到了山航，他可以为了理想大展身手。

来到山航之后，给他帮助最大的是他的师父韩晓峰。那时，山航对飞行员的训练就已经十分重视，通过层层筛选最终选出 4 名优秀的型别教员，作为专职模拟机教员对飞行学员的初始改装进行训练。高许航在这时结识了师父——韩晓峰教员，师父原来是部队飞行教员，在部队就一直带飞行学员，有着丰富的带飞经验。他为人严谨、待人真诚、专业知识扎实，高许航与师父一起在珠海、深圳经历了初始改装，无论是航空专业知识还是生活上的问题，高许航都会去请教他。当高许航成为一名型别教员后，由于第一次带初始改装学员没有任何经验，就跑到师父家里，详细请教带初始飞行学员需要注意什么内容，这时候，师父韩晓峰泡杯茶端过来，问道："你都准备了什么？"

高许航认认真真地回答师父："我把飞行机组使用手册、初始改装训练大纲、机组标准操作程序手册等又系统地学习了一遍，准备了第一课讲评的内容。"师父听他说完，问道："如果现在你是飞行学员，你的需求是什么？你希望你的师父怎样和你交流？"

高许航恍然大悟，师父这是要求他站在学员的角度去思考问题，培训的意义是以学员为中心，让学员能够理解、掌握，并会操作，由脑入心长在身。

从那起，高许航明白了培训的重要意义，从此也对培训产生了浓厚的兴趣并心怀敬畏。

师徒如父子，老祖宗留下的这句话再次印证了师徒之间深厚的情谊。在日常训练中结下友谊，让高许航对师父有了另外一种情感，亲人一样，成为彼此生命中最重要的人。高许航的父母来看望儿子，师父韩晓峰安排接待，衣食住行安排得妥妥当当，直到后来，高许航在青岛为父母买了房子，把他们从辽宁老家接到青岛居住，老人儿孙绕膝，安享幸福晚年。

师父韩晓峰观察到这些细节，他拍拍高许航的肩笑笑说：“唯努力方可塑。”后续的训练中，高许航不曾有丝毫懈怠，从小飞机训练到大飞机飞行，从学员到正式员工，师父韩晓峰见证了高许航的点滴成长，有一次模拟机训练时，高许航由于头天晚上没有休息好状态不佳。师父韩晓峰敏锐地发现了这一情况，让他休息，而后语重心长地说：“作为一名飞行员，要时刻保持最佳状态，旅客的安全才是我们最重要的目标。乱我心者，今日之日多烦忧，切记切记，安全大于天，责任重于山呀！”

高许航听了师父的话，惭愧不已。他向师父保证：以后再也不会出现这种情况。

直到现在，他都会按时作息，时刻保持良好的精神风貌，飞行途中，保持心情愉悦，更保持全神贯注。

从恋爱到结婚，师父韩晓峰也给予父亲一样的关怀。那一年，高许航爱人要生产了，两个年轻人手忙脚乱，不知道如何应对这如潮的喜悦与生产难题。师娘在医院工作，是医学专家，她与师父韩晓峰一起安抚两个年轻人，为高许航爱人安排住院，全程照顾生产。

孩子平安出生的那一刻，伴随着孩子嘹亮的哭声，高许航喜极而泣，师父韩晓峰与师娘的脸上都露出十分欣慰的笑容。

现今师父已经退休，高许航仍然经常抽出时间去陪伴师父，哪怕是吃一餐饭、喝一杯茶、聊一会儿天，见不到师父，就会想念，像久别的亲人一样想念。

师父不仅传授给他飞行经验与技术，也给了他很多人生价值观的指导，让他坚定飞行不迷茫，努力工作不懈怠。

敬畏职责，敬畏规章，敬畏生命，这是师父对他的要求，也是山航人的优良传统。

二

2017年夏，高许航爱人带着两个孩子回攀枝花，看望在那里的太姥爷和太姥姥。6岁的大宝宝不知是什么原因突然得了重症肺炎，引起了双侧耳朵大穿孔，耳膜几乎都没有了……后期孩子经常受中耳炎的困扰。给孩子耳朵上药水是一件极其痛苦的事，药水的刺激让孩子疼得在床上不停地使劲蹬腿、哭喊……10分钟的耳浴已让孩子满头是汗。这样的情景不知上演了多少次……高许航和爱人一起带着孩子跑遍了多家医院的耳鼻喉科，寻求孩子耳朵的治疗方案，但医生给出的方案大多数是等孩子大了再干预。高许航不想让孩子再遭受耳膜上药的痛苦，他和爱人决定带孩子去北京求医问药。到了北京几经辗转，医生问诊后，建议做耳膜修复手术。可是，高许航的假期马上结束，爱人无法独自看护两个孩子。高许航和爱人再三商议，决定由他带着不到4岁的妹妹回家，爱人留在北京陪着大宝做手术。离开医院，高许航先买了最晚一班回青岛的高铁票，接着在附近找了宾馆，安置好娘俩，又赶紧去周边采买母子所需要的日用品，但总感觉东西置办得不全，心里忙乱。爱人一直在宽慰他：“不用担心，你回去好好上班，安心飞行。”

到了去车站的时间，高许航抱了抱大宝，心里有万般无奈……但飞行在召唤，工作必须完美完成，高许航义无反顾地返回工作岗位。

经过一个飞行周期后，高许航又来到北京，正好是儿子做手术的日子。两个小时，不快也不慢……看见他被推出来，换了新发型，耳朵被包裹住，心里的担心瞬间没了。再后来，随着复查的频次减少，大宝的情况也越来越好，现在已经康复。

这让高许航十分欣慰。

工作再怎么繁忙，但对家人的陪伴不能缺失，尤其是作为父亲，平时天南海北飞来飞去，家里的大小事务都是妻子包揽。只要有时间，高许航就会陪伴妻儿，这是责任，也是担当。

三

每年的 9 月至 10 月份，是新兵入伍的日子。

山东航空公司积极支援部队建设，做好拥军优属工作。这个时候的新兵运输工作，当为首要任务。只要国家需要，只要人民需要，山航人随时整装待发。

高许航不止一次执行过这样的航飞任务。

看着入伍的新兵，穿着军服，胸前佩戴着大红花，迈着轻快的步伐步入机舱，然后落座，高许航的内心热血澎湃。

这是年轻人的追求，这是新一代最可爱的人。有了他们的奉献，这个国家才更安稳、更富饶、更伟大，为他们服务，为子弟兵做一些事，让高许航内心的自豪感油然而生，仿佛看到了学生时代的自己，青春飞扬、个性十足。想起在飞行学院读书的日子，军事化的管理，紧张而严苛的训练，努力向上的样子，像极了这帮生龙活虎的新军人。

航班准时起飞，在城市上空盘旋的时候，仿佛敬礼，又仿佛祝福与惜别，高许航把这些新兵送到了目标城市，在未来的两年亦或多年里，他们要么奔赴各地，要么守候军营，日子如此清晰，而目标永远伟大。

致敬英雄，致敬人民子弟兵！

2013 年 9 月 26 日，高许航驾驶南京飞往昆明的航班。

这是一个让他终生难忘的日子，也是让他刻骨铭心的一次飞行。

这一天，飞机如往常一样飞行，飞行前的各项安全检查均是正常。

在万米高空穿进云层，温度变低，启动防冰系统防止发动机结冰，但在脱离结冰天气后机组关闭防冰系统的时候，高许航突然发现右侧发动机以满油门状态运行，并且无法通过油门进行控制。当时，高许航内心有些紧张，平时训练过程中根本没有过这种情况，怎么办？高许航通过综合评估，决定关掉右侧发动机，然后就近找机场降落。

关掉了右侧故障发动机，仅靠左侧发动机运行，虽然在日常训练中会经常训练单发动机降落，可在真实航班飞行中极为少见，高许航凭借过硬的技术本领，沉着冷静操作，综合考虑当时的天气等各方面条件，在长沙黄花机场安全着陆，成功避免了一场安全事故的发生。

公司对于高许航的飞行技术及紧急应变能力给予充分肯定，在公开表彰的同时给予现金奖励。

高许航说："山航培养了我，成就了我，作为一名山航人，敬畏生命，敬畏规章，敬畏职责，是我应该做的，也是必须做好的事情。”

是呀，有了敬畏之心，才能努力工作，才能保障人民群众的生命安全。

成长起来的高许航，除了常规的飞行任务，他也开始像师父韩晓峰一样带徒弟了。

四

山东航空公司培训部位于美丽的海滨城市青岛，这里依山傍海，四季温润，在山东省三大“经济强市”中位列第一。培训部位于青岛北部的城阳区，这里产业基础雄厚，聚力发展高新技术产业。山航培训园区占地约30亩，是目前国内设施先进、配套完备的综合性的航空训练中心之一，主要提供针对飞行员、乘务员及其他航空相关专业的培训。高端的飞行训练设备为飞行员提供专业的培训，英姿飒爽的飞行员们在这里训练，通过模拟训练与特情处置磨炼技术，提高安全驾驶能力。着飞行制服是进入训练区的必要条件，肩章、领带、飞行箱一样不缺，严格遵守训练的标准程序：飞行前的充分准备、飞行中的认真指导、飞行后的细致讲评，通过每半年一次的复训，飞行人员掌握扎实的飞行能力，确保飞行安全。空中乘务们每年也会在这里进行各类培训，训练场地随处可见青春靓丽的面孔以及活力四射的身影，合体的制服、精致的妆容伴随着训练中严肃的口令，构成一幅独特的亮丽风景。每年的复训不仅是培训专业技能、安全技能，更体现的是团队协作。

山东航空培训部拥有7台B737系列全动模拟机、1台CRJ-200全动模拟机满足飞行人员训练。1台全动乘务训练舱和服务舱、灭火舱和舱门训练器等训练设备，培训大楼内拥有完备的CBT教室、标准化电教室、语音室、讲评室、展览室、形体室、化妆室、礼仪室、报告厅等各类专业教室40余间。其中CRJ-200模拟机为国内唯一，部门具有中国民航CCAR-142及专业培训资质，拥有雄厚的师资力量，民航各类乘务员培训、飞行员训练、应急生存训练、危险品训练等专业航空训练都可在这里举行。

山航培训部还设有商务礼仪、茶文化、红十字急救、飞行模拟、应急生存训练等各类培训项目，可满足企事业单位的各类专业课程及航空体验项目需求。

近年来，随着国家对素质教育的重视，利用社会各类资源为学生全面发展提供条件，以培养学生创新精神和实践能力为重点，公司利用航空培训资源优势，积极参与并纳入青岛市中小学生研学旅行基地，开展面向国内外大中小学校及培训机构的研学项目，拓展国家航空航天领域。

作为一名教员，走在培训部基地，高许航内心的自豪感油然而生。

在这里，他的技术可以毫无保留地传授出去；他的经验可以坦诚告诉每个学员。

他带的学员一批又一批，他们一起翱翔蓝天，也一起走上培训课堂。这些活力四射的飞行员，正以昂扬的姿态迎接每一个黑夜与黎明，在每一个日出或者黄昏之际，在祖国需要的地方展翅高飞。

走进培训课堂，高许航马上精神抖擞，一如在机上的状态。面对着学员，演示着他亲手做出来的PPT，他侃侃而谈，从安全飞行到故障处理，从理论到实战，从国内到国外，从眼前的教室到模拟机训练……这时候的高许航脸上洋溢着自信，语言是妙语连珠。

学员李国庆是1996年生人，山东潍坊人，毕业于滨州学院飞行技术专业，是目前高许航带的徒弟之一。城市出生，城市成长，自小生活条件比较优越，对于吃苦受累没有太多的概念。除每天4个小时的模拟机训练，还要完成另外的训练和学习任务，李国庆和别的徒弟一样，感觉压力太大，产生了畏难情绪。高许航看在眼里，急在心头，以身示范，不但与他们一起训练，还给他们解决训练中遇到的困难，以及学习中遇到的难题。为了让李国庆等徒弟能够刻苦训练，刻苦钻研专业知识，早日成为一名合格的飞行员，高许航常常以自己的师父韩晓峰为标杆，对自己的徒弟格外细心，不但教授技术与专业知识，在生活上也给予他们更多的关心与爱护。讲起师父高许航，李国庆说："师父如亲人，不努力学习就对不起他。"

经过刻苦训练，也经过了50个小时的飞行，李国庆终于成为一名副驾驶。未来几年，他的目标是成为一名合格的机长，然后成为资深机长，再晋升型别教员……最终成为师父高许航一样的人，可以带徒弟，也可以教授课程，更可以翱翔蓝天，服务于社会，这是一个热爱蓝天的人的目标，也是山航人的传统。

五

又到了早班时间，早上6:30，高许航早早来到机场，做航前准备工作，飞机资料、机场信息、天气状况、油量信息、航路信息等都要了然于胸，做完这些准备工作，高许航拿着当天的飞行任务书，和副驾驶一起过安检、在机坪绕机检查，检查完毕，确认无任何疏漏，准备工作才算完成。

飞机起飞，高许航的心也一起飞翔。

高许航想起一个段子，大意是：只要天上不下刀，山航永远不迟到。暴雨天其他航班都紧急叫停，唯有山航一头扎进风雨中。这也许是一些山航粉丝对山航的准时准点给予的鼓励，实际情况是，在恶劣的天气情况下，山航飞机靠的是先进的HUD设备，遵守安全飞行规章制度，不会违章飞行。

作为一名山航人，为人民服务是高许航的宗旨，安全飞行更是他的责任所在。

前方，仍然是蓝天白云，脚下是云雾缭绕，仙境一样。在这样的美景中飞行，俯瞰祖国大好河山，高许航高起飞，准时航行。

采访对象：高许航，1984年生，辽宁省朝阳市人，山东航空公司资深机长、型别教员、熟练检查员。

采访地点：青岛

桃李初心鲲鹏志

在广袤的豫东平原，有座不大的县城，像镶嵌在平原上的一颗璀璨的明珠。县城虽然只有不到140万人口，却拥有各级各类学校942所，在校生29.6万人。其中高中在校生4.6万人，一本升学率河南省第一——它就是全国基础教育百强县——郸城县。郸城自古以来就是注重教育的地方，传说春秋时期老子在郸城洺水河畔炼丹成功之后，潜心学问，后来写成了《道德经》，这本书影响中国几千年。深厚的文化底蕴武装一代又一代郸城人，清澈的洺河水滋养了两岸的人民。在这个人杰地灵物华天宝的地方，注重教育的郸城人民，把培养学子当成最重要的事情，历代莫不如此。

郸城县第二高级中学就坐落在洺水河畔。新建的大门坐北朝南，庄严大气，门两旁是学子成就的光荣榜，门前是洺水淙淙，花香鸟鸣。

这儿的环境优美，师资力量雄厚，是郸城乃至附近县市学子成就梦想的地方。八零后青年教师张鹏就在这所学校任教。

张鹏是郸城二高语文教师、班主任，中小学语文高级教师、郸城县专业技术拔尖人才，河南省教育学会语文教育学专业委员会理事、河南省诗词学会会员、河南省十大语文年度人物（2017）、河南省第八届十佳语文教师、周口市教学名师、周口市优秀班主任……

一个个荣誉串起张鹏的工作日常。这个把学生当亲人、好友的青年教师，把他的足印、把他的教育工作内敛低调地归纳为责任。责任大于天，一个有责任心的教师被他的学生口口相传，就这样走向了大众视野……

一

1982 年 6 月，张鹏出生于郸城县南丰镇一个农民家庭。改革开放初期，河南农村仍然贫寒，在这个以种地为生的农村，他的到来，为家庭带来很多喜悦，同时也为父母带来巨大的经济压力。家里是没有多少钱的，仅仅粮食够吃而已，几年以后，两个弟弟出生，使这个家里经济状况更加窘迫。父母日出而作，日入而息，一年忙到头也只是解决了温饱问题。即便如此，到了入学的年龄，父母还是把弟兄们都送进了学校。张鹏小学在村里读书，放学回家吃饭，无忧无虑的年龄根本不知道什么是忧愁，直到小学毕业，考取南丰一中，去镇上读书了，才知道家庭生活困难是什么滋味。那时候是住校的，有钱的同学吃菜喝汤，生活滋润；而张鹏只能用尼龙袋子背馍，一次背 18 个，一周的生活物资就是这 18 个馍。在学校的大伙房里馏馍，冬天还好点，馍不会坏掉；到了夏天，馍很快就会长毛，长毛也舍不得扔掉，馏馏照样吃。一个星期，家里给 2 块零花钱，买资料日用品都不够，根本没有钱买菜吃，就馍吃的常常是五分钱一勺的咸浆糊。

咸浆糊是一种发明，对于求学在外吃不起菜的学子来说，用它来蘸馍吃，简直是天下美味。具体做法是：把面粉掺水搅成糊状，放锅里大火蒸熟，然后加盐，淋上几滴小磨香油。吃饭的时候，用馍蘸着吃，特别下饭。

这样的日子过了三年，很快初中毕业，张鹏成绩优秀，考重点高中没有问题，但由于家庭太困难了，他思考了很久，放弃了上高中的机会，考取了沈丘师范学校（中师）。

毕业之后，他被分配在老家南丰一中教书。

彼时，年轻的老师张鹏单纯、明朗、生气勃勃，是一群孩子中的大孩子，学生们只比他小几岁，纯粹，稚嫩，眼睛像水一样清澈。张鹏吃住在学校，一腔热血如火一样熊熊燃烧，全身心都扑在教学中。一个大男孩领着一群小男孩、小女孩，在空旷的校园唱歌、摘野花、数蜻蜓、夜晚一起数星星……和学生一起读书、吟诗、写作文；一起唱歌、下棋、看露天电影；一起去田野里看春天的新芽、秋天的枯草。张鹏还给学生开设《论语》选读课，学完《沂水春风》，他把课堂搬到了操场、麦田。他还创造性地开设电影欣赏课，看完《死亡诗社》，他和孩子们尝试站在板凳上、站在课桌上上课。他把课堂变成朗诵会、辩论会，和孩子们一起在课堂上尖叫、大笑，抑或默默流泪、静静地忧伤……他和学生一起做学生，学生也和他一起做老师。他和学生一样年轻、明朗，对未来充满梦想与激情……这样浪漫而热情的教学生活整整持续了三年。在这个学校里，张鹏完全突破了传统的教学理念，把一腔热血倾注给他热爱的教育事业。校长刘士强对他的工作给予充分肯定，他说：“我到全国听过很多名师名家的课，张鹏的课不亚于他们。”此后，每当上级领导、外校老师来校调研、交流，他必安排听张鹏的课，给予这个年轻人以莫大的鼓舞。张鹏因此结识了县教研室齐敏老师，她推荐张鹏去郑州参加省级语文教学会议，让张鹏的教学走出县域。主管业务的副校长刘志刚老师是语文名师，快速作文教学在本地颇有影响。他倡导全校师生学习当代著名教育家魏书生，经常放映、播放魏老师的报告录像、讲话录音，两卷本《魏书生文选》人手一册。他说张鹏教授的语文是“大语文”，鼓励张鹏大胆教学、继续创新。年轻的张鹏当时并不懂什么是“大语文”，只知崇拜成绩斐然的教育界权威与前辈。2002 年底，两位刘校长告诉张鹏一个喜讯，他的教学创新得到上级主管部门的关注与认可，县教研室决定在全县范围内推广他的教学经验，并将邀请市教研室领导前来指导。面对这些，张鹏感觉到前所未有的压力。尤其是几次外出学习，更使他深深认识到自己有很多不足，隐隐觉出外面世界的辽阔高远。2003 年元月，河南省第六届语文年会在郸城县召开，张鹏亲自聆听了魏书生老师的报告，并认识了语文课程论专家蔡明老师，他终于下定决心走出去，到外面去看看。

2003 年张鹏参加了成人高考，考取了河南教育学院汉语言文学教育专业，并于2004年元月负笈郑州求学（脱产进修）。两年的大学生涯短暂而丰富，给他留下了太多难忘的回忆，张鹏在那里收获了沉甸甸的知识和深厚的情谊。时间太快了，七百多天转眼即逝。这七百天是张鹏如饥似渴读书求知的七百天，是他自我更新脱胎换骨的七百天，是他睁开眼睛看向外面世界的七百天。此生有这样金子般的成长时光让他倍感珍惜与幸福。

他毕业之后，再报考东北师范大学在职研究生，并顺利毕业。

二

2008年，张鹏来到郸城县第二高级中学工作。入职之后，他教授语文课并带班当班主任，如何在愈演愈烈的应试环境中左冲右突、奋力拼杀，怎样打好素质与应试教育的“双手互搏”，把学生送上较好的大学，同时为他们的终身发展夯实基础，成为张鹏常常思考的问题。

他带的班级，90%以上的学生都来自本县农村，为了了解孩子们的家庭状况，他利用周末和晚上下班时间骑车去家访。

全面了解学生状况之后，张鹏发现了一个心酸的问题：很多学生的家长没有文化，家里根本没有阅读学习的环境。如何让孩子德智体全面发展？如何让孩子拓宽视野、增宽知识面，把学习成绩搞上去的同时，又能让孩子们丰富知识、增加阅历呢？

想起自己的阅读经历，张鹏的脸上露出了微笑。

小时候，张鹏家里情况也和当时农村孩子差不多，只能看到连环画册，也许，那时候的连环画册就是最基本的阅读吧。升入初中以后，张鹏才和很多同学一样，有机会读到《丑小鸭》《灰姑娘》等西方经典童话故事。

当时，在同学中流传一本被翻得破烂的“郸城县卷”（全名是《中国民间故事集——河南郸城县卷》），该书收录了几百篇本地的神话、传说等故事，张鹏好不容易借了过来，如获至宝，反复阅读，里面的很多内容让他记忆深刻。

那时农村的庄户人家墙上糊年画，有山水，有人物，有故事——算是放大版的连环画了，一般到过年会有更新。张鹏每到一个邻居家串门，就喜欢看他们家的年画，其中最让他迷恋的是《白蛇传》《济公》《西游记》等神话故事，一遍又一遍地看，百看不厌。后来村里有了电视，电视剧《新白娘子传奇》《济公》《西游记》等，更是让他着迷了很多年。张鹏家的墙上也贴满了各种画，没有一处闲地方。这些画，是他幼年读得最熟的“书”。他父母卧室墙上贴有领袖人物画像，一连好多张，母亲常常给他讲那些人物的故事。他上小学时读的最多的是连环画。家乡是十足的穷乡僻壤，连环画都是稀罕物，每读到一本就像过了一个盛大的节日。那时的连环画除了“四大名著”，比较多的就是抗日故事、武侠故事，像《地道战》《吕四娘》等。让他印象深刻的是《三国演义》中老黄忠大战关羽那一节。第一仗老黄忠与关羽大战三百回合，不分胜负；第二仗关羽用拖刀计，老黄忠马失前蹄，不幸落败；第三仗老黄忠一支百步穿杨箭，直中关羽盔缨……年幼的张鹏看得时而紧张，时而欢喜，一颗心紧紧牵系在老黄忠身上。

上小学后，语文课本上学的内容，有两个故事非常难忘：《迷路的小羊羔》《小马过河》。

后来上了初中，张鹏更加如饥似渴地阅读所有他能找到的书。

有一次张鹏到一个同学家里玩耍，看到一本残破的《红楼梦》（后来知道这是人民文学出版社1982年版第1次印刷的），厚厚一大本，纸张泛黄。他小心翼翼一翻，全是古奥的词句，半懂不懂。但是，他翻了一晚上，黛玉闷制《秋窗风雨夕》、众姐妹作诗争胜、刘姥姥进大观园、尤三姐殉情等故事也就印在了脑海，对书中提到的那些古物古器、饮食穿着等也满是好奇，同学见他喜欢，就把书送给了他。这本书是张鹏第一次接触并第一次拥有的真正的文学书籍，为他开启了一个无比纷繁美丽、深邃博大的红楼世界。后来他有了数十个版本的《红楼梦》，也买了很多“红学”著作，它们占据了书柜的好几层，这本残破的《红楼梦》却一直位居书柜中最重要的位置。

余秋雨的《文化苦旅》带来的是另一种惊奇。这是散文吗？怎么像小说？还是诗？

《莫高窟》《道士塔》《阳关雪》《风雨天一阁》《夜航船》《废墟》……一个一个故事，一段一段传奇，一行一行诗歌。

他进入中师以后，接触的书籍才多起来，渐渐开启海量阅读模式。文、史、哲，教育、科普，医学、心理学，天文、地理，琴棋书画、娱乐八卦……凡见到的书无所不读。他在书海中自在畅游，也在书海中沉浮迷误。兴趣广泛，散漫无凭，兴之所至，随手拾掇，当然杂而不纯，浮泛而难专精。

在这里张鹏真正接触西方近现代文学，读了毛姆、海明威、雨果、劳伦斯、莫泊桑、狄更斯、屠格涅夫等人的著作，后来又喜欢上马尔克斯、陀思妥耶夫斯基、契诃夫、博尔赫斯等，为他打开了文学的另一个门窗。

做学问就是书堆里爬摸、纸堆里啃啮吗？苏轼说“人生识字忧患始”，忧患多了之后才明白，真正的问题是生命的问题，真正的学问是学着解决自己的生活问题。

他读鲁迅，读尼采，读胡适，读李泽厚的《中国现代思想史论》和冯友兰《中国现代哲学史》。进而，他读中国思想史、哲学史，读朱光潜、宗白华、刘小枫，读王小波、史铁生，读爱默生、纪伯伦，读西方哲学史——周国平的《尼采——在世纪的转折点上》、尼采的《查拉图斯特拉如是说》、李泽厚的“美学三书”、冯友兰的《中国哲学简史》、朱光潜的《谈美》、刘小枫《拯救与逍遥》等。这些书都曾给张鹏带来很大的震撼。

阅读，为他打开了通向世界的另外一扇门，让他跟随书籍看清了世界，让他的知识储备更加丰富，也让他在讲台上更加自信。

这时，他更感受到语文教学的重要性。作为一名语文老师，他有责任让孩子看到更广阔的世界。阅读，无疑是通向外面世界的捷径。

于是，他给孩子推荐了书单，向同学们公开了他的藏书目录。

课余时间，同学们可以去学校图书馆，他个人的藏书也让同学们免费借阅，条件是：每读一本书，要写出心得体会，并保证把图书完璧归赵。

后来，阅读成为他所带班级的一种制度，书柜成为他所带班级必备设施。他的书屋也从单身宿舍搬到家里，从整箱整袋子的储存到独立的书房书柜储存。

学生一批一批，一届一届，周而复始，而他，带领学生阅读的初心不变。

三

和别的班级一样，张鹏所在的班级也有成绩不好、厌学甚至弃学的学生。学生张雨就是一个厌学的人。这个学生极度不爱学习，但他有一个优点，就是不捣乱也不影响别人。张鹏找他谈心，张雨有些无奈地说："张老师，您就别管我了，我基础差，啥也学不会，听老师讲课像听天书一样。"张鹏笑了，说："不要着急，慢慢来，我相信你可以的。"

后来，班委改选，在张鹏的推荐下，张雨被大家推选为卫生委员。

这让张雨大感意外，又感动不已。他说："学习成绩不好，但我扫地要扫到天下第一！"

从此，这个不愿学习的孩子像变了一个人，开始认真听课、认真写作业，更是积极主动搞好班级卫生，人也变得更加开朗幽默起来。有一次，张雨在同学们下课后又主动扫地、收拾卫生，有同学打趣道："张雨，怎么这么爱扫地呀？"他笑呵呵地回应说："人逢扫地精神爽！"一句话，逗得同学们哈哈大笑。

后来，张鹏发现张雨很有体育天赋，因材施教，这孩子很有希望考上大学。

根据他的情况，张鹏指导他多做体育锻炼，以后考体育专业。

张雨听取了张老师的建议，把很多精力放在了体育项目训练上，同时，为了报考体育专业、上大学，他开始更加努力学习文化课。

三年以后，张雨以体育专业周口市第一名的成绩考上郑州师范学院。

大学毕业之后，张雨留在了省会郑州，有了自己的事业，生活美满幸福，事业发展顺利。

如今的张雨与张老师成了好朋友，只要回到郸城县，就来老师家里“报到”。看到张老师满屋子的书籍，张雨说：“我书房里也有很多书，工作之余也常常读书充电。”

有人说：“一个好老师能改变一个孩子的一生。”张鹏深深认可这句话，并一直努力做一名好老师。

“坚强、勇敢、仁慈、善良”这是张鹏对学生的要求，也是他对自己的要求。

2010 年，28 岁的张鹏被父母催婚，婚姻大事被提上了日程，爱人也是同校老师，教英语课。

结婚了，有了自己的家，他和爱人专门收拾了一个房间留给学生们住。

爱人以实际行动对他给予支持。孩子们到家，她准备饭菜，天冷了，她为孩子们准备棉衣，英语成绩不好的，她义务帮他们复习英语课程……

2014 年，有个叫崔小汀的同学，是本县丁村乡人，分到了张鹏的班级里，坐在了全班的最后一排。小汀特别喜欢张老师的语文课，张老师不仅仅传授与考试相关的知识，还传授一些人生哲理，令人受益匪浅。高一期中考试结束，就开始了文理分科，小汀选择了理科。特别巧的是，小汀又刚好分到了张老师所带的班级中。每天上早操之前，都能看到老师坐在教室看大家读书。高一下学期的时候，小汀家中经济困难，学费无法按时足额缴纳。张老师得知情况之后，向校领导反映情况，申请为小汀减免学费。最终学校为她减免了学费。高二的时候，小汀妈妈生病了，小汀带妈妈来县人民医院做检查，身上只带了 1000 元。经过检查和拿药，钱已所剩无几，就连两人回家的车票钱都不够了。偌大的县城，对于举目无亲的小汀来说，唯一可以试着张口的只有张老师。她心情忐忑地拨通了老师的号码，害怕自己的恳求被拒绝。然而，接到电话的张鹏并没有一丝犹豫，当时是午休时间，张鹏问她在哪里，让她过来拿钱。把钱递给小汀时，张鹏说："好好学习，其他的都不用操心，学费和生活费不够跟我说，我帮你解决。"

余下几年学习时间，小汀的学费和生活费确实是张老师帮她解决的。高考结束，小汀顺利拿到了录取通知书。当时学校里有慈善总会资助大学生的名额，张鹏帮助小汀，准备相关资料了，申请到了助学金。这笔助学金加上助学贷款，刚好解决了她上大学的费用问题。步入了大学，小汀在大四考研时，因为家中欠有贷款，不及时还的话会影响征信。爸爸和妈妈凑钱也没凑出来多少。对于上大学的小汀来说，在家人最需要帮忙的时候却无能为力，她的圈子除了同学就是老师，大家经济都不富裕。纠结万分，小汀还是硬着头皮向张老师借了钱。当时，张鹏依然二话不说，直接把两个月的工资借给了小汀。

如今的崔小汀已经大学毕业，为了支援乡村建设，她选择回乡做了一名“村官”。

孔子云：见贤思齐，在为家乡人民服务的过程中，崔小汀也像老师那样恪守初心，不忘根本。

2017 年，班里有一个叫董慧的小女孩，家在本县宜路镇农村。董慧的家庭是建档立卡贫困户——董慧和她的奶奶、父亲、母亲、姐姐、弟弟六口人。奶奶已 88 岁，身患冠心病、高血压等多种慢性病，常年卧病在床，母亲是精神病患者，姐姐是智障者，仅靠父亲一个人干活养家。张鹏向学校汇报了她的情况，学校减免了她的学费，张鹏和爱人一起资助这个孩子，平时给她生活费，也指导她学习。爱人仵老师给她买衣服，遇到困难时，这个女孩就来找张鹏爱人。

一次假期家访，张鹏来到董慧家。

这个家没有院墙，没有大门，厨房是一间土屋，正房也是见不得连阴雨的老瓦房。近些年，董慧年逾花甲的父亲也疾病缠身，很难再干繁重的农活，只能把地承包出去一部分，家里收入更是微乎其微。董慧和弟弟的学费，奶奶、母亲、姐姐的医药费，家庭日常生活费用全靠政府救济，以及学校领导老师和亲戚朋友接济。看着女孩破旧的一贫如洗的家，再看看她疯疯癫癫的母亲，还有躺在炕上的老人，张鹏的心都碎了。

他对女孩父亲说：“孩子成绩很好，以后考大学没问题，孩子考上大学，有了知识和能力，就能更好地帮助家人摆脱贫困，过上好日子。”

张老师鼓励董慧，越是身处逆境越要自信自强，越是生活艰难越要有骨气、有志气，一定要有大志向，考个好大学。为了彻底解决她的生活困难，张鹏把自己在校的饭卡直接给了董慧，直到董慧毕业那年，饭卡才回到他的手中。董慧也知道自己是家里的“顶梁柱”，是家庭的未来与希望，所以一直把远大理想牢记心底，刻苦学习，顽强拼搏。高考结束，董慧心情忐忑地等待分数，张鹏和爱人比董慧本人还要紧张。在出分数的那天夜里，张鹏和爱人守在电脑前为董慧查分数，看到董慧644分那一刻，他激动得热泪盈眶。他知道，董慧多年吃的苦值了，这个女孩将彻底摆脱贫穷的命运，展翅高飞……

董慧考上了理想的大学，郸城县第二高级中学领导和老师都为她高兴。张鹏和校领导一起来到宜路镇董慧的家里，为她送上丰厚的奖励助学金；并且，张鹏协助董慧联系香港中文大学，帮她申请到了助学奖学金并减免在校4年的全部学费。

也就是说，在董慧大学生涯中，只要她的学习成绩能达到要求，她就可以免除当年学费。

如今，三年过去了，董慧已经大三了，她开朗、自信、阳光而温暖。

大学生活幸福而快乐，谈起张鹏老师，她说：“我很幸运，遇到了一个改变我人生旅途的老师。如果不是张老师和他爱人仵老师，我的命运就是另外一种样子”。

二十三年的教育生涯，无数个像张雨、崔小汀、董慧这样的学生，在张鹏的雨露滋润下，走向了属于自己的幸福人生路。

四

女儿的出生，让张鹏沉浸在初为人父的喜悦中。无论多忙多累，只要回到家看到孩子，他的内心就溢满幸福。

爱人承担了更多的家务与带孩子的辛苦。两个人总要有一个人为家庭做出牺牲，在张鹏的家里，爱人是做出牺牲的那一个。

2016年，张鹏的弟弟去外地打工，家中留下生病的弟媳妇和当时刚上完幼儿园的侄子。父母身体不好，无法帮助他们带孩子，侄子的教育成了问题。

张鹏和爱人带女儿回南丰老家，看到6岁的侄子没有得到应该有的照顾，父母无奈又期待的眼神，张鹏的心里翻江倒海般的难受。夫妻两个教学工作繁忙，还有女儿要带，侄子的生活该怎么办？

爱人仵老师看到张鹏眼里含着泪，知道他们不能坐视不管。于是，她拉起侄儿的手，说："孩子，跟大妈回城里读书去，大妈大伯照顾你。"

听她这么说，张鹏感激地看了她一眼，上前抓住侄子的另外一只手，说："以后，有妹妹吃的就有你吃的，妹妹有啥你就有啥。"

父母见此，感动得热泪纵横，弟媳妇浑浊的眼神闪过一丝亮光。

至此，家里多了一个"儿子"，夫妻两个人完全承担起照顾侄子的重任。如今，当年那个孱弱的孩子，在张鹏夫妇的呵护关爱下，已经成长为一个十四岁的健硕少年，即将上八年级了。

夫妻两个人虽然工资不太高，但养活两个孩子还是没有问题的。但张鹏夫妻平时也资助学生，除了资助钱财，还经常带多名学生回家吃饭。仵老师精打细算，仍然感觉经济紧张。

这些年，家里基本上没什么积蓄。仵老师说：“他的钱资助了需要帮助的学生，更有意义，家里经济紧张也没有怨言，支持他的工作，也是为教育事业做贡献。”

有这样的贤内助，张鹏对爱人充满感激，他认为，最好的感谢就是努力工作，把教学工作做到极致。

张鹏每天忙于教学创新，也要家访，还要与学生进行互动交流，时间被工作填得满满的。

学生们爱听张老师讲课，他的课生动活泼、幽默风趣，且知识丰富、观点新颖，很受大家欢迎。

五

历经了多年的教学实践，积累了丰富的教学经验之后，张鹏发现，原来令他倾慕不已的资深教育家，其教育理念与他推崇的新语文教学有冲突。这让他感觉苦闷，同时也感觉迷茫：自己的语文教学怎么样才能更适合现代孩子的性格特征？又如何不被应试教育所捆绑，在这个基础上，提高孩子们学习语文的积极性，并提高他们的学习成绩？张鹏感觉自己的教学遇到了瓶颈，他渴望改变，也渴望突破，但突破口在哪里？又如何提高呢？

张鹏开始博览各类图书，希望能在书中找到答案。

2015 年。正当张鹏在迷茫和苦闷中寻找出路之际，一个偶然的机会，他结识了著名的教育家、思想家，全国著名语文特级教师，首都师范大学硕士研究生导师韩军老师，并荣幸地进入他创建的“语文心”微信群，进而有幸认识叶开、干国祥、余党绪、熊芳芳、王开东、张聪等数位中国教育界极具创造性的“语文人”。他如饥似渴阅读《韩军与新语文教育》，韩军认为:“新语文教育”就是一种“奠基性”的“精神教育”，是通过“语言”奠定学生的民族文化精神和真实自由的个性精神。

“新语文教育”有“两个操作原理”。一、“新语文教育”主张以“举三反一”为主，“举一反三”为辅。二、着意于“精神”，着力于“言语”，必得益于“能力”。“新语文教育”有“三环节强化语言教学”。一、强化语言揣摩；二、强化大量阅读；三、强化自我习惯。

韩军老师的教育理念让张鹏茅塞顿开。与此同时，他也阅读学习了《一个独立教师的语文之旅》（郭初阳）、《破译教育密码》（干国祥）、《寻找有意义的教育》（蔡朝阳）、《叩响命运的门》（马小平）等回响“人性”主旋律的著作，深入学习百年中国语文的发展史，全面学习各家语文流派的实践成果，尤其着意于新语文教育、批判性思维与中学语文思辨读写、深度语文、生命语文等极具生命感、思想性的语文观，一个前所未有的广阔新天地恢宏壮观地铺展在他的面前。

他终于不再被老旧的语文教育观念所禁锢，与旧有“语文观”决裂，开始探寻新的语文教育之路。他开始探索师生互相激发彼此成就的生成性课堂，使语文课焕发出前所未有的生命活力，其中《逍遥游》《游褒禅山记》《氓》《采薇》《学写古诗》《如何辨别诗之优劣》等课代表了他目前所能达到的高度。在这个探索与创新的过程中，张鹏写下了大量教学随笔，其中：《一道高考作文模拟题背后的混账逻辑》批判语文教学中人们习焉不察的价值观乖谬，经韩军老师推荐发在“教师博览”微信公众号，总阅读量过亿；《教育要培养有人性的人》呼唤教育中的人性与温情，发表于《德育报》；《会教个书，实在算不了什么》批评国民对教师的道德绑架及伪圣化恶习，颇受同事好评。

生命中总是有不幸，也有幸运。大而言之，十几年来，他的教育生命基本上处在一个过于漫长的浪漫期，幸运的是，他在迷茫时结识了韩军老师，并进而认识干国祥老师“新教育”诸贤，开始他的自省、自新之路。他用三年多的时间“补课”：广泛阅读“文学和文学批评；从黑格尔到海德格尔再到伽达默尔的系统哲学，后现代旗帜下的各个领域的理论；裴期泰洛齐、怀特海、杜威等人的教育著作……”（干国祥《破译教育密码》）；并深入思考、精心写作，通过专业阅读、专业写作，使旧我不断被新的可能性所感化，使自己的内在无限可能性不断被新的刺激物所激发，使新我从旧我中不断蜕变生长。这是自我解构，同时也是寻求新的建构可能性的过程。旧我与新我撕扯、推拒、对峙、和解，而新我终将破茧而出。

不断探索、不断创新，如饥似渴地学习新知识，让张鹏的语文课取得很好的教学效果。

他编写的《史传选读》成为那所学校语文学科校本教材，他创新的大语文教学受到学校领导和各校老师的认可与好评，获河南省语文教学基本功大赛一等奖、省课件制作大赛一等奖等。他被评为河南省十大语文（2017）年度人物、河南省第八届十佳语文教师、周口市优秀教师、市教学名师、市优秀班主任等……

他的教学成果与他的大语文教育，让他名声大噪，张鹏平静地面对荣誉，他甚至顾不上欣赏自己的教育成果，他的精力永远在教学上，在他的一批又一批的学生身上……

六

2024 年盛夏，高考结束，2024 届毕业的学子又到了即将奔赴新学校的时候，全校 450 多名教职工为莘莘学子送来祝福。这所环境优美、办学条件一流、师资力量雄厚、作风务实的高级中学，创造了神话一般的奇迹——一个县级普通高中，数十名学子被香港中文大学（深圳）、南开大学、山东大学、西安交通大学、吉林大学等全国名校录取，一本、二本上线人数连续十几年领跑周口市普通高中，并超过很多县市的一中……

高三年级班主任张鹏老师，站在校园里，周围围绕着与他依依惜别的学生。“悲莫悲兮生别离，乐莫乐兮新相知，”以后的日子，同学们到新的学校新的环境，会有更开阔的眼界，也会结识更多的朋友。

少年振衣，可作千里风幡，

少年瞬目，可作万古清流。

文明诚信，担当拓新！

八字校训永记心上。

今日惜离别，壮少年行，

他朝喜相逢，贺少年归。

…………

而他作为幕后的园丁——优秀人民教师张鹏，终将守在这里，守卫着他的教育阵地，也守卫着他九万里的理想……

采访后记：受访人，张鹏，1982 年生人。研究生学历，郸城县第二高级中学语文教师、班主任，河南省语文十大年度人物（2017），河南省第八届十佳语文老师，周口市教学名师，周口市优秀班主任。

采访地点：郸城县委宣传部

小飞在巴基斯坦

你若善良，老天自有安排。

“85后”农村青年王龙飞做梦也没有想到，他在巴基斯坦无意间做的一件件小事，被朋友拍视频随手放到网上，会带来那么大的流量，会让他一下子成为流量宠儿，丝毫不输当红流量明星。

从快手到抖音，他的粉丝一度突破1800万，成了名副其实的网络大咖。

在他工作的伊斯兰堡附近的一个穷人区，善良的王龙飞看到那么多人衣不蔽体，食宿没有着落，他拿出自己收入的一部分，为他们排忧解难，一件衣服、一双鞋子、一袋面粉、一个木板床，或者一张饼、一份米饭，抑或是病时的及时送医，孕妇生娃时的一个救助……很快让王龙飞成为这个贫民村落最受欢迎及信任的人。

这个来自河南省漯河市舞阳县莲花镇的农村小伙子，硬生生凭一己之力在巴基斯坦建造的“星光村”里打造了一个互帮互助，人人有饭吃、有活干的理想大家庭。

他不会说当地的乌尔都语，也不会说英语，但他却教会了所有的村民说汉语，把中国文化输送到每个村民心中。没有官方文件，他却实实在在担当起文化使者的重任，为中巴文化的交流和中巴友谊做出了巨大贡献。

他被很多人亲切地称为小飞，也成为国内外网友一直关注并热度不减的人。

他和他的星光村，成为中外瞩目的一个村落。他本人也从一个普通的农村青年摇身一变成为家喻户晓的网络达人。

2023 年 5 月 16 日，河南漯河食品博览会隆重开幕，王龙飞受漯河市委、市政府的邀请，专程从巴基斯坦赶回祖国，为家乡人民助力。那一刻，他和妻子李娜一起步入会场，追光灯与镜头齐刷刷对准他们，人们一度把他们围得水泄不通，不仅仅因为他是网络大咖，更是因为他乐于助人的精神和事迹打动了太多人。

身处逆境不卑微，虽为平民亦助人。阳光、温暖、善良而又自强不息的小飞，用他的成长经历，书写了“80 后”农村青年的不屈奋斗史。

一

1985 年是农村土地联产承包制实施的第八个年头，农村的生活大为改观，农民再也不必饿肚子了。粮食收入足以解决温饱，但经济收入并不多，家里也没有富余的钱。小飞的父母没有什么门路，只是在家里守着四亩多的土地，过着日出而作、日入而息的日子。那年 7 月，小飞的降生，给这个农村小家庭带来了喜悦。善良的母亲以为，儿子的降生会让丈夫老予由一个男孩成长为一个男人，担负起为人父的责任。但事实并不是如此，初为人父的短暂喜悦过后，年轻的父亲便没有了耐心，把家务与孩子都推给妻子，一个人出去喝酒，打牌玩耍，有时喝多了酒，看到家里忙碌的妻子，还呵斥责骂，小飞母亲一度以泪洗面，但又无可奈何。

日子过得艰难。小飞母亲一个人带孩子，忙里忙外，还要面对丈夫的责骂。她多么希望，丈夫能够不喝酒，哪怕他什么也不干，只要对孩子好，只要拥有一个完整的家，让孩子健康长大，她也就心满意足了。一个女人带娃，做不完的农活，又经济紧张，小飞母亲内心的煎熬可想而知。

五年以后，小飞的弟弟出生了。两个孩子嗷嗷待哺，家里经济越发紧张，小飞的母亲更加劳碌繁忙，孩子的父亲依然喝酒打牌，不着四六。

小飞 7 岁那年，远在新疆的大伯向他爸爸抛来了橄榄枝，邀请弟弟一家去新疆承包土地，这让在贫困中煎熬的小飞妈妈看到了希望，到新疆承包土地，有大伯的帮衬，亦或者他能对丈夫有所管束，家里的这个男人能走上正道，好好劳动，挣钱养家。

夫妻俩商量好之后，变卖了鸡鸭牛羊，勉强凑够了路费，搭上了开往新疆昌吉的绿皮火车。

四天五夜的奔波，终于来到了库尔勒。由于大伯的周旋与亲戚的帮忙，小飞父母很快如愿承包了上百亩土地。他们种棉花，也养鸡鸭，小飞的父亲也不再喝酒骂人，日子一天天好起来。

小飞母亲的脸上难得露出了笑容，枕边的这个男人终于长大了。

过了一段安稳的日子，突然有一天，老王对妻子说：“我要去克拉玛依做生意去。”

小飞妈妈心里一沉，她马上想到村里的传言，问：“是不是和罗寡妇一起去？”

老王恼羞成怒，骂道：“胡说八道，老子就是去做生意。”

小飞妈妈说：“我不同意，你走了，孩子咋办？家里百十亩地咋办？”

老王气急了喊道：“你有手有脚，凭啥拴死我？”

他轻飘飘扔下一句话便头也不回地扬长而去。

小飞的妈妈没有说错，老王就是带着村里的罗寡妇私奔了，去克拉玛依逍遥快活去了。

老王这一走，杳无音信，再也没有管过妻儿的死活。

新疆待不下去了，小飞母亲决定带着两个儿子回河南。家里已经穷到揭不开锅，母亲卖掉了所有能换钱的东西，凑了三张车票钱，坐上绿皮火车，到了西安中转，母子已经身无分文，流落在西安街头。人来人往的长安大街，小飞和弟弟看着母亲的泪眼，也忍不住哭了起来。

夜幕降临，冷风习习。母子三人又冷又饿，母亲拿出又冷又硬的干粮，让两个饥饿的孩子果腹，她自己什么也不吃，就那么看着孩子。

吃完了干粮，母亲找地方讨了一点水，让孩子喝下去，她吃着孩子吃剩的干粮，抱着孩子蜷缩在城墙下，静静地等待夜晚过去，黎明来临。

那个夜晚那么漫长，长到小飞几次从梦中醒来，夜空还是那么辽阔。那个夜晚没有星星，睡觉的那个角落里没有光亮，只有远处昏黄的路灯和偶尔飞驰而过的汽车，没有人知道这母子三人承受着多么大的负累，也没有人知道，这位刚刚三十岁的母亲如何承受着人间苦痛。

母亲当年什么都没有说。

若干年后，提起这段不堪回首的往事，这位老人还是忍不住泪流满面。

女子本弱，为母则刚。为了两个儿子，她必须活下去。这也许就是她坚强的理由。

数日后，母子三人如乞丐一般回到家乡莲花镇。好在家里的老房子还在，虽然破旧，但也能遮风挡雨，几亩土地还在，只要勤劳，温饱也没问题。

一个女人带着两个儿子生活，日子过得苦点没啥，难过的是被人无端欺负。

种好的庄稼，到收割的时候，总会被人收割了几拢；耕好的土地，也会被别人抢走地边。家中没有男人，说不上两句话，人家上来就要打你，没有道理可讲。更让小飞母亲难过的是，两个儿子在村里，常常被人骂做野孩子，小飞在学校读书，常常被欺负，别人骂他野孩子，骂他和他妈一样没人要。

小飞脾气也犟，骂他可以，但不能骂他妈。如果骂他妈，他必定冲上去和人打一架。

知道了他妈是他的软肋，有的人就专骂他妈，于是，小飞经常和人打架，常常鼻青脸肿地回家。

学习学不进去，成绩也一塌糊涂。小飞不愿意再去学校，在他 13 岁那年，初中一年级刚读完，就再也不肯去学校了，他决定出去打工，挣钱养家。母亲哭劝也没有用，最后只得同意他辍学出去打工。出行第一站，他选择了去省会郑州，不仅因为郑州是大城市，也是因为有亲戚在郑州火车站附近做生意。小飞投奔他们，想靠给他们打工挣钱。

亲戚看到小飞到来，倒也没有拒绝。他家的生意就是拉着手推车在火车站附近卖烤串，短暂几天的培训之后，亲戚让小飞单独上岗了。亲戚给他一个三轮车，让小飞在另外一个地方摆摊卖串，月工资二百块。小飞每天起早贪黑和大人一样出摊，和城管斗智斗勇，城管不来，摆摊卖串，边卖串边观察，要眼观六路耳听八方，稍不留神，城管来到，要罚款甚至没收工具。有时候，城管来了，烤串钱也顾不得收，拉起推车就跑，所以，卖烤串的活儿并不轻松。躲城管，首先要奔跑能力强，卖串时要对客户脸笑嘴甜，回到家还要准备食材、切菜、穿串……一个 14 岁的孩子，面对普通成人也无法承受的压力，在亲戚那里干了两个月。到第三个月开始，小飞再也承受不住，打通家里的电话，忍不住哭了。

母亲听他哭了，说："小飞，受不了就回来吧，回来继续读书。"小飞这次没有再拒绝，辞别亲戚，返回老家莲花镇，去学校插班读初中二年级。

这时候，邻村的一位男人走进了这个破败不堪的家。

由于家境贫寒，这个男人一直没有能力结婚成家。在好心人的撮合下，小飞的母亲决定招夫养子，于是，小飞和弟弟有了疼爱他们的继父。

继父的到来，给这个家带来生机。这个老实、勤快的男人，把两个继子视若己出。家里生活有些改善，母亲的脸上慢慢露出了笑容。

到了学校，小飞仍然被人欺负，他的学习成绩一如既往地没有任何起色。被人骂，被人看不起，这个倔强的少年再一次选择辍学。不读书了，做什么呢？母亲说，你去学一门手艺吧。农村人，手艺在手，吃喝不愁。几经周折，小飞拜在一位厨师门下学厨艺。

这位厨师，是方圆十里都很有名气的大师傅，做各种宴席，当地特色菜更是拿手绝活。

“徒弟，徒弟，三年奴隶”。一句谚语，道出了跟随师傅学艺的酸甜苦辣。小飞跟随师傅三年，并没有出师。说起师傅，小飞没有抱怨，只有感恩，他说：“师傅教会了我做人，做人要懂得感恩，也教会了我遇事隐忍，虽然没有学成，仍然感谢师傅师娘对我的教育。”

多年之后，与师傅联络最多的也只是他这个当年没有出师的徒弟，那些学成手艺的徒弟反而跟师傅来往少了很多。

学厨三年过后，小飞虽然没有成为厨师，却学会了简单的面点。他受聘去一所武术学校做面点师傅，就是蒸白面馒头，小飞就这样又有了一份工作，月工资 70 元。

干了两个月，小飞把 140 元工资交给母亲后，他的心却再一次迷茫了，这样的日子仍然不是他想要的。恰巧，村里有人从广州回来，讲起开放繁华的广州，那个人眉飞色舞，好像到处是钱，只需要你弯腰捡拾一样。小飞下定决心，决定和他一起去广州闯一闯。说干就干，他很快从学校里办了离职，坐上绿皮火车赶赴广州。

到广州后的第一份工作，是在一家保安公司做保安，办好了入职手续，领了工作服，经过短暂的培训，小飞正式上岗，在一栋写字楼当保安，月工资800块。单位不包吃住，小飞和老乡一起租住在一间窄小的民房里。

总算有了安身之处，在这个灯红酒绿的大都市里，小飞与许多打工仔一样，为了生存而奔波。工作单位附近，有一家小餐馆，午饭就在那家餐馆解决。10块钱的饭菜勉强也能吃饱，那个打饭的小姑娘总是尽量多加一些米饭给他，就这样，两个年轻人认识了。时间久了，这个叫李娜的女孩走进了小飞的心里，少年的心弦被悄然拨动，他喜欢上了这个漂亮、温柔、爱笑的女孩子。

在一个合适的机会，小飞向心中的女神表白了，李娜也一直喜欢这个高大、俊朗的男生，毫不犹豫地接受了他的表白，身在异乡的两个年轻人就这样走在了一起。有了爱情的滋润，小飞工作更卖力了，不久，便被单位提拔为领班，月工资也涨到了900块。涨了薪水，又有了女朋友，这个刚刚长大的年轻人，仿佛看到了美好的未来。

然而，他的善良还有他眼里容不得的沙子的刚直性格，还是给他带来了灭顶之灾。

那是一个月朗星稀的夜晚。小飞在单位门口值班，突然有一帮人在他面前拦住了一个年轻人，这帮人对那个年轻人拳打脚踢，下手很重。眼看要出人命，小飞顾不得多想，赶快冲上去制止。为首的一个壮汉骂道：“别碍老子的事，滚一边去。”小飞没有退缩，继续拉住打人的人。壮汉恼羞成怒，随手拿出匕首，对准小飞猛扎过去，一直扎了五刀，小飞血流如注，重伤倒地。那帮人一看出了人命作鸟兽散。被救的年轻人赶忙拨打急救电话，小飞很快被送进医院急救室抢救。有一刀刺破了脾脏，生命危在旦夕。

单位是私企，老板赶来给他支付了抢救费用，工友们自动来给他献血，被救的那个小伙子，难过得号啕大哭……

经过几天的抢救，小飞终于捡回来一条命，医生总算把他从死神手里抢夺下来。

短暂修养之后，小飞坚决要求出院，因为昂贵的医疗费他承受不起，他也不想给老板再增添负担。那个被他救下来的小伙子穷得快吃不起饭了，根本没有能力为他分担药费。强撑着虚弱的病体走出医院，小飞再次失业了。保安干不成了，老板支付给他两个月的工资，表示这已经是仁至义尽，小飞没有说什么，拿着这两个月的工资，踉踉跄跄地离开了单位，回到简陋的出租屋里，小飞再次陷入了迷茫，谁能告诉他，他该怎么办呢？

好在女友李娜不离不弃陪伴在身旁。李娜说：“你啥都不要想，先养好身体再说。钱的事，你不用操心，我养你。”李娜一句话，说得小飞热泪盈眶，那时候，他暗暗下定决心，今生今世，他一定只对她一个人好，好好待她，好好爱她。

小飞在出租屋养病，李娜一个人上班挣钱，她做服务员工资只有几百块，除去房租，两个人生活紧巴巴的。小飞感觉这样的生活太难熬了，他一个大男人，不能让女人养着，他得出去工作挣钱。可是，找工作哪儿有那么容易，他拖着病体根本干不了体力活，文化水平低，又做不了办公室工作，思来想去，小飞决定去摆地摊。待李娜上班后，小飞一个人悄悄出了门，跑到不远处的批发市场，买来了袜子、手机套、小包包等物品，在别人摆摊的天桥上，他找到一个还算合适的地方，摆起了小摊。

一天下来，除掉成本，居然挣到近百元，小飞开心极了，收摊回家。李娜在饭店工作，晚上下班较晚。晚上 10 点多，李娜拖着疲惫的身躯回到家，小飞端来热腾腾的饭菜，变戏法一样地把当天挣到的钱交给李娜，看到这么多钱，李娜问："哪儿来的？"

小飞说："我出去摆地摊挣的。"

李娜问："一天挣这么多呀？"

小飞说："今天试水，货物不全，如果货物全的话，挣得更多。"

李娜高兴地说："小飞，我辞职，不干服务员了，咱俩一起摆地摊去。"

第二天一早，李娜就去饭店办理了离职手续。从此，两个年轻人开始了在广州打拼的创业之路。

几年过去了，两个年轻人谈起了婚嫁。小飞家里，继父和母亲自然是满心欢喜，母亲开始欢天喜地地为儿子准备结婚用的东西。李娜回家把结婚的事告诉了父母，父亲老李沉默了很久，说："我们一起去小飞老家看看吧，如果合适，我和你妈都没有意见。"李娜知道小飞家的情况，可以说家徒四壁，虽然有继父帮衬干活，但继父老实巴交，也没有挣钱的能力，只会守着几亩农田勤扒苦做，除了粮食，家里并没有钱财，甚至没有一件像样的家具。

老李坚决要去，李娜拗不过父亲，只得陪他一同前往舞阳县莲花镇，小飞的家中。看到未来的亲家前来，小飞的母亲内心感到高兴，她赶紧跑到集市上买一块猪肉，回家给亲家做一锅猪肉炖萝卜。手里钱少，一块肉不大，炖肉的萝卜多了一点，实在的小飞母亲，用筷子加起猪肉往亲家碗里放，热情地说："大哥，你多吃点。"见此情景，李娜的父亲哪儿吃得下去，匆匆结束了这顿饭，赶快离开。回到家，他坚决反对李娜的婚事，说："太穷了，李娜，你不能嫁到那里去，不然，我就不认你这个闺女。"

婚事就此搁浅。

两个人的恋爱一谈就是10年。10年过去了，小飞30岁，李娜到了29岁，这个年龄，在农村已经属于大龄未婚，李娜父母眼看没办法改变女儿心意，这才同意了婚事。

小飞拿出这么多年积攒的钱，回家盖了宽敞明亮的大房子，一家人开开心心搬进去，小飞父母高兴兴地为两个孩子准备婚礼，风风光光地把李娜娶进了门。结婚后不久，李娜就怀孕了，检查结果是双胞胎，一家人开心之余，小飞倍感压力，他安置好李娜，一个人只身奔赴广州，打工挣钱去了。很快，李娜到了临产期，母亲把媳妇送进了医院，给小飞打电话，告诉他李娜要生了，让他赶快回来。接到电话，小飞归心似箭，却愁眉不展。这几个月，他在广州没有挣到钱，妻子生产，他拿什么支付医院的费用？

一起工作的工友看出了他的窘迫，问他：“小飞，是不是没钱？”

小飞说：“是呀，不知道拿啥支付医院的费用。”工友说：“我有2000块，转给你应急。卡上还能刷出2000块，也借给你。”

拿着这4000块，小飞回到了家乡，赶到医院去看望老婆孩子，两个女儿已经平安降生。看着躺在病床上的身体虚弱的爱妻，小飞心疼落泪。

李娜安慰他：“没事，你看，我这不是好好的吗？”

李娜的母亲也在医院，伺候女儿月子，看到小飞回来了，她悬着的一颗心放了下来。趁母亲出病房去外头打水的工夫，李娜告诉小飞：“床头柜子里我的包，你快拿出来，里面有钱，你拿出去结账，别让我妈看到了。”小飞既感动又羞愧，到底是自己最亲爱的人，她知道他没挣到钱，又不想小飞在岳母面前没面子，才偷偷把提前准备好的钱交给丈夫。小飞没有多说话，打开床头柜，从李娜的包里拿出1万块钱。转身出屋，去医院收费窗口付了费。他跟朋友借了4000块，住院费却有6000多，好在李娜提前准备好了钱，不然，4000块根本不够用。

付了账，还剩几千块。拿了付款条，小飞准备回病房。手机上“唰”一条信息进来了。李娜在信息上说：“小飞，借朋友的钱，赶快还给别人，他们也不富裕，需要用钱呢。”这一刻，小飞眼眶又湿润了。知夫莫若妻，他没有告诉李娜他借了钱，她还是一眼看穿了他。小飞没有多说，只简单回复：“好。”然后，他把借工友的钱如数返还。

几天之后，李娜和孩子出院回家。两个双胞胎女儿的到来，让初为父母的李娜和小飞手忙脚乱。打工是去不了了，只能在家带孩子。两个女儿一天天成长，哪一样都需要花钱。眼看家里捉襟见肘，小飞愁眉不展，他对李娜说：“我是男人，我得出去挣钱养你们娘仨。”

李娜说：“去哪儿？又做什么工作呢？”

小飞说：“还去广州，你先在家带孩子，等我安顿下来，再把你和孩子接过去。”

家里开销这么大，孩子吃奶粉都成了问题，李娜只好同意了小飞一个人先去广州。

到了广州之后，小飞和朋友一起做五金配件生意，无论挣不挣钱，总算先安顿下来了。

小飞身在广州，心里没有一刻不挂念家中的老婆孩子。“她带两个孩子有没有休息、有没有吃饭？没有奶粉，孩子吃什么？”家里条件在那里摆着，年迈的父母根本没有能力给予太多帮衬。小飞越想心里越不安，赶快打电话让李娜带着两个女儿过来广州。

李娜接到电话满心欢喜，带上两个可爱的双胞胎女儿赶赴广州。一路上拖家带口辛苦自不必说，一想到一家人将要团聚，孩子的哭闹声也变得好听起来。

小飞接到了老婆孩子，既开心又发愁，一家四口人的生活重担全压在他的身上，而他的五金配件生意并没有起色，根本没有赚到钱。

男人再难也不言，只为自己身上的这副担子，这一种责任。

他用手头不多的钱租到了城中村一个顶楼上的小房子，房子很小，没有窗户，没有空调，广州的天气，炎热得让人透不过气来。但好在在顶楼，视野比较开阔，李娜可以带孩子在门口玩。

生活再苦，日子也要一天天过下去。小飞看到嗷嗷待哺的两个女儿，为自己不能为老婆孩子提供好的生活而感到内疚。

再怎么努力，该来的也会到来。生意越来越差，根本挣不到钱，一家人的生计成了问题。

这时候，有了解情况的朋友问小飞："小飞，你生活这么困难，不如放弃五金配件生意去送外卖，虽然辛苦，但收入真不低呢。"

小飞听从了朋友的建议，转身去做了一名外卖员。对于他来说，无论什么工作，只要能挣到钱，能养家糊口，再苦再累他都愿意干。

送外卖固然辛苦，但每个月 5000 元左右的收入还是极大地缓解了经济压力，每个月的房租、水电费、燃气费等 900 块够了，李娜精打细算，一家人吃喝用度下来还略有结余。小飞不敢歇息，每天早出晚归奔走在繁华都市里的大街小巷。

四个月很快过去了，每当夜晚来临，小飞拖着疲惫的身躯回家，看着一地鸡毛的日子，他的内心有了深深的失落：就这么一直送外卖吗？不送外卖又能干点啥呢？

他陷入了迷茫之中。

正当他一筹莫展之际，小飞的一个朋友发来了信息。朋友说：“小飞，我在巴基斯坦做宝石生意，你来和我一起做吧？”

小飞欣喜地让李娜看信息，他说：“李娜，你看，我的一个好哥们，他在巴基斯坦做宝石生意，邀请我去呢。”李娜说：“你不懂英语，也没有太多做生意的经验，能行吗？”小飞说：“让我去试试吧，最后一次，如果这次我再挣不到钱，我就回家，哪儿也不去了，就在家里种地、养猪。”李娜答应了，说：“好，小飞，相信你，你去吧。”

“我走了，你和孩子怎么办？”小飞看着李娜和孩子们，问李娜。

“是呀？我和孩子怎么办？”李娜也问自己。

好在天无绝人之路，正当夫妻二人发愁的时候，李娜的闺蜜从成都打来了电话。

大概意思是，她快生产了，问李娜愿不愿意去成都照顾她和孩子。

李娜喜出望外，连忙告诉闺蜜：“我愿意伺候你月子，也可以帮你带孩子，但我必须带着我的两个女儿，我不要工资，两个女儿的奶粉钱以及各种开销你也承担，如果可以，我就去。”

闺蜜答应了，于是，李娜带上两个女儿去了成都。李娜带着女儿在成都给闺蜜做保姆，一做就是一年多，直到后来小飞在巴基斯坦生意做得好起来，有了能力养活妻女，她才带着孩子回到了河南老家。

妻子女儿有了去处，解决了生存问题，小飞的心总算有所安慰。他东拼西凑凑够了机票钱，办理好护照，准备飞往巴基斯坦。这时，朋友打来电话，告诉小飞，他的亲戚在巴基斯坦开饭店，需要从国内带一部分厨具和各种调味品，要小飞帮亲戚带着这些物资去巴基斯坦。于是，小飞按朋友给的清单，准备好物资带上，飞往巴基斯坦。

到了巴基斯坦，朋友的亲戚得知小飞做过厨师，就邀请小飞在他的饭店做厨师，工资是每个月人民币6000元，包吃住。这么优厚的待遇，是小飞原来没想到的。他没有犹豫就答应了。于是，小飞成了巴基斯坦中餐馆里的一名帮厨。

每个月发了工资，小飞原封不动地打给李娜。他在这里，有吃有住，不需要花钱。家里孩子老人，各种花销，太需要钱了。每月6000块的工资，犹如及时雨，极大缓解了李娜的经济压力。

走出餐馆门口，不远处就是贫民窟，那些贫穷的人，缺衣少食。很多孩子面黄肌瘦、光脚走路、衣不蔽体。小飞看到，心疼得不行，就随手给他们一些吃的，他也没有钱，偶尔向工友借一点钱给他们。当时，他并没有拍视频，也没有告诉任何人。

直到半年后的一天，当初邀请小飞来巴基斯坦的那位朋友到了饭店，让小飞跟他走，去帮他做宝石生意。饭店老板不干了，对小飞朋友说："小飞在这儿干得好好的，为啥非让他走？"

朋友说："小飞是我请来的，帮你半年了，该走了。"饭店老板还是不放人，朋友急了，气得脸红脖子粗。小飞一看这情况，啥也没说，赶紧收拾行李，向饭店老板告别。

王龙飞是讲义气的人，不能为了安逸，忘记来巴基斯坦的初衷。

巴基斯坦伊斯兰共和国简称巴基斯坦，意为“圣洁的土地”“清真之国”。95% 以上的居民信奉伊斯兰教，是一个多民族伊斯兰国家。国语为乌尔都语。这里盛产海蓝宝石、托帕石、红宝石、祖母绿、碧玺、橄榄石等多种石头。遗憾的是加工技术一般，珠宝成品则多充满南亚艳丽风情。丰富的矿产资源，吸引世界各地的珠宝商来这里投资建厂，开发这些宝藏，成就了很多外国商人的财富梦。

二

和朋友一起来到他的矿场，小飞正式成为一名“淘宝人”。

那个他常常帮助的难民营就在从矿场到宿舍的路上。这儿地处偏僻，相对宽阔，难民们居住在这里比较方便，没有人驱赶。

小飞每次进出矿场都会遇见这些用塑料布搭起的简易棚子里居住的人。

这天，小飞又从难民营路过，看到路边有个男孩子怀抱一个瘦小到可怜的小孩子。小飞问这孩子多大了，随从的翻译回答说：“5 个月大了。”眼前的婴儿只有巴掌大小，小飞不敢相信这孩子已经有 5 个月大，他心疼不已，询问那个小哥哥家人的情况，得知孩子的父亲已经不在了，母亲为了养活两个孩子必须出去找工作，只留下了哥哥在家照顾弟弟。可是当弟弟饿的时候，只能不停地哭闹，家里没有奶粉，哥哥只能拿着空奶瓶喂弟弟。小飞看着空空的奶瓶，赶紧去买了婴儿奶粉，随后将婴儿抱在怀里，孩子终于不用喝空瓶子了。

这个孩子只是小飞资助的众多孩子中的一个，像住在难民营附近那个外号叫“大将”的孤儿，以前在外乞讨的承诺、早年被家里抛弃的阿甘等，都是小飞资助他们读书生活，教他们学中文和做人的道理，希望他们改变贫穷的命运。

说起那个名叫“大将”的孩子，小飞的心里满是酸楚。他第一次看到大将，是大将正在露天的环境下洗澡，看到这个全身泡沫的男孩直接穿上湿衣服去上学时，他惊呆了，问他：“你怎么不换掉湿衣服？”

大将站在那里不说话。

大将的老师说，从来没有见过他换过衣服，天天穿这件衣服，小飞这才明白过来。老师接着说，虽然大将家庭条件很差，但他学习非常认真，尤其是中文学得又快又好。小飞不再犹豫，决定帮帮这个孩子。他跟随大将来到他家时，眼前的一幕着实震惊不已，原来男孩独自一人住在废弃的屋顶上。通过深入了解，小飞才知道男孩有着不平凡的身世。他出身于贫民窟，父亲去世后，母亲无法将他养活，只能放任年幼的他四处流浪，以乞讨为生。幸运的是，他流浪到星光村，得知星光村有免费的学校可以读书，他毫不犹豫地报了名，尽管没有家人的支持帮助，总是被同学们欺负，但他从没有放弃这来之不易的学习机会。另外，到处乞讨流浪的他还有一个很现实的问题是回家后没有饭吃，好在学校有一顿免费的晚餐。为了维持学业，大将只能白天挨饿，到了晚上才能大吃一顿，就算如此艰苦，大将也是心满意足。

看着眼前的孩子，小飞仿佛看到了童年的自己，小飞带着男孩去市场买新衣服、新鞋，大将看着小飞给他换上新鞋，孤苦无依的他强忍眼泪，心中仿佛照进了一束光。

这个聪明懂事的孩子也很懂得感恩。这天，小飞手里拿着油漆刷子，大将凑过来，坐在小飞的对面，小飞边在几根长长的铁管上刷漆边和小男孩儿聊天。

大将说："哎，你像我的爸爸一样。"

小飞问他："你想爸爸了是吧？大将，你爸爸走了几年了？"

大将回答道："我的爸爸走了三年了。"

小飞说："你以后就把我当成你的爸爸也行，但是你要听话，好好上学读书。"

大将向小飞保证："我天天上学，认真读书"。

小飞又嘱咐道："有什么事你就给我讲，不要到处乱跑，好好学习。"

大将说："我一定听你的话。"

小飞："只要你好好读书，我就一直支持你。"

大将又问："叔叔你要一个女朋友吗？"

小飞："哎，叔叔有老婆了，我找什么女朋友啊，叔叔不需要女朋友了。你不用操这样的心，只管学习好就行。你只有好好上学，才能赚更多的钱，好多人都是靠读书改变命运。你看不读书的那些人，天天都是闷着脸要饭，你不愿意那样吧？"

大将说："要饭不好，我不喜欢要饭。"

小飞说："对呀，要饭吃多难受，谁喜欢要饭呀？"

大将看着小飞，眼里闪烁着星星一样的光芒。

帮助大将，还有其他人，小飞的初衷仅仅因为同情，按他自己的话说，举手之劳的事情能让一个人过得舒服点，他心里也很愉悦。

星光村的点点滴滴，让人牵挂也让人感叹，小飞开始随手拍一些视频放在了朋友圈，得到很多人点赞和转发。

朋友们告诉小飞，大家都很喜欢他拍的视频，为什么不注册一个账号放到网上去呢？一来让大家了解星光村，二来也能得到大家关注，他本人也算是为中巴友谊做贡献呢。

小飞听从了朋友的建议，把视频放到了抖音和一些别的平台上。大家关注这个贫苦的“村庄”，也关注“村长”小飞的一举一动。就这样，粉丝群迅速扩大，直到有一天，朋友悄悄告诉小飞：“小飞，你火了。”

小飞一脸蒙，这才知道，自己居然成了炙手可热的网络红人。救助的人越来越多，周围的人们对小飞产生了信赖。为了让他们过上更好的生活，小飞开始想方设法地为他们提供工作岗位。“授人以鱼不如授人以渔”，老祖宗的智慧放在哪里都适用。

眼看着队伍一天天壮大，小飞开始建造房屋让他们居住，请来老师教孩子们读书学习，这个难民营越来越具备一个村落的样子。小飞于是给它起名叫“星光村”，寓意希望和光明。他也因此成为星光村的“村长”。

小飞在巴基斯坦建立的星光村帮助了几十个家庭，救助人员多达 200 余人，还创造了许多就业岗位。从建村开始到现在他拒绝了来自世界各地网友的捐赠，尽自己的最大努力帮助他能帮助到的人。

三

小飞行走在前往星光村的路上，突然看见路上有一个男人抱着一个小孩在匆忙行走。身后还跟着一个赶着羊的女人。

小飞紧走几步赶上前去，发现这个男人怀抱着的是一个生病的小女孩，孩子双眼紧闭、奄奄一息，状况甚是危急。

男人是孩子的父亲，赶羊的女人是孩子的妈妈。小飞问了情况，得知是他们的孩子生病了，没有看病的钱，为了凑钱看病，赶着羊去就是想把羊卖掉凑钱。小飞看着被爸爸抱在怀里的小女孩，二话没说，就带上这两位可怜的夫妻来到医院给孩子看病。

这时小飞发现女孩光着脚没穿鞋子，两只瘦骨嶙峋的小脚满是泥浆。

小飞告诉身边的朋友，说："等一会看完病，你提醒我，别忘记给这个小女孩买双鞋子。"

经过大夫的及时治疗，小女孩很快脱离了危险。小飞就来到前台，为孩子支付了治疗的费用。

女儿转危为安，夫妇俩抓住小飞的手千恩万谢。

小飞又询问了他们的家庭情况，得知他们家里还有个女儿，是这个女孩的姐姐，因为身体长期缺少营养患有贫血，身体一直不好。小飞忙又让大夫为姐姐也开了一些药，交给夫妻俩给大女儿带回家。

安排妥当，小飞来到附近的鞋店为小女孩挑选了一双质量最好的鞋子。

因为天气炎热，小飞在路旁的水果摊又买了几个西瓜带上，一路送他们回家。到地方一看，一个污水沟旁，搭建着一个四面透风的破塑料棚子。棚子里，一个蓬头垢面的小女孩躺在地上的一块破布上。

小飞说："这是你们的家吗？"

男人默默点点头。

小飞说："这怎么能住人呢？走吧，跟我一起去星光村住吧。"

一家四口跟着小飞来到星光村。小飞给他们找一个房间，收拾得干干净净，房间里有他们需要的生活用品。

小飞准备走的时候，后面的男人边叫边抱着羊追了上来，男人飞奔到车前，不由分说地把怀中的羊塞进车窗里。小飞鼻头不由又是一酸。

小飞下车把羊递还给男人说："羊好好养着，养大了卖钱，你们改善一下生活。"

小飞边说边从衣袋里掏出5000卢比，抓过男人的手说："拿上吧，给孩子买点好吃的补补。"

男人左臂抱着没送出去的羊，右手拿着塞进手里的5000卢比，呆呆地站在那里，看着小飞的车在风中远去。

后来，小飞把这家妻子和大女儿安排进村里的手工作坊干活，每天都能挣到一笔生活费，解决了他们的后顾之忧。

如今，虽然星光村里每个人的经历都不尽相同，但他们无一例外都感受着星光的希望与温馨。

曾经的一个孕妇，如今娃娃已经一岁了。当时，她在贫民窟里躺在铺了一块破布的地上，面色痛苦地忍受一波一波待产的抽搐与剧痛，那正是一个女人生不如死的晦暗时刻，她的丈夫——那个衣服破旧、满脸胡茬的男人，站在一旁手足无措。

小飞与助手一起开车路过这里，看到了这个情况。小飞忙下车问男人："她怎么了？"

男人："她要生孩子了。"

小飞问："你是她什么人？"

男人："丈夫。"

小飞："怎么不送她去医院？"

男人："没钱。"

小飞一挥手，让助手和那男人一起把女人从地上搀扶到车上，开车送到医院。妇产科急诊医生检查结果是，孩子不是顺产，是臀位，非常危险，好在及时送医，孩子在医院出生，母子平安。

小飞为他们支付了医疗费用，出院后，又接他们到星光村居住，并且把男人安排到村里干活。有了房子，有了收入，这个被救助的女人脸上露出了开心的笑容。

口碑相传的结果，就是很多当地人知道了这个中国老板小飞。他的事迹通过互联网传遍全球，也传到了中国大使馆。2022 年的一天，中国大使馆工作人员，带着慰问品来到星光村看望小飞，并慰问星光村村民。

大使馆工作人员的到来，让小飞感动不已。这是对他工作的肯定，更是一种有力的支持。他更加坚定了为星光村服务的决心，也坚定了做文化使者和友谊使者的信念。

四

星光村租赁的土地快要到期了。村民们非常担忧，一旦村庄被拆，他们又到哪里安身呢？

小飞多方周旋，找到土地的主人，谈妥租赁条件，成功续签15年。星光村的村民可以安心了，他们仍然可以居住在这里，在这里生活，在这里干力所能及的工作。

如今，村内，一所气派的办公大楼拔地而起，现在已经交付使用。小飞提供更多的工作岗位，安排更多的村民进来工作。

村民们工作生活都有了保障，但还是需要到很远的地方去打水，水桶、水盆，一次次去人工运水，耗时费力，很是辛苦。小飞看在眼里，很是着急。于是，小飞筹措资金，准备在星光村打一口水井，彻底解决星光村村民用水难的问题。

说干就干，小飞很快规划好位置，找来工人开始工作。

星光村所处的伊斯兰堡郊外，地理位置属于喜马拉雅山脉的余脉，海拔503—610米，打一口井并不是太容易，井深40多米才能见水。

巴基斯坦天气炎热，看着工人们顶着四十多摄氏度的高温工作，让小飞连忙制止，害怕他们会中暑。一凡告诉他："四十多摄氏度在巴基斯坦不算太热，工人们可以承受。"

小飞坚持为工人搭建起遮阳棚，让工人们在相对阴凉的环境下施工。

水井打好了，清澈、干净的井水汩汩而出，星光村彻底结束了人工运水的日子。

看着村民们开心的样子，小飞内心的喜悦溢于言表。

这个村庄越来越具备现代化的模样了。

谈及未来的规划，小飞说："以后我会注重中巴友谊的交流，为中巴友谊做出新的贡献。"

他还说："'星星之火，可以燎原'，这个世界如果人人都献出一点光亮，就会照亮每一个角落。"

"星光村"越来越好，小飞的名气也越来越大，随着他名气一起成长的还有他的事业与他的人气。

2018 年，小飞通过网络认识了他的忠实粉丝郝风正。

9 岁那年，郝风正得了病，腿部骨骼发硬、疼痛。经诊断是腿部骨肿瘤，医学上称为骨纤维异常增殖症，并且是多骨性的。多年来，父母带着他四处求医，家里债台高筑，穷困潦倒。即便如此，郝风正的病也没有丝毫好转，反而越来越严重，只能躺在床上。这一躺就是将近 30 年，从少年到中年，郝风正被病痛折磨得不成样子。

苦闷的时候，郝风正刷视频解闷。

突然有一天，他刷到了小飞，他被小飞所吸引，也被他在巴基斯坦做的好人好事所感动，所以，他成了小飞的铁杆粉丝。

后来，小飞关注到这个身患重病、卧床不起的郝大哥。看到郝风正饱受疾病的折磨，他年迈的父母为他受尽风霜的苦难，小飞坐不住了。他专程从巴基斯坦回国，来到沂蒙山区，来到郝风正的家中。两个网络中惺惺相惜的男人，见了面很是激动。小飞摸着郝风正僵硬变形、无法行动的腿，感觉非常难受。他联系上郑州医科大学第一附属医院的专家，讲了郝风正的情况，约了去郑州就医的时间。

到了去郑州的日子，常年卧床、从来没有出过家门口的风正，开心得想要飞起来，虽然这种快乐很短暂，但这样的快乐足以让他终生难忘了。

很快到了郑州医科大学第一附属医院，专家给郝风正做了认真的检查，遗憾的是郝风正的病很复杂，他的病是骨纤维异常增殖症，属于先天性的发育异常，病程迁延时间太长，很难根治，只能采取保守治疗。

回家的路上，小飞和郝风正两个人情绪都很低落。倒是郝风正安慰小飞："没事的，我会为了父母坚持活下去。"

郝风正回了山东，小飞也回到巴基斯坦，但从此，小飞多了一个让他牵挂的人。每年都要给郝风正资金支持，这一资助就是到现在。小飞说："我和风正就如亲人一样，我会继续资助他。"

郝风正只是小飞资助众多人的其中之一。

在小飞经济条件好转之际，他就开始做慈善了。

2020 年 1 月，抗击疫情向江西红十字会捐款 20111 元；

2021 年 7 月 21 日，河南防汛救灾向河南省慈善总会捐款 50111 元；

2022 年，向中华社会救助基金会捐款 100000 元；

2023 年 8 月，向漯河市希望工程捐款 50000 元；

2023 年 8 月 4 日，向涿州市民政局救灾捐款账户捐款 1110000 元；

…………

大大小小的数字，是小飞回馈社会的一个个证明。这个“85后”年轻人，把他的力量和能量传给他身边的每一个人，把他的爱给予巴基斯坦人民，也把一腔热血献给祖国。

采访后记： 王龙飞，1985 年 7 月生人，河南省漯河市人，巴基斯坦星光村村长，网络达人。

采访时间： 2023 年 5 月 19 日

采访地点： 河南省舞阳县莲花镇农村

心中有束温暖的光

一

2017 年年末的一天，黄楚盛为最后一位病人做完治疗，下了班与几位好朋友聚餐聊天。有一个人向他走来，他看着此人有些面熟，脑子高速飞转，这是谁呢？

一旁的朋友介绍道：“楚盛，这是张永达老师，《战狼 2》里的副队长邵兵。”

对于《战狼 2》，黄楚盛并不陌生，2017 年 7 月 27 日公映，火遍大江南北，黄楚盛也去电影院观看过，怪不得面前的人如此面熟，原来是武打演员张永达。

朋友又转向张永达，介绍说：“这是黄楚盛医生，正骨点穴，技艺高超。”

黄楚盛赶忙站起来，向对方伸出了手。

张永达握住了他的手，说：“我拍《战狼 2》的时候，受了伤，现在还没好，朋友说您医术精湛，特意来找您，请您给看看。”

两个人交换了联系方式，约定第二天去黄楚盛工作的医院看病。

第二天一大早，张永达准时来到深圳平乐骨伤科医院黄医生诊室，通过体查与影像综合分析，张永达是拍戏动作大，筋骨过劳，导致颈椎小关节错位。他通过触诊发现：右侧环枕筋膜紧张，颈肌紧张，颈2右偏。黄楚盛运用平乐正骨手法给予复位治疗，获得成功！张永达非常开心，连连赞叹:“太神奇了！太神奇了！”开心之余，张永达发朋友圈向他的亲友介绍平乐正骨，称赞黄楚盛的医术。

对于黄楚盛来说，这样的事情，在他工作的每一天都在发生，经他治愈的患者不计其数。

深圳平乐骨伤科医院是一所著名的三级甲等中医骨伤科专科医院，是黄楚盛工作的地方。这个出身于少林寺的俗家弟子，不但坚持练习少林武术，更难能可贵的是，学得了一手好医术，是主治医师、在职佛医MBA、平乐郭氏正骨非遗项目传承人、少林禅功整脊传人、广东省中医药学会疼痛专业委员会委员、香港国际传统中医药学会副秘书长、香港中医师公会顾问、中华中医药整脊分会委员。黄楚盛参与编写《平乐正骨推按》《韦以宗整脊图谱》《少林正骨》等著作，多次应邀前往香港授课交流。

黄楚盛从一个习武少年成长为一个医术精湛、拥有正规医师资质、深受市民喜爱和欢迎的医生，他付出了怎样的努力和艰辛？他的成长经历有何与众不同？

二

1981年11月，黄楚盛出生于广东省汕头市的一个农村家庭。他排行老五，是家里最小的孩子，上面有4个哥哥，这个清一色男娃家庭，父母付出了更多的辛苦。1982年，大型功夫片《少林寺》上映，镜头里少林寺少年僧人练功的声音，伴随着黄楚盛长大，使他对武术产生了浓厚的兴趣。

父亲是个武术爱好者，主要练习南拳，他带着5个儿子习武，渐渐长大的黄楚盛学习武术尤为努力。

1997年香港回归的日子里，16岁的少年也是热血沸腾，当时，大哥带黄楚盛去河南省嵩山少林寺游玩，到了少林寺之后，黄楚盛不愿意离开，就留在了少林寺禅院习武。“我从小体质不太好，且一直有慢性鼻炎。学习少林功夫之后，鼻炎居然慢慢好了。”黄楚盛回忆说。

在来少林寺之前，因为练武，黄楚盛尾椎受伤，一直没有好利索，是师父和师兄通过少林点穴给予治疗，差不多用了一个月，就完全康复了。康复之后的黄楚盛犹如新生，便萌生了对医学的兴趣。他回忆说：“我想，如果能学一下手法，回去后能帮到父老乡亲，也很不错。”

人们常说，医武不分家，尤其是骨伤这个专业。在练武过程中，难免会筋骨受伤，小的伤痛，师兄就给治疗了；严重的伤，就要去医院治疗。有一次，黄楚盛在训练中脚受了伤，脚底部的骨骼错位紊乱，比较严重，师兄弟就把他送到了洛阳白马寺骨科医院，医生采取针灸和手法结合，很快把脚给治疗好了，黄楚盛被他们高超的医疗技术所折服，也让他更加坚定了学医的想法。他想：“如果习武的同时又能学医，两全其美该多好啊。”那时候，黄楚盛每天早上 5 点起床跑步，跟师傅练武，一般是师兄代训练。站桩、跑步、俯卧撑、拉筋、劈叉这些基础课是每天必须坚持练的。有时候劈叉劈不下去，师兄就上去踩，疼痛难忍。在一次练后空翻的时候，两个师兄抓两边的裤子，结果裤子拉链断开，牙齿磕到膝盖上，全部磕凹进去了，黄楚盛跑到池水边洗了一下，然后自己用手把牙齿又掰回来了。

潮汕人喜欢穿人字拖，黄楚盛也不例外，有一次他早晨跑步的时候忘记穿布鞋，穿了人字拖去跑步，结果脚被绊了，把脚指甲都绊劈了，鲜血淋漓。虽然疼痛，但黄楚盛咬牙坚持下来，不休息不请假，训练间隙悄悄学习医术。学有所成的想法在年轻的黄楚盛心里扎下了根。

腰扭伤了，用背抖法；踝关节扭伤，用拔伸牵抖法；关节错位了，用手法一下子复原。黄楚盛心里感叹：“太神奇了！"

师傅对这个刻苦练功，在业余时间还缠着师傅、师兄们学习医术的小伙子暗生喜欢。在师傅介绍下，黄楚盛去洛阳白马寺骨伤科大专班学习医术。

当时的大专班有 50 多人，由河南中医学院的老师和白马寺骨科医院的专家授课。

终于梦想成真，黄楚盛开始接受系统的中医学教育。由于基础薄弱，他付出了比常人更多的汗水和努力，每天早晚继续练武，白天学习、背药方，也练习推拉按摩手法。“在平乐骨科学校学习时，我们先从正常的骨头摸起，再到异常的。一般老师会先给我们演示，有了初步体会再到老师身上实操。学习平乐正骨，通常要有三年的积累，老师才放心让我们去实践。”黄楚盛医生的介绍，话语间透露的是对待医学的严谨。

三年以后，黄楚盛以优异的成绩毕业，留在洛阳正骨医院工作，用平乐正骨医术服务患者。

工作之余，他凭着坚韧不拔的毅力，刻苦自学，反复实践，顺利取得了本科学历，同时也考取了医师资格证书，至此，黄楚盛成为一名真正的骨科医生，完成了从武者到职业医者的华丽蜕变。

2010 年，29 岁的黄楚盛被父母催婚，父母希望他回到深圳，离家近一点成家立业。面对着父母的要求，黄楚盛心里一阵难过，转眼间，他离家十多年了，父母一天天年迈，也需要他的照顾了吧？

考虑再三，黄楚盛决定放弃洛阳的事业，回深圳重新奋斗。

那年，他通过考试应聘到深圳平乐骨伤科医院工作，成为一名筋伤科医师。

不久，黄楚盛结识了一位本地姑娘，并组建了幸福的家庭。完成了父母的心愿，没有了后顾之忧，他便将身心毫无保留投入工作和学习中去。

深圳平乐骨伤科医院是一家以中医为主的骨伤专科医院。医院中医药特色优势品牌“平乐郭氏正骨医术”起源于清朝嘉庆年间，至今有着 200 多年的历史，是我国中医正骨四大流派之一，有着深厚的历史底蕴。平乐郭氏正骨医术因其疗效显著而蜚声中外。

医院秉持“能吃药不打针、能手法不手术、能微创不开放”的治疗理念，经历代医务人员的反复实践、传承发展，形成了平乐正骨手法完整的系统理论和治疗方法。黄楚盛在这浓厚的中医药传统治疗氛围中快速成长，医术得到进一步提升。

平乐郭氏正骨法之推按法十分“重手法”，虽然治疗效果好，但有些患者难以忍受和适应。他认真钻研，将武术气功融入其中，刚柔并济贯穿于病人治疗过程，既达到治疗效果，又不会让患者疼痛难忍，他独特的手法经口碑相传，引起了更多人的关注。

2012 年，有一个叫姜晓的青年男子来医院找到黄楚盛，这个人是华为的软件工程师，由于长期在电脑前工作，脊柱是弯曲的，脖子和头都是歪着的，十分痛苦。根据他的情况，黄楚盛给他设计了严谨的治疗方案，用“上病下治”的方法，把正骨手法运用发挥到最好，通过一段时间的系统治疗，姜晓病情完全康复，还介绍华为同事前来就诊。

黄楚盛介绍说，骨伤科不同于其他临床科室，视、触、叩、听、触诊尤为关键，除了要对解剖学极其熟悉，还讲究手法和手感的训练。正所谓“失之毫厘，谬以千里”，触诊需要日积月累的经验，如果对骨关节、骨头形态了解不充分的话，判断则会出差错，后果可想而知。面对众多的颈肩腰腿疼患者，黄医生在医疗实践中勤于思考、善于领悟，并意识到自己的差距和不足，要虚心向老一辈专家学习。

2013 年 5 月 23 日，医院组织了传统的拜师礼，黄楚盛和一批年轻医师被医院首席专家、平乐郭氏正骨法代表性传承人陈汴生收为弟子，并以师带徒的形式学习平乐正骨医术。

说到师父陈汴生，黄楚盛充满敬佩。回忆与师父在一起的点点滴滴，师父的高超医术与高尚医德都让黄楚盛膜拜不已。

陈汴生从事麻醉临床工作十余年，对于人体结构烂熟于心，早年又师从于平乐郭氏正骨第五代传人郭春园。他擅长将中西医结合的方法运用于临床实践，治愈了无数颈肩腰腿痛患者，在医学界享有盛名。同时，他通过言传身教，带出一大批像黄楚盛这样优秀的中医骨伤科医师，为祖国医学的发展，为平乐正骨医术的传承做出了突出贡献。

平日里，有很多国内外患者慕名前来找陈汴生就医，他们多是经看好的病人介绍而来的患者，也有到别的医院看后效果不理想的顽固病症患者，经过师傅一摸一捏、一牵一拉，病人疼痛就会立竿见影地消失。有些慢性筋伤疼痛患者，经师傅系统治疗，慢慢也恢复正常。业精于勤而功于悟，数年来跟随师父学习理论和实践，加上少林武医的启蒙和洛阳正骨的学习积累，黄医生的医术再一次飞跃提升，他在从医的道路上更加成熟和自信。

医生是终身学习的职业，辛苦而漫长，敬业与坚持已深深根植于黄医生的心里。

他的师傅陈汴生对病人不分老幼、不分贫富，均一视同仁，无论病人多少，总是看完最后一个病人才下班，中午饭常常推迟到下午一两点钟才吃，这些黄医生都默默看在心里。榜样的力量是无穷的，年复一年，黄医生也和师傅一样一直这样坚守着。

黄楚盛风趣地说，脊柱在人体内就像一个“劳模”，在人的一生中默默地负重前行，它一方面牢牢地支撑着整个身体，另一方面通过附着的筋膜系统形成网络立体构架，维持着人体的血运畅通和正常功能状态。如果人体受到冷风寒湿、劳累创伤等因素影响，会产生诸多脊柱相关疼痛疾病，而平乐正骨筋伤疗法就是这些顽疾的克星。

黄医生理解病患者的痛苦，也十分重视在治疗过程中与病人的思想沟通和情绪交流。他认识到病人的心情对于治疗过程和疾病恢复有着举足轻重的作用。

2013 年，北京中医药大学与少林寺首次联合举办佛医研究生班，旨在继承和弘扬佛医药文化，培养佛医人才，主讲老师包括北京中医药大学博士生导师钱超尘教授、中国著名骨伤科专家韦以宗教授、佛医药专家李良松教授等。黄楚盛利用业余时间在学习班精修两年，研修了中医及佛医经典基本理论，学习了《少林内养功》《少林点穴》《少林骨伤》《八段锦》《易筋经》《禅修精要》等禅医实践课程。黄医生结合自己在少林寺习武、医学临床实践的经历，带着问题向导师们虚心请教，这些珍贵的学习经历和融会贯通的深刻领悟，都在黄医生临床实践中得到充分发挥和运用。人是躯体和精神的高度统一体，在共情与理解中，黄医生总能与病人进行心灵的沟通，医患之间在相互信任中完成医疗过程。正如特鲁多医生墓志铭所言：有时，去治愈；常常，去帮助；总是，去安慰。

三

如今，黄楚盛医生已经可以熟练运用中医理论，辨证施治，将平乐正骨手法与少林内功心法点穴等疗法结合，对如颈椎病、肩周炎、腰椎间盘突出症等常见病及部分疑难筋骨病进行有效治疗。

2023年7月20日中午，黄楚盛如往常一样在值班室忙碌，这时候，一位女士带着她的儿子小葛来到了诊室。这个年仅5岁的小患者，聪明伶俐、活泼好动，玩耍时不慎从双杠上摔落，致颈部疼痛、活动受限、行走歪斜。来诊时，受伤时间已超过3天，患儿妈妈十分担心孩子目前的情况，更担心影响孩子的体态生长。通过体格检查，黄医生发现颈椎右侧旋转活动受限、第二颈椎右侧横突旁压痛明显等症状，全脊柱正侧位X光片影像结果也显示寰枢关节异常、脊柱侧弯，诊断为颈椎寰枢关节错位。

黄医生向孩子的妈妈讲明病情及主要的治疗措施，耐心指导聪明的小男孩配合治疗，同时也体贴入微地给予平乐正骨手法整脊处理，患儿颈2棘突压痛明显减轻，颈部活动功能当即改善，随后嘱咐小患者继续佩戴颈托固定。

2023年7月23日复诊，黄楚盛触诊检查：颈部肌肉柔软，无压痛，颈2棘突旁无触及高凸压痛，颈部活动功能正常，颈椎X光片显示寰枢关节间隙基本对称，患儿一家非常开心。

看到孩子这么快恢复了健康，黄楚盛叮嘱家长不可掉以轻心，并指导孩子加强颈部功能锻炼，保持正确姿势，预防复发。

小患者的母亲对黄医生的医术夸赞不已。对于病人家属的称赞，黄楚盛虽然波澜不惊，但是内心还是充满成就感。

四

60 岁的张阿姨是深圳本地人，退休在家安享晚年的她，前不久遇到了一件烦心事。女儿小宇喜得贵子，一家人喜气洋洋，张阿姨沉浸在做外祖母的喜悦之中。本该是幸福美满其乐融融的一家人，却因为小宇产后头疼，张阿姨既担心又焦虑。

初为人母的小宇来不及享受喜悦，严重的产后头疼，折磨得她睡卧不宁、茶饭不思。家人频频带她去医院，效果一直不好，看着日益消瘦的女儿，又看看嗷嗷待哺的外孙子，张阿姨心痛不已。

张阿姨突然想起了中医，想起平乐骨伤科医院的黄楚盛医生，他给自己看过颈椎病，简直是神医一样，多年的颈椎病，经黄医生几个疗程治疗之后，竟然痊愈了。颈椎腰椎疼痛治疗效果好，不知道产后头疼他能不能治疗？

抱着试试看的想法，张阿姨说服女儿小宇和她一起来到了深圳平乐骨伤科医院黄医生诊室，寻求黄医生的帮助。

了解到小宇的患病原因，经临床及辅助检查后，黄楚盛用手法按摩加针灸治疗，当场让小宇感觉症状减轻，而后又如约治疗一个疗程，小宇的头疼病完全好了。

摆脱了头疼的折磨，小宇开心地说：“黄医生，您简直神了。”

过了一段时间，张阿姨专程给黄楚盛打来电话说：“女儿头疼好了，外孙健康活泼，我也无忧无虑地享受天伦之乐了。”

阿姨这么说，让黄楚盛内心无比欣慰，放下电话，他开心地笑了。

北京来的梁女士是另外一种情况，她出差长沙，为公务而忙。一天晚饭后返回宾馆房间，她感觉很是疲惫，腰部隐隐不适。她担心腰疾重犯，躺床上休息，这一躺，她腰疼得再也起不来了。慌乱之中，她只得先让自己安静下来。

想起来与老师的深圳之约，梁女士心急如焚，她打通老师的电话，充满歉意地说："老师，说好的长沙公务结束去深圳，现在看来去不了啦。"

老师问："你有别的安排了吗？"

梁女士说："老师，我腰疼犯了，现在起不来床了。"

老师急切地说："先买点药吃，然后赶快来深圳，我带你去找黄楚盛医生，他在这方面很有治疗经验。"

梁女士听老师这么说，强打精神从床上爬起来，到宾馆附近的药店买来止疼药。吃完之后，疼痛缓解，第二天一大早，她坐上了长沙到深圳的高铁。

老师带她找到黄医生。看到黄楚盛，梁女士心里打鼓：这么年轻，能行吗？治疗结果却带给她十二分的惊喜。

因为腰疾，她在北京反复就医，可能因为没有系统治疗，效果差强人意，在来深圳之前，她已经有两个月不能弯腰提鞋了。

黄楚盛医生经临床检查，排除了腰椎间盘突出、骨质增生病症，判断是腰椎部分错位引起的疼痛。然后，黄楚盛给予手法复位，配合针灸、理疗。一顿操作下来，梁女士感觉一下子轻松了，很容易弯腰穿鞋，疼痛就这么消失了，仿佛从来没疼过一样。

由于工作繁忙，梁女士过两天返回北京。之后，她打电话告诉黄楚盛，说她的腰不疼了，对他表示感谢。这样的病例太多，黄楚盛早就习以为常，对他来说，作为医生，他应该为患者解除病痛。

深圳平乐骨伤科医院与洛阳正骨医院均是我国著名的三级甲等中医骨伤科专科医院，平乐正骨医术同根同源、一脉相承，深受国民认可。黄楚盛正是在这两所医院学习、成长；少林武功的柔韧为他增添了内功和把控力；北京中医药大学佛医高级班研修，又使他对祖国传统医药文化精髓的理解进一步提升，对患者的仁爱医德进一步升华。

黄医生不但注重诊疗水平的提高，还注重体育锻炼，练武强身，经常利用业余时间为社区群众义务治疗。一天回家途中，在一家公司的大门口，黄楚盛碰到一群围观群众，还有人嚷嚷着什么，到了近前，发现一名保安蹲坐在地上痛苦地呻吟着。出于职业本能，黄楚盛判断此人应该是受了伤。

他经过询问证实了自己的想法。原来这位姓赵的小伙子是单位里的一名保安，在保安常规训练中不慎受伤，坐在地上根本无法站立。公司同事正关切地询问他的伤情，准备送他去医院救治。

了解到这个情况，黄楚盛说：“我是骨科医生，我给你看看吧。”

周围的人都向黄楚盛投来期待的目光，患者的眼前也是一亮，有医生出手，他的伤痛应该能治疗好吧？

黄楚盛信心满满地上前，边询问保安小哥情况，边应用正骨手法给予复位治疗，伴随着清脆的骨骼复位声音，保安小哥脸上痛苦的表情不见了，黄医生鼓励他站起来走走，保安小哥有点疑惑地看看他。

保安小哥小心站起来，走了几步，突然开心大喊：“好了，不疼了。”

围观群众响起了热烈的掌声。

黄楚盛谢绝了保安小哥的挽留，继续回家的路。

后来，保安小哥还是打听到了黄楚盛的工作单位，保安队长和保安小哥一起，带着一面锦旗到医院隆重感谢。

该出手时就出手，这是黄楚盛对自己的要求。

他积极参与健康科普工作，多次受邀参加电视台健康类节目的采访，通俗易懂的医学知识讲解、谦逊和善的语言表达，深受市民喜爱；他义务录制强身健骨操，在电视台及多个自媒体播放，以他英俊的相貌和标准的动作，收获了许多市民粉丝。他希望通过自己的不懈努力，使广大市民养成良好的健身习惯，防病于未然。

五

七月流火，八月未央。

秋的气息越来越近，黄楚盛穿上练功服，在每一个夜晚来临的时候，一招一式，认真习武。于他而言，习武与医术是密不可分的，在博大精深的传统医术里，在无边无际的武术海洋里，他修炼的不只是身心，还有理想与追求。

深圳，作为粤港澳大湾区最年轻的国际化城市，同样有众多怀揣梦想的年轻人来到这里打拼。在高强度的工作压力之下，他们常常被颈肩腰腿疼痛所困扰，而平乐正骨医术犹如一道温暖的光，为他们驱除了病魔，使他们神清气爽、精神抖擞，在奋斗的征程上继续前行。黄楚盛医生正是这样一位传递光明的践行者。

采访后记：黄楚盛，1981 年生，潮汕人，平乐郭氏正骨非遗项目传承人、主治医师。

采访地点：深圳市

在时光悠久中追索心灵的结晶与寄托

分别的时刻就要到了。

刚刚念完高二的任玉婷，就要远渡重洋，到北欧丹麦去读书。不知道为什么要去丹麦，隐约中似乎有什么召唤，她在那个没经受过任何人生挫折的年纪，一切都仅凭直觉。17 岁的年龄是个不怕艰险、勇往直前的年龄。不怕，因为她从来不知道，也不需要考虑每一件事情的后果。在上飞机之前的这段时间里，甚至在出家门的那一刻，她还对未来充满期待和某种难以抑制的兴奋。

到了机场的候机大厅，马上就要和父母、这片生养自己的土地说再见时，她才突然感觉到自己的心是空的，空得让人发慌，让人感觉到隐隐的疼痛。这时，她抬头看了看前来送行的父母。母亲在黯然流泪，而父亲，那个平时含蓄、内敛、不善于表达感情的男人，一改往日的安静、沉稳，在候机大厅里一圈一圈快速地奔走。此时，他很像电影里那些处于高度焦虑状态的将军，面对一个自己应对不了的问题时，不断在一个固定的空间里反复踱步。尽管机场给他提供了足够的空间，可以不让他的行为那么戏剧化，但作为熟悉他性格的女儿，还是知道他是不敢面对自己，也不敢当着自己的面让泪水流下来，他在任何时候都忘不了保持自己的男人形象。任玉婷是在事情过去很久之后，才听母亲告诉她，她一过安检，父亲便停止了刻意的控制，不再装作若无其事，让泪水汹涌澎湃地流下来。

其实她自己的性格极像父亲，在此之前她为了宽慰母亲，也一直忍住感伤没让泪水流下来，只有转身那一刻，才忍不住擦拭一下已经流下来的泪水。

从北京飞往丹麦首都哥本哈根的航班起飞了，任玉婷仍无法彻底从告别亲人的情绪中挣脱出来。只身离开祖国，离开父母，到遥远的北欧求学，呈现于面前的未来又该是什么样子呢？她眼里闪着泪光，抬头望向窗外高远的天空，努力控制着情绪不让眼泪落下来。飞机滑行之后，展翅蓝天，云朵洁白，天空湛蓝，10 小时以后，她将落地哥本哈根，在一所国际学校，正式开始她的异国求学之路，不再有管束，也不再有关心，更没有那些温馨的唠叨，一切都需要自己努力了。

来不及痛痛快快地哭一场，甚至来不及多想，飞机就落地了，原来用那么多美好的想象描绘出来的留学生活，迅即冷酷无情地开始了。国外的国际学校可不是中国的大学，把外国学生当外宾，你自己要来的，你自己的食宿要由你自己安排，校方概不负责。好在有好心的老师推介了一处住所，她来不及思考就赶快搬了进去。宾馆的住宿实在太贵了，每住一晚都让她感觉心疼，父母的血汗钱让她花起来心里满是愧疚。

安排好生活，任玉婷开始了她在丹麦的学习生活。坐在教室里，她对学习的课程充满了期待，老师全程英语授课吗？老师是男是女？会凶人吗？想到这儿，她笑了，老师就是老师，一定是个美女或者是个帅哥吧。她甚至想象老师的衣着打扮，想象老师的授课方法。

第一堂课很快开始了，走上课堂的是一位中年女士，她穿着本地的特色服装，干练大方，讲起课来却让玉婷傻了眼，居然是一口道地的丹麦土语。任玉婷脑子“嗡”一下子，她只想着老师全程英语讲课自己能勉强听得懂，没不想到这位女老师却是用一口纯正的丹麦语，她完全听不懂，一脸懵懂地望着讲台上侃侃而谈的女老师发呆。

语言问题刻不容缓。她马上报了一个语言班，学习丹麦语。在这个班里，她是最刻苦最努力的一位。年轻漂亮的丹麦语女老师很快喜欢上这个勤奋努力，笑起来眼睛弯弯的女生。于是，她们成了好朋友，这也让任玉婷丹麦语突飞猛进，不到半年时间，她已经能听得懂老师的丹麦语授课了。

解决了语言问题，课程的学习不容拖拉。丹麦的高中教育是学分制，学科修得多了，高考就可以少考几门。任玉婷开始没日没夜地学习文化课。这个拼命的女孩，课上课下学习功课，稍有空闲就学习丹麦语与英语。

只是每到吃饭的时候，她开始想念家乡的饭菜，妈妈做的东北炖菜是那么香。终于，她再也无法下咽那些生菜与面包，就出去买了食材与厨具，开始自己动手做饭吃。不知不觉，她竟然练成了一手好厨艺。每当她做饭的时候，一些同学就会来蹭饭，这些同学边吃边赞叹："任玉婷，太棒了！"

两年的高中学习很快结束了，任玉婷面临高考。

说到丹麦高考，不得不说说丹麦的教育。

说起丹麦的教育，就要先来谈谈人家的教育成就。不管你服不服，数据在那里摆着：在IMD《世界人才报告》中，丹麦凭借在"投资与发展人才""吸引和留住人才""人才准备度"这三个方面的综合优势，名列世界第二。丹麦是人均获得诺贝尔奖人数最多的国家。丹麦有约40%的劳动力从事科技研发工作。在OECD国家中，丹麦人均发表论文是世界第二；在创新能力方面，很多国家都没法与丹麦比，诸多领域都是人均提出创新概念、申请专利数量名列前茅的国家之一；在生物医药领域，丹麦是人均应用生物技术专利最多的国家；在环保领域的专利居于世界领先地位；来自丹麦的研发成果被引用的次数非常高，是OECD成员国里最常被引用的前三名，特别是在医药、健康科学、工程领域，丹麦研究人员的成果最常被引用。

丹麦的教育是世界上先进的国家之一，这也是当初父母同意玉婷选择去丹麦留学的最重要的原因。

高中阶段的学习，任玉婷很拼，很多学科顺利通过，在高考的时候，相对轻松了很多。没有什么悬念，她很顺利地考入英国的莱斯特大学。

拿到录取通知书的时候，有一个来自国内的同学问任玉婷："你真的要离开丹麦去英国读书吗？"

任玉婷很吃惊，问她："我就是为了读书才出国的，现在考上了梦寐以求的学校，我为什么不去读呢？"

同学说："我决定放弃学业了，就留在丹麦打工。"

玉婷沉默了，她不知道该说什么。

在丹麦，人工是很贵的，打工的工资很高，在2005年的时候，打工者月工资能拿到2万多人民币。这对很多国内的留学生来说，是一个很大的诱惑。任玉婷在周末的时候，也去打过工，知道这个行情。

同学选择留下来打工，也有她的道理。

但人各有志，任玉婷志不在此。她希望去深造，去世界一流大学学习，怎么可能会为了2万多的月薪而放弃学业呢？

任玉婷毫不犹豫地飞往英国，去莱斯特大学报到。

到了英国，开放的文化氛围。让她感觉不能再完全依靠父母了，她长大了，要自己打工养活自己了。

学校的生活丰富多彩，更重要的是，她认识了来自世界各地的优秀学子。

来自国内的男孩杰就这样走进了她的生活。

杰来自湖南，是一个白净、高瘦、文质彬彬而又有忧郁性格的男生，和活泼乐观的任玉婷性格完全相反。

忧郁的杰看起来皮肤格外白皙，稍有不健康的瘦弱。他看上了活泼秀美的任玉婷，主动展开追求。年轻人的爱情总是那么浪漫、那么美好，任玉婷看着这个文静得有些秀气的帅气男孩，答应了他的追求。

异国他乡，因为这一份感情的燃烧而变得不那么孤单。互相取暖、互相支持、互相鼓励的两个年轻人，一起读书、一起玩耍、一起打工，生活变得五彩缤纷。

杰的身体却越来越羸弱，在一个午后的课堂上，他竟然晕了过去。任玉婷和同学们一起手忙脚乱地把他抬上救护车。听救护车“滴滴”而来，又呼啸远去，任玉婷想：“没事的，他可能是低血糖，休息休息就会好的。”

陪伴他到医院，又陪伴他做各种检查，结果却让人无法接受：肝癌晚期。

很快，杰的父母来到了英国，接杰回国。

临别的那一刻，两个年轻人紧紧拥抱在一起。杰说：“玉婷，等我，看好病我就回来。”

任玉婷哭了，她一句话说不出来。

就这样，杰随父母回了国。

几个月后，杰的父母打来电话，告知她杰去世的消息。

那一刻，任玉婷心灰意冷，泪如雨下。她把自己关进房间好几天，不吃不喝，一直哭。她不知道上天为什么这么狠，要夺取一个年轻的生命。她的爱情之花还来不及绽放就已经凋零。

父亲给她打来了电话。听到父亲的声音，任玉婷再也忍不住了，号啕大哭。

知道了杰离世的消息，父亲没有多说什么，只是任她哭，让她发泄情绪。哭完了，父亲说：“擦干眼泪去吃饭，然后去学习，杰一定不希望你这么伤心，对不对？你一定要好好活下去……”父亲又劝慰了很多。

想起自己离开家乡，想起父母把所有的爱都给了自己，任玉婷决定把这段感情埋在心底，振作起来，继续学业，好好生活。

多年以后，当任玉婷谈及这段感情的时候，她说：“杰的去世，让我学会了珍惜身边人。”

没经历过生死离别，也许无法感同身受，杰的离开，让任玉婷变得更成熟，也更理性，爱惜生命，珍爱健康，也许是她痛彻心扉的感悟。

余下的大学生涯，她封闭了自己，再也不谈感情，而是把精力用在了学业上。

偶然的机会，任玉婷接触到古珠宝市场。

和许多热爱首饰的女士一样，长成了大姑娘的任玉婷，对首饰情有独钟，小时候，每每看到父亲送给母亲的首饰，她的心情就和母亲一样愉悦。她看到过母亲收到礼物的那种欣喜，那时候，母亲是幸福的吧？她想到了母亲的首饰，嘴角扬起一抹笑容，中国古典首饰如母亲一样，温暖、含蓄，又温婉大方。而欧美古珠宝与国内的古珠宝有所不同，它更热烈、奔放，有一种张扬与霸气。

任玉婷和同学一起去逛街，逛到了古珠宝市场，一下子被琳琅满目的各类古珠宝所吸引，她掏出身上所有的钱，买下了她特别喜欢的两样首饰。

至此，每到周末，她都去逛古珠宝市场。

她把省吃俭用攒下的钱，全部用于购买这些古珠宝首饰。后来，有同学看她的珠宝首饰，想要购买。她开始尝试出让一部分，然后再去选购。如此反复，她竟然赚得了一些钱，可以贴补生活费用。

尝到甜头的她，开始研究欧美珠宝的特点，每一件首饰，她都精心挑选，再想办法搞清楚这件手饰的来龙去脉。

假期回到国内，她把这些古首饰带回来一部分，通过一些平台和人脉卖出，返回英国时，再把中国的古首饰带走。

她卖的货都是老货，每一件都保证三十年以上，很有年代感，对于喜欢怀旧又追求时尚的年轻女士来说，是很受欢迎的。

2009年，任玉婷大学毕业，她正式入行古首饰行业，奔走在英国、美国等国家的古首饰市场，精心挑选每一件产品。生意很是红火，也让她赚得了第一桶金。

2012年，她在英国伦敦成立了VINTAGE珠宝首饰店，创建了“aprilantiques”品牌，成为名叫April的店主。

这个店位于伦敦市中心Marylebone，地理位置很好，她有稳定的客户群，加之她与私人藏家以及各大英国古董商有长期稳定合作，一手货源兼有新老库存及个人藏家收藏系列等稀有品，可谓占尽天时地利人和，生意蒸蒸日上。

其经营的复古品牌涵盖了欧洲、美国20世纪50—90年代的经典，Dior、Chanel、YSL、A&S、B&W、Askew London，Trifari、Boucher等。

古董首饰、古董珠宝都多少经历了一些岁月的磨砺，这些磨砺虽然会造成一些瑕疵，却拥有着独特的味道。VINTAGE时装首饰材质多为人造材质，五金材质多为合金、合金镀金，并非真金银、真宝石。

任玉婷拥有独到且丰富的古董首饰挑选眼光，努力打造出精致、优雅、时尚的选品风格，这让她在这个行业渐渐崭露头角。

与此同时，她答应了同学何的追求，并且很快步入婚姻的殿堂。同学何是华裔英国人，祖籍广东，母亲是一名华裔科学家，在这个家里，她感受到了平等与关爱。她说：“我是中国人，这一点不会改变，不在国内，我们一样爱国，把中国的古首饰文化推出去，把欧美的古首饰文化引进来，是我的使命。”

这个稳重大气的女孩，终于长大了。

爱情甜蜜，事业向好，命运之神仿佛特别眷顾这位爱笑的“85后”女生。

然而，到了2015年，她的事业却遭受严重打击，一度再也卖不出产品，任玉婷那一段时间感到既愤怒又无奈。事情的起因是，一位台籍同胞也做这个生意，这个人把收来的欧美古首饰贴上爱马仕标志，当爱马仕卖，被国内的客户识破之后，一下子激起古首饰圈的愤怒，尤其是那些受到伤害的客户，更是气愤难平。这个圈子就那么大，消息传出来之后，大家对古首饰这一市场不再信任，很多人的藏品再也卖不出去，真的只能自己珍藏了。

任玉婷很是郁闷，她自己诚信经营，没想到也受到波及。她引以为傲的文化使者的身份也让她感觉愧对这个称呼。

生意做不下去了，很多人坚持不下去，只得改行。任玉婷的生意只能暂时面对国外客户了。

事情的转机出现在2017年。

那一天，任玉婷在一家商场闲逛，逛各种时尚店，看各种古典或者新潮的饰品，触摸时代最前沿的时尚，这也是她平常生活的一部分。正在这时候，她听到了一侧的服装店柜台边的争吵声，循声望去，她看到两位时尚靓丽的亚裔美女，正被欧美面孔的店员呵斥。

任玉婷听到了一些有关中国人的侮辱性字眼。而那两位女士因为英语不怎么好，面对辱骂，面红耳赤，手足无措。

任玉婷心头火起，心说："中国人怎么了？凭什么无端受到这样的歧视？"

她走过去，用流利的英语驳斥那名店员，义正词严地告诉店员："请你向这两位美丽的女士道歉，不然，我将投诉你。"

那位店员自知理亏，迫不得已道歉说："Sorry."

任玉婷继续告诉她："中国不再是过去的中国，不再是八国联军入侵的时候，中国已经强大，中国人也不再是你想欺负就欺负的。"

两位美女大为感动，拉住任玉婷的手连声感谢。

他乡遇仗义执言的老乡，两美女真的是两眼泪汪汪。互留了联系方式，两位美女坚持要请任玉婷喝一杯咖啡。任玉婷没有推辞，便在附近找了一家咖啡馆，三个人边喝咖啡边聊天。

交谈中得知，其中一位竟然是国内知名节目主持人，另一位是比较有成绩的演员，出演了不少作品。

任玉婷也介绍了自己的职业，说自己是附近品牌的珠宝店老板。一说到珠宝，两位美女很是感兴趣，要求去任玉婷的珠宝店参观。

任玉婷答应了。喝完咖啡，三个人直奔珠宝店。

到了自己的一方天地，任玉婷拿起一件件首饰，它们的来历、历史背景、文化渊源一一在玉婷的口中娓娓道来……

"喏，这是'Askew London 东方系列'，这个系列是 Askew 夫妇 20 世纪 90 年代在亚洲旅行时得到的设计灵感，也体现了西方人对于神秘东方文化的美好诠释。我曾经亲耳听Askew夫妻描述过对于中国古典建筑与文化的热爱，这个系列一直是他们最为热爱的系列之一。Askew London比较典型的东方碧玉系列元素有飞龙、佛像、蝉、绳结、灵猴（三不猴）、东方泛舟、亭台……整个系列重要特征的绿色部分，其实是仿碧玉和翡翠材质，手感很细腻，颜色也有深浅流动的对比，常运用浮雕镂空设计，并配以镀金花朵点缀。

“再看这个飞龙设计。从设计本身的东方角度来讲，龙是古代传说中的一种神异动物，是中国最大的神物。人们视其为百鳞之长，乃至生物世界的最高主宰。龙含有成功、稳重、睿智、自信等美好寓意。龙的设计，有两种形态，一种偏向东方的龙形象，身躯以鳞片覆盖，没有翅膀；一种比较偏向西方的dragon，身躯有部分羽毛覆盖，带有翅膀的设计。其中东方飞龙采用了我们国人印象中最根深蒂固的盘龙形象，非常的有气势。西方飞龙采用了希腊神话中奇美拉的形象，有着美丽不可被驯服的意义。

“这是东方泛舟——设计的整体外形，就是我们常说的荷塘月色，表现了对爱情的美好向往。

“这是“丘比特系列”：丘比特常常被称为小天使，丘比特形态有两种，全身像和头像。但确实它本身设计是从希腊神话里的小爱神丘比特汲取的灵感。

“这是“Askew London埃及系列”：这个系列中期的作品，大约在早期银色系列和晚期重工金色系列之间，这个时期的金属比后期会轻一点，偶尔有无标款。

“这是 Askew London 人物系列：这个系列中丘比特的形象，多数都有翅膀，拿着弓箭，有小爱心（都是爱神标志—月亮一起出现）。

“说到“摩尔人珠宝”，也就是我们俗称的“小黑人珠宝”的由来：追溯到中世纪，摩尔人是指来自伊比利亚半岛的阿拉伯人与柏柏尔人。由于战争和贸易的关系，来自异域的生意人与意大利的威尼斯有着千丝万缕的联系。到了 18 世纪，意大利的珠宝匠以自己对东方文化的畅想为富人们制作了一系列工艺精湛，镶嵌着各种宝石的威尼斯摩尔人系列珠宝。在珠宝的世界，这是一种与文化交融的设计风格，是一种更宽泛的概念，每一个摩尔人的形象都是鲜活的，有美丽的东方王子与公主，也有包着头巾的国王与戴着王冠的王后。它们表达了西方对于东方文化的畅想与诠释。并且有一个经常被人误解的真相，其实摩尔人珠宝面部的黑与肤色并无直接联系，而是因为当时制作首饰的头像部分都是由黑玛瑙和黑色土石打造才呈现了这个颜色。所以大家可以看到摩尔人珠宝的形象是来自不同民族与国家的，而不会局限于某一固定形象。

“说到 Askew 海底系列。这个系列以美人鱼、海马、贝壳设计为主海底系列。最初的灵感来自安徒生童话小美人鱼。优美中带着满满少女气息。神秘感与天真烂漫并存。美人鱼的寓意是美丽、幸运、爱情、智慧善良等，美人鱼更象征着温暖、和谐、平安、爱情的守护神等。海马：一生只要找到了伴侣那就是一辈子不分开的，代表专一，所以海马对爱情的意义——虽然不能朝夕相处，但是彼此依然忠诚，单纯的相爱。我们国家的传统上则把海马当成吉祥的动物，象征着百子千孙。海豚：是希腊神话里海王波塞冬的坐骑，象征着勇气；贝壳——自由与勇气，坚持与放弃，美好与幸福，安宁与平静。

“关于 Askew 女神与飞马系列，有一个美丽的传说。AL 是 Vintage 圈里的女神级品牌，这不只是个风格概括的形容词，是真的它就做得出很多以女神为灵感来源的经典设计，并且能从古董珠宝的各个时期汲取灵感。女神飞马的灵感来自对希腊神话的热爱。飞马佩加索斯是缪斯女神的坐骑，并且帮助勇士贝雷罗明打败了恶龙奇美拉，是勇气与力量的代表。缪斯女神与飞马耳环项链这套是 Askew 富有神话气息设计的代表作。”

一个个系列，任玉婷讲得头头是道，两位美女听得入了神。

讲了很久，任玉婷有些累了。她很久没有这么卖力地为客户介绍产品了。每次有客户来，都是店员介绍，任玉婷大部分时间是安静地听他们说。

今天见到了来自祖国的同胞，她介绍起来就忘记了时间。

她有些不好意思地冲两位女士笑笑，说：“首饰太多了，今天说不完呢。”

听了她的介绍，又确实喜欢这些饰品，两个人毫不犹豫地挑选了几件。任玉婷给予了接近成本价的优惠。

完成采购，两位漂亮女士非常愉快地向任玉婷挥手告别。走到门外，其中一位女士问她：“有没有人说你长得像郭晶晶？”另外一位女士也说：“太像她了，眉眼与下颌，简直一模一样。”接着，这位女士说：“大富大贵的面相，你一定能取得更大的成功。”

任玉婷笑了，说：“我知道郭晶晶，她是咱们祖国的骄傲。”

一位女士说："你是善良美丽的女士，你一定能在古首饰行业成为领军人物，祝福你。"

收到来自家乡人民的祝福，任玉婷的内心满怀喜悦。

两位女士回国之后，给任玉婷打来长途电话，兴奋地说："玉婷，这首饰戴出来大家都说漂亮，国内没有的款式，不担心撞款，很特别呢。"通过她们的描述，任玉婷得知她们一戴出首饰来，就引起了周围爱美女士的关注。于是，英国伦敦的" "aprilantiques"品牌首饰再一次走进了时尚圈人士的视野。到英国伦敦去，就不能不去"aprilantiques"店，古首饰饰品，任玉婷最诚信。名声就这么传出去，品牌就这样越来越响亮。

事情就是这样，你越是费尽心机去钻营，越不能得到你想要的；你越是踏踏实实地做事，幸运之神眷顾你的可能性就越大。机会，永远是留给有准备的人。

转眼间，1986 年出生的任玉婷已经过了 30 岁。

她的父母开始着急了，他们不知道女儿任玉婷准备什么时候要孩子。

看着别人儿孙绕膝，父亲很是羡慕。虽然着急，但他还是隐忍着，不想催促女儿。

转眼已到 2016 年，任玉婷停下手头的工作，把店里的事务交给她信任的店员打理，她必须回国看望父母了。

她邀请父母一起去泰国旅游。异国风情的浪漫，亲人团聚的美好，让任玉婷的心情格外舒畅。

看她心情很好，父母开始催她要孩子。父母开明，平时从来没有过催生。

她知道父母都希望她快些生育子女，他们急切的心情她能理解。

她才 30 岁，正处于事业的上升期，不想这么快生孩子。

但她答应不入英国籍，每年节假日回国陪伴父母，将来父母老了的那一天，她择情回国或者请父母到国外养老。

父亲看着他唯一的血脉，内心久久不能平静。这个女儿无论长相、性格都与他相似，自由而又倔强，认定的事情，八头牛都拉不回来。

如此，还是听从她自己的意愿吧。

每年的回国团圆，每次的快乐相聚，却在 2020 年那年戛然而止。

开始，她和父母还是相互鼓励，后来，欧美疫情严重，父亲的心提到了嗓子眼，他给女儿打电话说："要不，你想办法回国吧，一家人在一起怎么都好说。"

任玉婷说："爸，你怎么糊涂了？这个时候怎么能回去添乱呢？我们一家包括我婆婆，都说不能回国呢。不给国家添乱，这是大多数爱国华人的坚持。"

父亲沉默了，他的女儿他最了解，决定的事情是没法改变的。

疫情三年，大家都在煎熬中度过。

任玉婷的生意再次受到了冲击，中英航班少之又少，去英国的中国人更是少得可怜，她的古珠宝首饰生意没有了中国的客户，再一次遭遇寒冬。2020—2022 年，这三年平均年营业额减少到了 130 万元，除去房租、税收、工人工资等一应开支，赚的钱寥寥无几。

坐在店里，任玉婷心里有些焦虑，疫情什么时候能结束呢？父母身体还好吗？

2022 年 12 月初，中国解除疫情封控，这一天很多人热泪盈眶，等得太久，也闷得太久，很多人跃跃欲试，想出去玩耍，也出去消费。

2023 年元月，任玉婷的古珠宝首饰生意报复性上涨，仅仅两个月不到，已经超过 2022 年全年的营业收入。国内的客户群迅速扩大。

在国内开分公司的计划是时候开始实施了。

经过缜密的客户分析与市场调研，任玉婷决定把分公司开在深圳。

合作伙伴先行回国，到了深圳，很快在南山区找到地址，然后注册。

所有手续准备完善，任玉婷带着她精挑细选的第一批货物飞回了深圳。

她采用实体与线上同步运营的模式，正式让她的欧美古珠宝首饰在中国市场闪亮登场。

合作小伙伴红，是一个高大、健壮、皮肤黑黑的东北女孩。她们两个一起长大，一起玩耍，后来任玉婷出国，毕业后她们又聚在一起，成了最好的工作搭档。她们熟悉彼此，了解彼此，国内深圳的业务交给她打理，任玉婷感觉踏实。

任玉婷新找了一个主播，美丽的女孩静。和她的名字一样，这个“00 后”大眼睛女孩安静内敛，青春灵动。有了经济的支撑，静在直播室里更是如鱼得水，拿起每一件首饰都侃侃而谈。与一些主播的激情销售不同，静的直播不紧不慢，声音甜美，如缓缓流淌的溪水，对于美国品牌的精品，她如此介绍：“1957 年于加拿大多伦多创立。品牌创始人是毛里斯·布来登先生，师承法国设计师 Boucher，并且在 1979 年收购了美国品牌 Boucher，所以我们经常看到两个品牌会有很多相似的设计。D' orlan 公司除了有自己品牌的首饰，也给其他时装品牌提供首饰设计：比如 Nina Ricci，Carven 等。D' orlan 的设计与高级定制珠宝比肩，优雅气质时尚；而材质运用了三层 22k 镀金，也是饰品里不可多得的精益求精。

“Coro 公司由两个创始人的名字开头组成，成立于 1901 年。品牌一直呈现盈利模式并且挺过了 20 世纪 30 年代的经济大萧条时期。到了 40 年代，由于品牌营销的成功，成立了高端线 Corocraft，并且聘用了非常重要的设计师——Katz 卡姿。她的设计为品牌添砖加瓦，锦上添花，很多设计都是现在的收藏款与稀有款。50—70 年代，Coro 公司的高端线由 Corocraft 改为 vendome，vendome 也是现在收藏家们趋之若鹜的品牌之一。

“Ciner 品牌创立于 1892 年纽约。公司前身是一家珠宝公司，运用金银与宝石来制作高级珠宝。公司于 1931 年才转型为时装首饰公司，所以我们可以在 Ciner 首饰里看到很多属于高级珠宝的质感与设计。Ciner 曾被誉为时装首饰届的蒂凡尼。品牌经过家族 4 代传人的传承，历经百年，于 2022 年正式结束营业。存世的首饰也真正变为炙手可热的收藏品。

“Jomaz/Mazer 品牌创立于 1927 年，主理人为 Mazer 兄弟。

产品设计以近似珠宝的精致工艺和性价比超高的人造宝石为主。20 世纪 30 年代聘请了 Boucher 担任设计师，以花卉和缎带感等极为女性化的设计为主。1946 年，更名为 Jomaz。整体设计风格延续了 Boucher 创立的概念，近似于高级珠宝但是多了更多的实现性和想象空间。1981 年结业。

“Trifari 品牌创立于 1904 年纽约，是美国时装首饰届知名度最高、产量最多的品牌，并且存世时间很久，到 2000 年把品牌出售给 liz 公司为止，约百年间一直有作品问世。品牌风格很广：早期的艺术设计风格，20 世纪 40 年代的动物、花卉设计，缎带设计，然后到 60 年代经过工业机械化的转变工艺得到了飞速提高。一系列的金色珍珠款式，或树脂镶嵌款大量面世，更好地打开了产品知名度。近年来，很多藏家都在努力收集 Trifari 的一些典藏级款式，收藏价值日益渐长。

“每个品牌都有自己的风格，也有背后的故事。英国品牌 Askew London 也是如此。这个品牌是有着非常悠久的历史，由 Askew 夫妇于 1983 年在伦敦创立，旗舰店开在伦敦富人区切尔西的国王街。该品牌一直秉持着全手工制作的理念，延续至今。曾经为很多伦敦本土首饰品牌提供过设计，如 BW，Sphinx 等。跟 Trifari 和 Coro 这种老品牌相比，在 Vintage 品牌里依旧是比较年轻的。传统上，Askew 的设计师使用黄铜和含铜合金手工制作珠宝。其他装饰包括黄金 (24 克拉) 或镀银。对于蛋面石、琉璃、珍珠等主要使用古老的半宝石，以及最高品质的日本艺术玻璃。Askew London 品牌是目前现存的 Vintage 首饰品牌之一，生产数量有限，Askew London 的粉丝中有英国波西米亚的代表——凯拉·奈特莉、西耶娜·米勒、维多利亚·贝克汉姆等人。如今，Askew 夫妇已是古稀之年，但是一直有在持续设计并制作首饰，而不是像一些传言中所说的停产或者倒闭。英国区域负责人，也经常和两夫妇探讨品牌，沟通选品，有一次他们还说据说有人在中国说他们已经去世了。这样说一对兢兢业业做设计做产品的人真不是很礼貌。并且 Askew 没有严格意义上的 Vintage 作品，只有在 20 多年前他们成立品牌最初的早期作品和十几年前调整了设计以后的近期作品之分。但是他们的设计原材料一直是 Vintage 的！古法压膜的金属，半个世纪以前的琉璃和人造宝石也是用没了就不会再生的资源，所以尽管我们经常经手这个品牌的作品，也不能说这是可能定制的或者无限的，依然很小众，产量很低，并且设计师的原材料一直很有限，宝宝们好好珍惜吧！在创作理念上，Askew 的设计充满了创造力与想象力，每一件单品都让人眼前一亮，造型独特，时尚又复古。夫妻俩热爱旅行，热爱各国历史与文化，经常在旅行中寻找设计灵感。比如东方系列，就是夫妻俩 20 世纪 90 年代在亚洲旅行时获得的设计灵感，对中国文化的致敬。

“一个品牌的成功通常都和设计师对待作品的态度息息相关，Askew 夫妇对于东方设计的严谨与用心让人感动。英国区域的负责人每次见到他们，设计师都会拿一些非常有意思的设计小件儿来问，是否可以加到东方系列里面，是否是源于中国历史的东西，这种对于文化的尊重真是难能可贵。”

静暂停了讲解，目光投向一位女士：“那位女士，您说什么？为什么很多收藏者选择这个品牌是吗？是这样的……”

“Askew 在 Vintage 首饰圈的兴起，以及高涨不下的行情，其实更多是因为它独特的设计。它不是一种独立风格，而是从不同时期的古董珠宝、自然界及神话中汲取灵感，运用了非常丰富而具有深刻象征意义的元素。不管你是对艺术史或者珠宝史有一定了解的人，还是对各种文化有着浓厚兴趣的人，都会对 AL 的设计爱不释手，毕竟如果历史上古董珠宝各时期的代表作，都已经是普通人可望而不可即的珍宝，更别说拿来日常佩戴使用了，因此 AL 成为了审美和性价比兼备的选择。

“请看它的代表性设计：从 20 世纪 80 年代至今，夫妻俩的设计工艺不断改进，设计风格也做出了一些改变。最受欢迎的设计元素被保存下来，比如动物系列、繁花系列等。每一个设计都有独一无二的寓意和对生活美好的愿景。请看，这就是 Askew London 动物系列。

“狮子，权威、智慧、力量的象征，英国的古老贵族有用动物作为家族族徽的传统，当年骁勇善战的家族通常会选择猛兽来代表一种精神力量。狮子、豹子通常都会被选用。比如英国国徽上有三头狮子，连我们熟悉的英超 logo 都选择了狮子。

“灵蛇，在古希腊罗马文化中，蛇具有重生、疗愈、保护、力量、永恒等积极的寓意。在几千年来的人类历史中，蛇在不同时期的视觉艺术中都有体现。从极富戏剧性和表现力的古典雕塑《拉奥孔》、丢勒的《亚当和夏娃》、鲁本斯和卡拉瓦乔笔下的《美杜莎》到卢梭的《梦》等，蛇是艺术家的灵感缪斯，古往今来的艺术家为蛇的意象不断带来精彩诠释。

“蜜蜂，勤劳、团结、自律的象征，在古希腊神话中，墨利休斯被奉为蜜蜂之神。而蜜蜂从那时起就被奉为灵物，代表着大众层级神灵的意愿，因此蜜蜂之神又被视为民意之神。当年拿破仑登上帝位，把蜜蜂当作法国的象征，他深信蜜蜂可以带来权利与人民的爱戴，他的权杖、王座、徽章上都有蜜蜂。

“猫头鹰，希腊雅典娜的爱鸟就是猫头鹰，所以常视为智慧的象征；在中国文化中猫头鹰是可以辟邪的，风水上有一说，猫头鹰有‘不苦劳’的意思，放在财位或者佩戴在自己身上可以让自己或家里人赚钱不辛苦。可以放在财位上，也可以佩戴在自己身上。

“比如麋鹿，寓意着生命力旺盛、富贵吉祥，同时也象征着富贵、祥和等。说起麋鹿的设计灵感，不得不说一切都源于英国人对于麋鹿的喜爱，他们和中国人一样觉得这是一种非常有灵性的动物，是祥瑞的象征。”

静说：“麋鹿更是中国与英国友好的纽带，关于这个，还有这么一个传说：麋鹿，中国古代称之为麈 zhǔ，别称四不像，西方也称之为大卫神父鹿。麋鹿原来生活在长江中下游，由于气候变化和人为因素，在汉朝末年就近乎绝种。元朝时，残余的麋鹿被运到北京饲养。到清末时，只剩南海子皇家猎苑内的 200 多头。一位法国传教士在北京看到麋鹿，将这种充满神秘色彩的动物介绍到西方。随后德、英等国先后到南海子引进麋鹿。1900 年八国联军毁坏皇家猎苑，南海子的麋鹿也宣告灭亡。最后，是英国第十一世贝福特公爵让麋鹿绝处逢生。1894 年到 1901 年，公爵花重金从各地收购了 18 头麋鹿，饲养在家族的庄园乌邦寺内。由于来源不同、血缘多样，这些麋鹿的数量逐渐增长，到‘二战’前已达到200多头。到了第十四世贝福特公爵时，他响应动物学家的呼吁，让麋鹿回归故土。1985年8月，22头麋鹿从英国乘飞机抵达北京，被送至南海子公园。这个在中国灭绝80余年的物种得以重生，至今，仍然有很多英国的公园有野生麋鹿，他们和人类和平地共处，有着属于自己的一片天空。它们不怕人类，人类也尊重他们的生活方式。Askew London的麋鹿设计生动活泼，充满了灵性，周围多用各色宝石与精巧的植物点缀，让每一件饰品都美得好像一场童话森林的聚会。”

静的讲解细致入微，引人入胜，但只有任玉婷自己才能真正地感同身受，每件饰品都是她心血的结晶。她把它们从英美各地的古首饰市场千挑万选出来，就是希望爱美的女士能拥有可心的饰品。

事业做到现在，金钱已经不是第一追求，她更希望她的古首饰连同首饰文化一起传入中国，就如同英美贵妇喜欢中国的玉石与旗袍一样，能把这些东西带给她们，难道不也是一种文化传播吗？

采访后记：任玉婷，1986年4月生人，英国莱斯特大学毕业，硕士研究生学历。中欧古首饰“aprilantiques”品牌创始人。一个开朗乐观，撞脸郭晶晶的女生。

采访地点：深圳市

采访时间：2023年4月8日

银波铁马数据侠

一、“博客”

在列车的机车上，有一名“博客”。

此“博客”非彼博客，博是刘博，客指侠客，绝非网友们戏谑的“键盘侠”，而是享誉中国铁路沈阳局集团有限公司的“数据侠”。

数据是一种什么武功？刘博又何以为侠？

沈阳局集团有限公司辖内线路囊括北方广大城市乡村，辐射地域广袤，线路密度大、延展长，其地理位置在中国铁路的整体规划图中占有重要的地位。每天，横贯东西纵穿南北的机车像“龙头”一样牵引着列车风驰电掣、奔流不息，安全重责系千钧于一发！

谁在给重若泰山猛如蛟龙，开起来山摇地动势不可当的机车系上安全行驶的“保险索”？谁在天南地北安全畅通的一路欢歌背后默默无闻，为每一名旅客都能平安到家与亲人欢聚，为每一批货物都能快捷准确完好地抵达目的地而殚精竭虑？

是他们——有着“献身铁路，交通强国”的宏伟志向，有着甘于寂寞又敢为人先的跨时代铁路“数据大军”。

2018年被中国铁路总公司授予“铁路工匠”荣誉称号的沈阳局集团有限公司锦州电务段车载信号工、被业内人士尊称为守护列车安全的“数据侠”、铁路信号工技能“大师工作室”的负责人刘博，正是这支大军中的杰出代表。

少侠一骑绝尘，在沈阳局集团有限公司近二十万干部职工中“博”然而出。

二、车载、模拟、数据

了解刘博要由表及里了解三个术语：车载、模拟、数据。

如果把机车比喻成一个人的话，机车上的车载设备就是人的眼睛、耳朵和最重要的大脑，车载设备中最重要的就是列车运行监控装置，简称LKJ，俗称火车黑匣子。它比飞机上的黑匣子功能更齐全，责任更重大，飞机黑匣子只负责记录技术参数，并不参与驾驶，而火车黑匣子不但要为机车导航和记录，更要全程监控驾驶，保障列车运行绝对的安全，它是机车的“大脑”。支持这个“大脑”工作的就是LKJ数据。

列车运行中，沿途上那些线路、桥梁、隧道、坡道、弯道、信号机、车站等，在火车黑匣子里就是一个个抽象的数据。数据看不见摸不着，但对于列车运行安全来说它就是真理。数据是海量的，每台机车的黑匣子里每年都需要80至100版数据（近两年只有20多版了），每版数据就达17万多条，约270万个字节。

数据并不是一成不变的，举个最简单的例子：每次线路施工，线路设备发生变化，基础数据就会随之发生变化，数据更新再换装到机车上也同样多达数版，上千万个字节、几十万条数据，发生毫微错误的后果都极有可能不堪设想。

把万象纷呈的实物具体凝练成精确无误的抽象世界，在这个奥妙无穷的世界里，车载设备是一顶王冠的话，数据就是串起王冠的明珠，浩如夜空里的繁星。

刘博，就是那个追星的人！

三、山海关前初论剑

刘博，1982 年出生，1998 年考入沈阳铁路机械学校。在校园里，勤奋刻苦而求知若渴的他成了当仁不让的学霸，曾被同学们冠以“电工小王子”的美誉。寒窗数载，2002 年 7 月，刘博以优异的成绩毕业，意气风发地走出校门，踌躇满志地走上了工作岗位。

一腔热忱的刘博没有预料到前方征途的坎坷，那会儿他真的很自负地觉得，一个崭新的广阔天地已经为他徐徐拉开了帷幕，可没过几天他第一次“出征”的经历就为他上了生动的一课。

秋天雨中的一个下午，在单位接到去山海关折返段换装机车数据的紧急任务后，刘博跟随带班师傅冯运河冒雨前往。

到山海关已经是晚上了，阴雨连绵，折返段院内停满了机车，冯师傅和刘博立即开始工作，爬上爬下，不一会儿身上的衣服就湿透了。他们一口气干了三个小时，车外的雨依旧连绵不断，车内闷热，衣服湿了又干，干了又湿，唯独脸上一直没干过，除了雨水就是汗水。

机车驾驶室内空间狭小，车顶灯光昏黄，能见度极差，更讨厌的是众多小飞虫围着灯飞来绕去干扰光线。一块数据芯片只有一块橡皮长，半块橡皮宽，两侧各有16根管脚，像个小蜈蚣似的，看着密密麻麻，看多了头晕眼花。每个管脚不及指甲长，只毫米粗细，还不如那些捣乱的小飞虫大，然而每台机车都要换装4块芯片，共128根管脚，只要有一根插错芯片就不能工作，整个LKJ装置也就随之失灵。

夜越来越深了，满院子的机车的数据芯片终于全都换完了。他俩下午赶来，忙到现在水米未进，冯师傅忙把手机号给了折返段作业车间的一位工友，请人家帮忙看着点，有入段的机车麻烦给他打个电话。冯师傅拉着刘博匆匆往外跑，找到个小吃铺要了两碗面，才端起碗没扒两口，电话就响了……

干完这台机车的活儿，俩人不敢再跑出去吃饭了，就算现在出去也无饭可吃了，所有饭店都打烊了。冯师傅说："老实等着吧。"刘博说："是呀，人家是干等，咱'湿等'。"俩人在漆黑的雨夜中躲没处躲，去没处去，有心去作业车间休息室暖和暖和，可人家夜班职工也挺疲乏的，进去了连个座儿都没有，怎么好意思去蹭地方呢？师徒俩蹲在门口的雨檐下，细雨斜斜打在脸上，小风嗖嗖吹透湿衣，上下牙齿直打架，小腿还直转筋……

扶杆滑，车梯陡，一上一下没有啥，十上十下腿发麻。凌晨四五点，刘博说："不行了，爬不了啦，腿都打不了弯了。"冯师傅一拍刘博的肩膀，啪叽啪叽的，一拽自己的裤腿，说："你看看我，小伙子，要么别干，干就必须得干好，爬！”

刘博简直不敢相信自己的眼睛，冯师傅的腿静脉曲张得太严重了！他在心里深深自责：“冯师傅那么大岁数、身体那么差还照样爬，我年纪轻轻的咋就爬不了？”他忙蹲了几蹲，活动活动膝关节，一咬牙又抓住扶杆。

东方破晓，一夜的淫雨终于停了。冯师傅对刘博说：“知道咱一夜换装了多少台车吗？”手像枪一样比画着：“82！你看——”顺着师傅的手指，车站上、折返库里，一台台机车如昂首挺胸的战士列好队伍，整装待发。一种自豪的成就感伴着初升的红日在刘博胸中喷薄而出。

四、大虎山上始成名

不知经过了多少次“山海关”式的历练，一晃十来年过去，刘博在实践中练出了过硬的功底，打出了深厚的基础，在风霜雪雨中成长为车载数据领域的业务骨干。

2011 年，大虎山车站更新改造，刘博觉得是时候检验一下自己的所学所得和综合能力了，不满 30 岁的他主动请缨，承担了全部 LKJ 数据模拟检验工作。

大虎山站是一个多方向的编组站，数据模拟检验内容近 3 万个试验点。随着项目的深入，碰到的困难远远超出了刘博的预料，特别是对着电务平面图、工务配线图研究径路、道岔、限速等非本专业的内容，更是让他举步维艰。刘博既要保证工作进度，又必须以蚂蚁啃骨头的精神，一点点地学、一行行地编、一个个地试、边干边学。实在不懂的问题，他千方百计地请教。

他把二十多个能请教的师傅按专业分别编上号，遇到相关的问题就给他们轮流打电话。他每天都要不停地用左右手操控 LKJ 显示器，两个拇指摁得没知觉了，就换成两个食指，再没知觉了就换两个中指，时间长了形成软组织挫伤，双手酸痛，握拳吃力，架着两个“剪刀”手，六根手指像小木棍一样立着。

连续十几天，每天十几小时在试验台上反复试验，刘博终于一项不差、一点不漏地完成了任务，形成了一千四百多项的检验大纲和记录表，得到了上级专业部门的充分肯定。锦州电务段 LKJ 数据模拟检验工作，从此在全局挂了号。上级领导对刘博赞誉有加：“你小子一战成名，真是块干数据的料！”

学以致用，刘博在丰富的实践中不断超越自我，砥砺前行，用寂寞和苦修跳过了龙门，曾经青涩的少年踌躇满志，越来越增添了求胜欲望和游刃恢恢的自信豪情。

五、站如松，坐如钟

登上机车在运行中比照实物检验并完善数据，是车载数据技术工作中的一个不可忽略和替代的重要手段，就像医生出诊一样，是检测线路设备和复核车载数据的重要途径。

在机车上旅行，普通旅客一定会觉得新奇。旅客只能坐在车厢里，从来不许登上机车，在飞驰中面对一马平川，无遮无挡地尽情领略山川景色，那种扑面而来一览无余的奇异，该多风光、多好玩、多激动啊。

而对于刘博来说，一点儿也不风光不好玩，一动不动才是真的，有时一站就得十几个小时甚至更长时间。驾驶间里没有地方坐吗？有，不能坐，必须站姿，坐着无法工作。刘博说："您知道人站到极限时什么心情吗？要是递给他个凳子，真的就像流浪者在沙漠里看到了天边的绿洲一样，只想坐一秒钟，哪怕一秒钟也好啊。至于欣赏山川美景大好风光？那简直是开玩笑，添乘过程必须眼观六路耳听八方，从始至终保持注意力高度集中，看的是屏幕上的无数车载数据，观察各种线路设备实物与图标信号的对比状况，听的是在机车轰鸣中的设备提示语音、各种行车命令，辨识仪器发出的正常或不正常细微声响，研判各种变化，督导列车正常运行。"

刘博说过，每次添乘结束从车上下来，头晕眼花、耳鸣如鼓是家常便饭，机车上没厕所，开起来就停不下，刘博每次上车前都尽量少吃东西少喝水，可人不是钢铁，却要经历无数次比钢铁还需要忍受的磨砺，钢铁有抗压极限，谁又没个赶上特殊情况的时候呢？

2011 年，一次刘博添乘在机车上工作了三十多个小时后，腰椎间盘脱出突然发作。俗话说的"病来如山倒"是一点儿都不假，病可不管你何时何地，说来就来，一点征兆都没有。

腰脱病多发于中老年，刘博年纪轻轻怎么就得了这个病呢？原因就一个：坐的。随着铁路事业快速发展的需求，线路数据也在不断更新变化。有一段时期，刘博要面对每个月至少三次，有时甚至七八次的数据升级，而一个完整的数据库多达 270 万个字节，为确保数据万无一失，刘博必须要对这 270 万个字节的字符进行反复核对和模拟试验。他坐在电脑前，目不转睛地盯着密密麻麻的数据，一坐就是十几个小时。什么叫忘我？这就叫忘我！工作占据了全部身心，让他无暇站起来活动，有时坐得腰都麻木了，结束工作时一下子竟没站起来。不是目睹，谁敢相信那个站着想板凳、坐下起不来的竟然是一个人呢？

超负荷的工作让身心超负荷地付出，亏欠了身体就会青年时得中老年的病。

列车司机看到刘博疼得脸色发白，额头上滚出大颗汗珠，不一会就站不稳了，伸出手撑住驾驶台的沿角，手直抖，忙说："马上要到锦州了，你快下去吧，赶紧找个医院看看吧！"刘博摇摇头说："不，还有几百公里线路没看完，这是首次新模式和数据与设备实物的比对复核，不看完我心里不安，必须得坚持到终点。"司机说："你不要命啦？"刘博擦了一把汗说："要，因为要命才不敢马虎。"他手指了下司机再指了下自己，又指了下身后，连忙撑住身体，说："你安全、我安全、整个列车更要安全，我们身上承担着全体旅客的生命安全呀。"司机眼睛潮了，一挑大拇指："好兄弟，真汉子！"

列车到达添乘终点山海关时已经快凌晨四点了，机车偏偏又直接进入了货运编组场，刘博已经下不去机车了，寸步难行，好心的司机找来个熟人，连搀带架帮刘博出了货场大门。万籁俱寂，眼前一片空荡漆黑，大街小巷恬静无人。此处离车站尚有三公里，刘博僵在原地站了一小时。万幸有一辆中巴驶来停下，刘博挪上前对司机说："师傅，我是锦州电务段添乘的，腰犯病了，真走不了了，能不能麻烦您把我捎到车站去？"司机面有难色，中巴是来接机务乘务员退乘的通勤车，司机向后一努嘴说："这车去乘务员公寓，和车站反方向呀，捎你一脚倒没啥，上边一车人呢，都挺困地等着回公寓休息呢，要不你问问他们。”火车司机们忙说：“没事没事，快上来吧兄弟，快坐下。”刘博哪敢坐啊，腰疼得早已没有了一丝支撑力。在中巴上手压栏杆身体悬空，练双杠一样到了车站，道过谢后下中巴，也不知怎么进的站，打听到一列回锦州的列车，还好早发的列车上旅客不多，人造革的座席面上冰凉冰凉，刘博从包里翻出一瓶矿泉水，随身带着的，半道犯病了怕上不了厕所没敢喝，倒掉水用空瓶子接了一瓶温水，拧严盖垫在腰下躺下去。疼痛让已经两天一宿没合眼的他仍无睡意，就这样一动不动地用瓶子“硌”回到了锦州。刘博的父亲，接到儿子在机车上犯病了的电话马上骑电动车赶到车站，老人已经在出站口望了好久，忍不住打电话问怎么还没出站，铃响七八声才听到儿子的声音，刘博疼得连掏电话都得慢动作了。整整半个小时，刘博才捂着腰眼一步一步艰难地挪完了从站台到出站口的短短三百米距离。老父亲看到满头大汗步子都僵了的儿子，心疼得紧皱眉头，张了几下嘴却说不出话，小心翼翼地将儿子扶上电动车。

常言道“知子莫若父”，刘博的父亲是个“老铁路”，深知铁路安全有多重要，六十多岁的老人心里五味杂陈，怀着既心疼不已又支持理解的心情埋头骑车，带儿子快点回家……

六、空手扳倒拦路虎

在刘博心目中，数据也是有生命的，也是自己亲密的工作伙伴，为了让数据更好地发挥工作效能，刘博爱护设备，革新研发，攻克了一个又一个技术难题。

2009 年起，LKJ2000 型设备频繁发生单机运行故障，导致机车时常出不了库，出了库也存在随时“趴窝”的风险，不仅影响机车运行效率，更对行车安全构成严重威胁。如果都返厂维修，耗费的资金将是个天文数字，仅一个主要配件检测费用就要一千八百元，更不要提更换配件了。刘博屡次向厂家咨询问题症结和故障解决办法，开始时连碰钉子，厂家根本不予理睬，被刘博“纠缠”得多了，才笼统地说是硬件芯片问题，刘博一试，治标不治本。刘博又气又急，发了狠：“不就是一个机车‘单机运行故障’吗，我就不信弄不明白它！”刘博一头扎进模拟数据室，一屁股坐在电脑前又“入定”了，调取了两年间涉及机车运行状况的文件 2300 余个，对比分析 20 多万条关键数据。坐功练完了照例是站功，只要有时间就去添乘，对所有返厂维修过的板件进行跟踪监测。他找了三个多月的故障规律，终于发现问题根源根本不在硬件上，而是软件出了问题，是设备自带软件清不干净无效数据造成的。刘博带着自己的结论再次咨询，厂家总算交了部分实底：刘博的判断是绝对正确的，没有根治的办法，只能格式化，过一段时间还会故障复发。回到单位，刘博亲手将一块一块的故障板件打包返厂，仿佛一个医生把一个个满怀希望的病人打发出了门，那种难以言表的焦虑、自责、无奈、心急如焚和欲哭无泪……

刘博再一次把自己锁进了数据模拟室，查资料、编程序、算公式，不断地写数据、清数据……同事说：“你上顿没吃这顿还不吃啊？再不吃我们可不替你打饭了啊。”刘博端着饭盒目光不离电脑显示屏，辣椒在他嘴里吃不出辣味。一次又一次忘记时间、一次又一次推倒重来，有一天刘博突然大叫一声：“空啦——”这句话把刚帮他打饭回来的同事吓得饭盒差点掉在地上，懵懵懂懂地问一句：“啥，疯啦？谁疯啦？”

谁也没疯，刘博空手扳倒了“拦路虎”，找到了清空无效数据的办法，形成了DALLAS芯片人工写入空数据的方案！他经过反复装车试验之后，彻底解决了LKJ设备主机单机运行故障率居高不下的难题，成果得到了当时铁路局电务处的认可，并迅速在全局推广。

刘博没有沾沾自喜，只是淡然地在工作日志上记下了一句话：“只要路是对的，就不要怕路远，方法永远要比困难多。”

刘博视挑战为乐趣，在各种难题的钻研工作中如鱼得水，一发不可收。

常言道“人巧不如家什妙”，又有句话叫“巧妇难为无米之炊”，刘博复核数据、搞检测、给徒弟们设置模拟故障“留作业”，乃至研究成功DALLAS芯片人工写入空数据的方案，靠的都是车载车间数据工区那台LKJ数据模拟检验机，平时刘博和车载技工们亲切地称它是“我们的好哥们”，离了它就像战士没了枪。可这台专门定制一直运作良好的机器，有一天却突然出了问题，检验台上的薄膜键盘罢工了，“好哥们”昨晚还生龙活虎，今早就休克了，怎么按也按不醒它。定制的机器市面上没有兼容的配件出售，键盘无法更换，模拟试验台就此无法启动了。难道就让成本十几万元的设备因一个小小的薄膜键盘报废了吗？而且再定制一台机器不知要等多长时间，数据如海，工作不等人啊。刘博先找设计厂家去买，没有；去各大电子市场和网上搜寻同类产品，还没有。刘博又心疼又心焦，找来其他类似的键盘进行改造，可连续尝试了多次效果均不理想，面对着满工作台被他拆零碎了的键盘元件，刘博暗暗一攥拳头：自己动手，重新做一个！他说干就干，马上画设计图，和原键盘对比论证。刘博很快发现，别的都好办，薄膜键盘需要同时控制两套对比设备来实现检验功能，设计起来有相当的难度。查阅了大量资料，画废了几十张图纸之后，刘博找到了正确的方向，一个近臻完美的电路图终于跃然纸上。这个方案仅需一款不足一元钱的双通道触点开关，就能实现所有的电路功能。刘博再一次体味到了工作和研发的乐趣，凡事只有亲手做一做，只要方向对了，有科学理论依据为后盾，再大再多的困难总会迎刃而解，很多时候看似山重水复，其实柳暗花明时就这么简单，而在不断探索奥妙的过程中不断取得发现的欣慰和狂喜，是局外人根本不能理解和享受到的。刘博立即行动起来，但在制作过程中又遇到了新的麻烦，双通道触点连线多，原来的电路板是单层式的，总会出现线路交叉的情况，互相干扰，极易短路，烧毁原件，刘博重新精心设计了一块双层电路板，再托朋友找专业的人制作出来。刘博越干越顺手了，连干一星期，到了最后一天深夜，刘博看到，曙光已经在向他招手，模拟键盘已经初具雏形，刘博乐得要哼起小曲来了。完成的键盘安装在模拟机上，刘博忍住内心的狂跳屏住呼吸按开关电钮……设备复活了，不但恢复以前的全部功能，键盘的灵敏度还比原装的高了许多，刘博试着用自制的双控键盘操作模拟设备，好家伙，机器立竿见影给出正确结果，工作效率至少提高了百分之三十，刘博嘿嘿一笑，扭扭发僵的脖子，窗外早已天光大亮了……

早晨，同事们发现LKJ模拟检验机比他们更早开始勤奋的工作时，工作室里一片欢呼，有人忙在唇边竖起食指：嘘、嘘——回头去看屋子角落里和衣歪在椅子上的刘博，整个房间静极了，只有刘博那轻微的鼾声回响……

一个小小的薄膜键盘，让刘博一次性给电务段节省了十几万元。

刘博再接再厉，乘胜前进。同年，刘博提出并主导编写的专门用于统计的工具表，提高数据换装统计效率80%以上。2015年，他根据数据模拟对比实验台原理，研制了数据模拟比对实验台，为轨道车安全上线维修、抢修作业提供了可靠的数据依据。

七、蟾宫折桂

2014年11月18日傍晚，一列北京方向驶来的动车组缓缓驶入锦州南站，站台上，迎候的人群早已期盼多时。车门打开的一刻，刘博看到了一张张熟悉的笑脸，刘博跨出车门，向热烈鼓掌的欢迎人群敬礼。

刘博刚刚在武汉参加完第四届全国铁路行业技能大赛，勇夺冠军后载誉归来！

第二天一清早，一天未休的刘博在晨曦里迎着未升的朝阳出门上班，准时回到工作岗位。班前会上，刘博第一个站起来，指着胸口说：“前一段时间，为了支持我参赛，车间和工区其他同志替我分担了大量工作，其实我心里明镜一样，大家都忙得脚打后脑勺，我从这往外过意不去，从今天起我多分担多付出，有我在，数据复核这方面大家就放心吧。”

2014年对于年仅32岁，已有12年路龄的刘博来说确实是不平凡的一年，在年初和年中，他已经两次将锦州电务段、沈阳铁路局集团公司技能竞赛的技术状元纳入囊中。

“岁岁梅花寂寞开，一瓣清香苦寒来。”从崭露头角到蟾宫折桂，偶然吗？不！为什么刘博被冠名为“车载数据大师”，就是因为他入路工作数年以来，换装数据两千余版，总计超过1亿字节，完全实现了零差错。无数次现场核对发现设备代码不符等问题并及时修正，确保行车绝对安全。

“一声春雷绽新芽，缤纷绚丽竞催发。”刘博在此后短短几年内，迎来了人生和事业的辉煌——先后获得并被授予火车头奖章、辽宁省劳动模范、辽宁省高功勋技能人才、全国技术能手、全路首席技师等称号。2018年，他被铁路总公司授予“铁路工匠”荣誉称号，成为以工人职名享受国务院政府特殊津贴的高技能人才。2020年，他再铸辉煌，被中共中央宣传部授予“最美铁路人”荣誉称号。

2016年4月，国铁集团以刘博的名字命名，正式成立了“刘博铁路信号工技能大师工作室”和“劳模创新工作室”，两个团队皆由刘博担纲，精英荟萃，大有可期。

春华秋实，硕果累累，几年来，两个工作室在研发和培训人才上取得了令人瞩目的成绩，大量研发成果获得专利，广泛应用于实际生产工作中。

两个工作室里，宽敞的空间已经显得狭小了，刘博和他的团队研发成果的样品已经快放不下了，请看——

车载设备操作仿真系统

车载安全信息管理系统

铁路信号教学试验台

车载安全 VR 培训系统

机车信号连接板测试装置

微机联锁驱动板自动检测装置

那厚厚的一沓沓专利证书和获奖证书、奖章、奖牌、奖杯，就是对他们辛勤耕耘、智慧心血的褒奖和肯定，仅“微机联锁驱动板自动检测装置”一项，就被铁路总公司评为铁路技能大师工作室成果展示项目一等奖。“机车信号连接板测试装置”，让检测人可以准确判断故障部位，大幅度缩短了设备测试和故障处理时长。

大师工作室，事业里程碑！

八、严师益友永铭初心

“一千人的眼里有一千个哈姆雷特”，刘博身上虽然没有生出光环，但在不同的人眼里也折射出不同的光彩。

严：这是刘博的徒弟们对师傅的第一印象。已故的车载科主管工程师张新荣曾经给同事们讲过这样一件事：有一天早晨上班，他刚走到二楼就听到三楼传来一阵厉声斥责声，张新荣循声而去，发现刘博正在狠批几个准备参加技术表演赛的青工，刘博大发雷霆，几个青工耷拉着脑袋面红耳赤。原来是刘博前一天让他们掌握的知识、给他们留的“作业”，大家都没有认真复习和完成，惹得刘博大光其火，当即增加了模拟试题和“作业”量，责令几个青工加倍罚学罚练。

刘博在工作上管得严，也是在段和车间里都出了名的，他要求他的班组成员对待工作命令必须绝对服从，从来没有半点含糊。2019 年 8 月份开始换装“20190217”新版模式，本次模式换装时间紧、任务重，尤其模拟检验必须加班加点完成。多数成员产生了畏难和懈怠情绪。刘博瞪起了眼睛，斩钉截铁地说：“模拟检验必须在换装前完成，一旦装上车再发现问题可能就是车毁人亡的结局！”大伙没人敢再说什么，因为刘博的坚持与执着，新版模式模拟检验工作提前完成。

“90 后”青工沈军，既是刘博的徒弟，又是“劳模创新工作室”的主要成员，为了让他早日练就过硬的技能水平和心理素质，刘博曾把一个连续四天的添乘任务交给沈军独立完成。当任务进行到第三天的时候，刘博接到沈军的电话：“师傅，火车司机都换了好几班了，这几天我一直没能吃顿热乎饭、睡个囫囵觉，能不能让我下车调整一下，明天再接着登车？”刘博当即说：“不行！你必须坚持下来，我马上出发，到前面的车站等着你。”在下一站，刘博见到两眼熬得通红的沈军，看到沈军向自己投来满怀期盼和纠结的目光又低下头去，刘博心里一阵不忍，可他双手一拍沈军的肩头，说：“打起精神，抬起头，看着我。”沈军看到的是刘博坚毅而充满信任的目光，刘博递给他一罐红牛说：“剩下的添乘咱们一起来，上车！”直到完成任务下车之后，沈军才说：“其实累是次要的，主要是一个人在车上太久了，那份寂寞让人抓狂。”刘博说：“干咱们这行第一条就是必须耐得住寂寞。”

有了刘博这样的严师，沈军很快脱颖而出，从一个普通信号工成长为LKJ数据联锁骨干，并于2018年获得全路首届“双创”杯青年职业技能竞赛车载专业第一名、总排名第二的优异成绩，荣获了“全国青年岗位能手”称号，2019年集团公司技术状元。

在工作中，刘博常说：“授人以鱼不如授人以渔，一枝独秀不如百花齐放。”他对自己刻苦学习发奋钻研来的成果毫不保留，而且心细如发，能做到因材施教。他只有一个愿望，大家都成为骨干和栋梁，为行车安全正点保驾护航。

车载车间器材检修工区技师褚晓倩说，2015年，她在刘博的鼓励下报考了车载技师，考前的某一天，她被刘博叫住，他指指她身后的LKJ主机监控板指示灯问道：“这灯常亮是什么意思？闪烁是什么意思？”褚晓倩挠挠头说“好像是A主B备吧？”刘博摆摆手说：“还好像？就你这样还想考技师呢，自己对技术不上心，不懂还不问，指望谁天天主动来教你吗？”褚晓倩的脸“腾”地红了，尴尬得说不出话，心想：“这以后也不好意思问他问题了啊。”没想到刘博没一会就给褚晓倩传了一张关于LKJ监控主机板各板件指示灯的详细图解，褚晓倩对刘博的敬佩之情油然而生，督促自己发愤图强，不懂就问，一举通过了技师考试。

褚晓倩说，2017年，LKJ数据换装频繁，不仅各测试点工作量巨大，她们工区的器材检修任务同样艰巨，忙得她每次到数据发放室直接领取换装设备就走，被刘博发现了，嘱咐她，一定要上机检验合格才能领走，不是不相信别人，是对自己负责，对工作负责。打那以后，褚晓倩也学会了独立检验数据模板，在刘博身上，她学会了一丝不苟。

刘博十多年前的工友张秀秀说，2006年，她在负责做机车三号、八号电磁阀的拆解、清理、组装、测试等整修工作时，由于不得要领，经常发生电磁阀经她检修后装车不好用的问题，弄得大家抱怨连连，工区工长几乎天天都在拉着脸强调电磁阀检修工作问题，张秀秀难堪极了。就在这时刘博来了，工区派他来配合检修电磁阀。他嘻嘻哈哈，轻松自如，一个个电磁阀经他手检修后返车，大家乐坏了，太好使了。张秀秀乐得轻松自在，悄悄松了口气，美滋滋地想："博哥真够意思。"万万没想到，够意思的博哥通过一天工作实践找到了张秀秀检修过的电磁阀存在的问题症结后，第二天就"罢工"了，观察张秀秀如何操作，自己在旁边背着手"监工"，脸上一本正经。张秀秀如芒在背，甭提多难受了。张秀秀越难受越干不好，脑袋乱糟糟，手也不听使唤。张秀秀的野蛮劲儿也上来了，回瞪着刘博，请他离远点。刘博好脾气，潇洒踱步，优哉游哉，一言不发。俩人就这样别别扭扭地"配合"了一天。第三天，刘博不再缄默，对张秀秀说："我在确定你的问题出在哪里之后，要是不仔细看你是怎么操作的，能判明你出问题的原因吗？我会帮你把问题解决了，但自己的工作能总让别人来解决吗？技术得自己掌握才能真正成为自己的东西啊。来，现在我和你一起做，一会你要仔细看我上螺丝时的顺序，要对角带紧，不要依次固定，不然阀门就会‘跑风’。”那一刻张秀秀恍然大悟，不但破解了工作上的难题，心中不快的疙瘩也烟消云散，最感动的是，刘博给她的是向上的动力，这回她才真正领悟到什么叫“授人以鱼不如授人以渔”。

这就是刘博，有血有肉，仁义温情，不仅是工匠和大师，更是一个大写的人。

九、远方的绿灯

2009 年至 2012 年，刘博曾先后三次参加局技能大赛并取得标兵和能手称号，后于 2014 年的沈阳铁路局技能大赛上取得状元称号。同年 10 月，刘博代表沈阳铁路局参加了第四届全国技能大赛铁道行业总决赛，获得第一名；同时被评为全路技术能手、全国技术能手、青年岗位能手等多项荣誉称号，获火车头奖章并被聘任为全路首席技师。2017 年刘博被评选为辽宁省劳动模范、2017 年年度铁路工匠；2018 年、2019 年、2020 年被集团公司评为优秀共产党员；2019 年获得新时代铁路榜样、最美铁路人称号；2021 年获得中国铁路优秀共产党员称号。他带领的刘博铁路信号工技能大师工作室，坚持技术技能创新，取得了累累硕果：2021 年研制的便携式微机监测系统实现了多点式微机监测，可以更加准确地判定故障位置，为现场故障处理提供了更加精准的参数依据；CIR 送受话器检测装置、LKJ 双控键盘等多项成果在 2021 年 4 月 26 日集团公司职工技术创新成果交流现场会上进行了经验介绍。在“刘博铁路信号工铁路技能大师工作室”的带动下，一大批钻研技术的青年骨干涌现。张坤雪取得了2020年双创杯青年竞赛第一名、局技能比赛第二名的好成绩。在2021年信号、通信专业的比赛中取得集团公司级技术竞赛状元1人，标兵能手3人。

从普通职工到技能大师，从学徒到师傅，再到技术创新带头人，刘博付出了青春年华，也付出了心血与汗水。眼见列车飞驰而来再疾驰而去，眼见他带的徒弟也一个个成才，刘博的内心常常充满喜悦。

列车轰隆隆前行，沿途的山川河流、树木与建筑，在刘博的眼里都是一组组数据，清晰而明了。从冬到秋，从春到夏，百草丰茂，郁郁葱葱……

采访后记：刘博，1982年生，辽宁省锦州市人。中国铁路沈阳局集团有限公司锦州电务段车载车间数据维护工区工长，铁路工匠，全路首席技师，全国技术能手；辽宁省劳动模范，国务院政府特殊津贴和中华全国铁路总工会“火车头奖章”获得者，中国铁路总公司“刘博铁路信号铁路技能大师工作室”和“辽宁省刘博劳模创新工作室”负责人。

采访地点：中国铁路沈阳局集团有限公司锦州电务段

杏林情暖沐春风

宜春市，江西省辖地级市，古称袁州，位于江西省西北部。初唐四杰王勃所著《滕王阁序》中的“物华天宝，人杰地灵”，其人、其事、其物典出宜春；唐代韩愈写下“莫以宜春远，江山多胜游”的诗句。明代《天工开物》作者宋应星、现代物理学家吴有训也是宜春人。宜春市被称为“月亮之都”“亚洲锂都”，获中国宜居城市、中国优秀旅游城市、全国绿化模范城市、国家森林城市等称号。这样山清水秀、景色旖旎的地方，自古就是才子佳人辈出的地方。中医中药科学家、年轻的医学专家唐仕欢就来自这里。

翻开唐仕欢的履历，一大串闪闪发光的文字映入眼帘：唐仕欢，医学博士，中国中医科学院研究员，博士研究生导师，兼任中国中医药信息学会名医学术传承信息化分会秘书长，国家自然科学基金项目函审专家。主要从事名医经验传承方法研究、脑心通病防治机制研究。主持国家自然科学基金项目 2 项，作为骨干参与国家重点研发计划、973 计划、国家自然科学基金重点项目等国家级课题10余项。近10年，发表论文60余篇，获得计算机软件著作权8项，获得中国中西医结合学会科技奖一等奖1项、中华中医药学会著作奖2项，中国中医科学院科技奖二等奖1项……

沿着他行走的脚步，去追寻他成长的印迹，一个草根出身的中医学专家，正步履坚定地向着他心中的目标出发。

一

唐仕欢的家住在距离宜春市30公里处的一个叫新更村的小村庄，这是一个草木茂盛，风景秀丽的地方。“城侧有泉，莹媚如春，饮之宜人”而得名的宜春就在近前。得天独厚的气候条件和优越的地理位置，让这儿的土地特别适合中草药生长，因而中草药种类繁多。唐仕欢的爷爷算是半个土郎中，不以看病谋生，但懂点草药，经常为家人和周围的乡亲看病，很多时候都能手到病除，非常神奇。唐仕欢从记事开始，就看到家庭成员或多或少懂一些草药，爷爷还有几个小秘方，一年到头总有些乡村邻里的人来家里讨要方药，爷爷临时去田间山头采集，有的时候唐仕欢也跟随他一起去，爷爷给他讲了很多种中草药的特征和用途，当时的唐仕欢虽然懵懂，但还是记下来不少。有一次，爷爷自己后背起水泡，刺痛难忍，还有点儿瘙痒，就吩咐唐仕欢去村外的山坡上采集草药杠板归，研碎外用。爷爷很清楚附近哪个山头或田间有这个植物，并告知植物的大致形态和特点，听完爷爷的描述，唐仕欢大致清楚了是哪种植物，按照爷爷说的地点很快就采集了一大把回来，之后洗净，摘下新鲜叶子，用木棒研碎取汁，先刺破水泡，吸干渗出液，然后用棉球取新鲜药汁小心涂在水泡及其周围，大概三天时间就结痂痊愈了。在唐仕欢的成长过程中，生病了喝中药苦汤是少不了的。那个年代，生病的时候中医药的方法比较常见，包括中草药内服、外用，以及传统的物理疗法等，确实简便易行，也确实有效，他不清楚到底有啥科学道理，就希望将来有机会一定要搞清楚这些药物。这大概就是唐仕欢当时的初步认识，应该也是他对中医药理解的萌芽，也许就是那个时候，唐仕欢与中医中药结下了不解之缘。那时候，农村人还有一些常用的防病治病方法。就如拔火罐，唐仕欢清楚地记得，小时候肚子痛、拉肚子，或者受寒了膀子不舒服，一般都是用竹子做的火罐，或者用吃完罐头后留下的空玻璃瓶子之类，只要罐口没有弄破，没有锋利的地方，不会伤人皮肤，洗干净后就可以直接用了。唐仕欢的母亲是一个很用心的人，看到可用的玻璃罐子都舍不得扔，留着拔火罐用，导致家里用来拔火罐的瓶子多样，有大有小，有高有低，有圆形的，有方形的，有的用久了，罐内都烧成黑色的了。拔火罐操作起来看似简单，但也有不少讲究，那时候家里没有储备酒精之类的，就用一小张草纸点火，快速扔进罐内，盖在拔罐的部位。如果火力、速度、部位控制不好，很容易伤到皮肤。为了安全起见，母亲想了一个安全实用的办法，自己用圆形铜钱做了一个点火装置，圆形铜钱作为底座，可以放在拔罐部位的皮肤上，外面包裹油纸，与铜钱上方的棉絮用细线缠绕扎紧，棉絮头部用茶油浸透，点火后先平稳地放在拔罐部位，然后再用罐盖上，慢慢地罐就吸附在皮肤上了，而里面的火就熄灭了。彼时，唐仕欢觉得这个玩意儿很神奇，火罐一拨，病痛立马缓解。印象深刻的一次，那是腊月快过新年的时候，天气寒冷，加上准备过年，吃的饭菜多了，结果睡到午夜，肚子翻江倒海，之后上吐下泻，非常急迫，差点儿就来不及下床，一晚上闹了三四回，真是彻夜无眠，痛苦不已，食欲全无，精神不济。第二天一大早，母亲用拔火罐的方法，在肚脐周围连续拔了四次，立即感觉轻松了很多，然后又去野外采了一把草药，大火急煎，煎好后服用一大碗，中午就基本恢复了。这个恢复速度，甚至比现在打针输液还快，而且简单易行，这让年幼的唐仕欢对自己的母亲充满崇拜。爷爷以及母亲的言传身教，让唐仕欢内心更增加了对中医中药的研究欲望。

二

1997 年的 7 月，是非常特殊而难忘的，这一年，举国上下无比欢腾，祖国迎来了香港的回归，在那个激动的夜晚，唐仕欢和亿万国人一样守在电视机前观看回归交接的直播。一周之后，他迎来了人生的关键节点——高考，记得高考几天都在下雨，学校安排的大巴车把唐仕欢和同学们从学校（宜春市第一中学）送到考点。农村的孩子参加考试，自己去就是了，根本不用父母的陪同，年轻的唐仕欢意气风发，认为以他平时的成绩，考个好点的大学应该不成问题，但考试结果令唐仕欢有些失落了，发挥得不是很好。考得好坏也要正常填报志愿，父母都是农村人，没有太多文化，对于这个专业和志愿的填报也不明白，完全就是唐仕欢自己做主了。唐仕欢的想法很简单，医药就是他存在心里很久的方向，不考虑别的专业，如果能学习中医药，那就合了他的初心，虽然谈不上世家传承，但也是有点儿渊源的。于是乎，他的志愿从头到尾都是医药类的，没有选择其他专业。也许是冥冥之中的安排，大约一个月后，他如愿被江西中医学院（现江西中医药大学）的中医专业（中西医结合方向）录取，由于成绩优良，还被免除了一年的学费。

初入大学，学习氛围和高中阶段截然不同，第一个学期的学习都是基础课程，诸如政治、英语之类的，专业也就是《中医基础理论》的课程。初涉这种传统的理论，不是很好理解，甚至有些晦涩难懂，感觉一个学期很快就结束了，学到的东西不多，这大概是他步入大学最懵懂的一个学期吧。从大学的第二个学期开始，中医药专业课不断增多，尤其是《中药学》的课程学习，唐仕欢小时候见到的植物，很多在课本上找到了对应的中药名称，加深了他对其功效作用的理解。从这开始，唐仕欢感觉更喜欢这个专业了，初心之梦的追逐开始起航。他去学校的图书馆查阅相关的书籍，如饥似渴地吸取古籍记载和现代研究。随着时间的延长，中医药知识的积累，他感叹中医药理论的博大精深，古人深邃的见解，有的穷其一生也无法理解通透。大学老师常说："中医的理论，你们现在理解不到位是正常的，在以后的临床中，回过来再读的时候，也许有所感悟。"在大学的学习也的确如此，有的理论，没有临床实践的应用，根本理解不了。

大学毕业之后，选择继续深造是唐仕欢早就决定了的事情。大学学习中医药5年，最后一年是在医院实习，这一年，他一边完成实习，一边挑灯夜战，由于时间紧张，疲劳过度，在医院实习时胃溃疡发作吐血，晕倒在医院的医生值班室里。病倒在医院里算是庆幸，否则后果不堪设想，后来他回想这个经历，还是心有余悸。此后，唐仕欢开始注意自己的身体状态，规律作息，避免劳累，做什么事情都是量力而行。

2001年底，唐仕欢参加全国硕士研究生考试，幸运的他，遇到了恩师黄璐琦研究员，开启了他不一样的人生旅途。对于黄璐琦，中医中药界都不陌生，1968年3月12日出生于江西省上饶市婺源县，中国共产党党员，中国工程院院士，中国中医科学院学部委员。他现任中国中医科学院党委副书记、院长、研究生院院长。2015年，黄璐琦被评选为院士时，刚刚47岁，由于他在中医中药界的特殊贡献，这个年轻的院士站在了中医中药学科的最前端。

2002年的4月，唐仕欢在江西省中医院实习时，在带他实习的何兴伟老师的推荐下，他见到了黄老师，请求他的帮助。黄老师戴着眼镜，简单地问了唐仕欢的一些基本情况，当时的他是有些拘谨的，但高大帅气的黄老师平易近人、温文尔雅，让唐仕欢紧张的心情放松了不少。由于时间匆忙，黄老师很快就离开了，临行前，唐仕欢鼓足勇气问黄老师："我能否报考您的研究生？"黄老师给了一句非常肯定的回答："只要你能考上就可以。"就是这一句话，让唐仕欢燃起了继续报考的希望，他当时就下定决心："三军可夺帅也，匹夫不可夺志。"

2002年底，唐仕欢再一次参加全国硕士研究生考试，报考的导师是黄老师。由于他大学本科学习的是中医学，黄老师招收的是中药学专业，两个专业虽有关联，但稍有差异，增加了考试难度。很遗憾，唐仕欢虽然总分第一，但外语发挥失常，1分之差，没有过线。当时有调剂的机会，但唐仕欢没有选择调剂，而是下定决心，非拜入黄老师的门下不可。2003年底，唐仕欢第三次参加全国硕士研究生考试，以中国中医科学院总分第二（中国中医科学院中药研究所总分第一）的成绩参加复试，如愿进入中国中医科学院就读硕士研究生。此后，唐仕欢于2007年7月获得硕士学位，并就职于中国中医科学院中药研究所，从事中医药科研工作。为了进一步提升自己，一边工作一边学习的同时，他于2008年9月继续跟随恩师黄璐琦研究员攻读博士学位，并于2011年7月顺利毕业，获得医学博士学位。

就读研究生期间，黄老师根据唐仕欢的专业特点，安排了与中医药理论相关的课题。唐仕欢接触的第一个课题是国家自然科学基金项目"基于Multi-Agent的中医'脏腑'关系的研究及其模拟"，这个项目属于系统复杂性研究与中医学基础理论交叉融合的一个基础性课题，很多知识唐仕欢没有接触，充满了挑战。研究对象是中医基础理论的核心——脏腑关系，基于的理论是复杂适应性系统的理论，研究方法是研究复杂系统问题所涉及的计算机方法。本课题对中医"脏腑"关系作了提炼，在系统科学理论及中医整体观的指导下，以脏腑的功能为基础，以中医的症候为出发点，研究从脏腑整体到五脏关系，再深入某一脏的发生发病过程，将理论研究与临床实践有机结合，探讨疾病的发病、传变规律，从而揭示病理状态下脏腑间的相互关系。由于课题交叉性强，空白的地方很多，属于开创性研究，很少有前人的成果可以借鉴。而且，学科跨度较大，所以在研究过程中遇到了很多困难，研究结果（研究数据的标准化、样本量的大小等）还有待于进一步的完善，各种理论知识的学习还有待于进一步的提高，学科之间的合作与沟通还需要进一步的加强。通过这项研究，唐仕欢明白了中医药学的科学研究任重而道远，需要更广博的知识体系，更需要刻苦的钻研精神。

唐仕欢另一项重要任务是开展“中药饮片用量标准研究”，这也是他硕士研究生就读期间做的主要工作。中药用量的科学性、合理性，不仅对中医临床疗效至关重要，与中药资源的可持续利用、中药用药安全性等也紧密相关。《中华人民共和国药典》虽为药学工具书，但因长期未修订，其规定的中药用量范围存在一定的不足，通过对一些常规用药和一些毒性药品的处方统计和分析，发现现今各类药材的实际使用剂量与《中华人民共和国药典》规定的中药用量范围存在一定的差距，对于此，《中华人民共和国药典》的规定用量落后于中医临床医疗、科研的发展现状，一定程度上动摇了药典的权威性。因此，对中药用量标准进行研究是中医药持续发展的重要任务，迫在眉睫。

基于此，在黄璐琦研究员、杨洪军研究员的带领下，唐仕欢开展了“中药饮片用法与用量标准研究”，拟在临床用药调研的基础上，制定出具有科学性、合理性、实用性的用量标准，为合理用药提供依据。遵循“来源于临床，服务于临床”的原则，以翔实的临床处方数据为基础，结合临床专家调查讨论结果、历代关于中药用量的文献等加以分析，从而制定规范化、标准化的用量。唐仕欢及其团队通过对中药用量文献的系统整理，对全国 18 个省 21 家医院 2004 年 1 月至 2005 年 6 月总计 43 万余张汤剂处方的数据分析，1704 位临床专家调查，对中药饮片用量进行系统研究，总结了其中 300 味中药饮片的基本用量范围。在此基础上，对其中的 155 味中药进行详细分析，结合文献研究、专家调查，初步制定中药饮片临床用量标准的方法，并提交了 152 味中药饮片的临床建议用量。该项目通过大范围、样本的中医临床处方调研，建立相应的数据库系统，对当今临床饮片用量进行了较为翔实的统计分析，为中医临床处方的研究提供了丰富的基本资料，为中药用量相关性研究奠定了坚实的基础。唐仕欢在国内核心期刊发表学术论文 23 篇，出版著作《中药饮片用量标准研究》1 部，申请计算机软件著作权 1 项。该项目荣获 2011 年中国中西医结合学会科学技术奖二等奖，著作《中药饮片用量标准研究》荣获 2015 年中华中医药学会著作奖二等奖。

与此同时，中医药理论的研究也是唐仕欢参与黄老师团队研究的方向之一。中药药性理论是研究药性形成的机制及其运用规律的理论，是中医药学的特色理论之一。药性包括药物发挥疗效的物质基础和治疗过程中所体现出来的作用。一般认为，药性理论包括四气、五味、升降浮沉、归经、有毒无毒、配伍、禁忌等，其中，四气、五味是中药药性理论的核心。运用现代科学方法和技术手段研究中药药性，揭示其科学内涵，是中药理论自身创新的客观要求。

2005年，在国家重点基础研究发展计划（973计划）项目“中药药性理论的传承与创新研究”的资助下，唐仕欢所在科研团队以分析中药药性形成的思维方法为切入点，比较了植物分类学、药用植物亲缘学和中药药性之间的关联性，进一步提出基于亲缘关系的中药药性研究思路与策略，以伞形科“辛味”中药为代表，开展了相关分析和研究。在此基础上，该团队对中药药性的科学内涵进行了阐述。这项研究以中药药性形成的象思维方法入手，将中药药性与植物分类学、药用植物亲缘学进行类比和交叉，提出基于亲缘关系的中药药性研究思路与策略，并以伞形科中药为代表，药性中“辛味”为切入点，对伞形科中药辛味共性药理效应和功效分析，探讨了伞形科中药“辛味—化学成分—生物活性”的关联性，以此思路和实践进一步发现该科中药北沙参具有辛味及其相应的新功效，并通过实验加以佐证。在此基础上，该团队进一步对中药药性的概念及其形成的科学内涵进行了阐述。上述内容对明确中药药性的研究内容，拓展中药药性的研究方向，全面开展中药药性的现代研究具有重要的指导意义。

三

在科学研究的同时，黄老师告诫唐仕欢：“中医药的研究，不能离开中医临床实践。”在就读期间，黄老师让他了解并熟悉中国中医科学院内知名的中医临床专家。唐仕欢经过多方打听，了解到中国中医科学院中医基础理论研究所的孔令诩主任医师。孔令诩先生出身于中医世家，为北京“四大名医”孔伯华先生之嫡孙，全国第二批名老中医师带徒指导老师，从事中医临床、科研工作50年，积累了丰富的临证经验。他于1964年大学毕业，同年服从分配至吉林省中医中药研究所从事临床、科研工作，在长春临诊治学二十一载。因学识出众，他于1985年调入中国中医研究院（现中国中医科学院）基础理论研究所，担任养生研究室主任。先生承祖父孔伯华、父亲孔祥琳及孔氏医学传人的教诲，一直躬耕于临床一线，并博取各家之长，曾得到吉林省名老中医张继有的指点，形成了自己的独特风格。在黄老师的引荐下，2005年，唐仕欢跟随孔令诩先生学习临床，以边研究边临床的形式进行学习。第一次见孔老师是在他的诊室里，他一头银发，真可谓鹤发童颜，双目温和而明亮，神态自若，始终微笑着对待每一位病人，其医德医风让人肃然起敬。唐仕欢和孔老师说明了来意，表明自己的期许，孔老师欣然答应让他跟诊。他心里甚是高兴，立马搬椅子坐在他的旁边，观察学习孔老师诊疗病人的方法和技巧，抄写他的开方记录。就这样，他每周跟诊学习一次，风雨无阻，直到孔老师由于身体原因不能出诊，共学习8年有余。由于病人很多，孔老师看诊期间，基本没有时间喝水。为了减轻孔老师的负担，门诊部限制了孔老师看诊人数，但仍然有很多病人过来，几乎每次都有等待加号的患者，孔老师不会让一个病人空跑一趟，再晚也会加号，常常加班，病人不看完不下班，午饭时间多数在下午2

点以后。跟着孔老师学习期间，他自认为自己的中医基础学习很扎实，加上有两年的临床经验，学习之初，却看不懂孔老师的处方思路。惭愧之余，他也大为惊叹，中医之博大，无穷无尽，各家学说，精彩纷呈。

2006年4月的一天，一位男性患者，北京延庆人，中等身材，面色偏黑，因患肾病综合征，高度水肿，医院给予了相应的西药治疗，但水肿未消，患者很是焦急和苦恼。就诊时，患者全身水肿，面部浮肿明显，由于眼睑水肿，眼睛只能睁开一条小缝，二便不利、舌红、苔黄腻、脉细滑数。初次见到这个病人，唐仕欢认为应该用利水消肿的五苓散（注：中医治疗水肿的一首方剂）之类的方药。但孔老师的处方为黄连香薷饮（注：中医治疗暑湿外感的一首方剂）加味，具体用药如下：黄连10g，香薷15g，白扁豆10g，厚朴10g，佩兰10g，砂仁5g，枳实10g，清半夏10g，茯苓15g，猪苓25g，郁金10g，土虫3g，制军5g，红花5g，内金20g。看到孔老师写这个方药的时候，唐仕欢感觉没有特殊的药物，心里直嘀咕也不敢问处方的依据，只能等待用药后的反馈。没有想到的是，一周之后，患者就来了，一进门就跪在孔老师面前说感谢救命之恩之类的话。这让唐仕欢大为惊讶，他看到该患者脸型完全显现，全身水肿几乎全消，与上周相比，简直判若两人，方药效果不可言喻。这个意料之外的疗效，给唐仕欢留下深刻的印象。这样的例子还有很多，包括难治性淋巴瘤的老人、克罗恩病的小朋友、甲亢的女士、奇怪的足心瘙痒患者……孔老师的每一着方剂，唐仕欢都反复琢磨处方的原则和技巧，理解其中的内涵，并认真学习《孔伯华医案集》等著作，逐步掌握孔门医学的思想与用药特点。

四

进入中国中医科学院中药研究所工作以来，唐仕欢一方面进行研究工作，另一方面开展中医临床实践。基于前期的工作基础，他的中医药研究主要有两个方面：一是利用信息化的手段和方法促进名老中医临床经验总结与传承；二是针对脑心共病的临床现象，用实验的方法开展脑心共病的中医药防治研究，揭示脑心之间的生理病理关系和中医药防治的作用原理。

中医传承辅助平台的开发与应用是唐仕欢研究成果之一。传承创新是中医药学术发展的永恒主题，传统中医药学发展到信息时代，采用信息技术辅助中医传承、创新成为必然选择。中医药数据具有随机性、模糊性、多维数性、多关系性、多判据性的特点，亟待通过新方法与模式，处理方剂、症候及其关联性。在老师们的引领下，在寻求算法创新的基础上，研发具有可视化功能的分析软件，有效解决信息技术在中医传承中应用的问题，获得广泛认可，具有示范意义。

唐仕欢和他的科研团队围绕《中医方剂大辞典》、《中药成方制剂手册》、“古代温病医案”及上市保健食品数据，分别构建了相应的数据平台，实现数据的二次重构，结合可视化技术，探索了中医数据分析的新模式，成为发现数据背后的显性、隐性知识的辅助工具。

唐仕欢和他的科研团队针对中药研发需求，运用中医传承辅助平台，先后为安利（中国）研发中心、东阿阿胶集团有限公司等单位提供数据分析服务，凸显了软件对研发的支撑作用。项目组共发表学术论文27篇，获得软件著作权4项，出版著作3部，主持开发中医传承辅助平台（系统），支撑6家企业的产品研发，成为名医经验传承、中医药文献分析、中药产品研发的强大助力。该项工作获得2017年华夏医学科技奖二等奖，唐仕欢撰写的著作《方药纵横——中药成方制剂组方规律分析》荣获中华中医药学会著作奖三等奖。目前，唐仕欢团队研制的中医传承辅助平台软件，根据名老中医经验传承和中药新药研发的基本需求，以中医药数据分析为核心，充分整合人工智能、数据挖掘、网络科学等学科的方法和技术，实现多层次、多维度数据的关联与融合，形成面向用户的开放式、自助式应用软件，可直观展示疾病、症候、症状、方剂、药物及其之间的相互关系，提出相关病症的症状组合、方剂配伍的核心药物组合，为名医经验传承、临床辅助决策和中药新药处方研发提供了辅助工具。该软件已在北京、上海、贵州、山东、天津等院士、国医大师、名老中医工作室广泛应用，软件用户运用该软件发表的论文达2000篇，毕业研究生1000余名，成为该领域应用最为广泛的专属软件。同时，唐仕欢和他的科研团队围绕《中医方剂大辞典》、《中药成方制剂手册》、“古代温病医案”、“国医大师医案”及上市保健食品配方等数据，采用该软件分别构建了相应的数据平台，实现数据的二次重构，结合可视化技术，揭示数据关联规律，支撑中药产品研发。

脑心同病的中医药防治机制研究中药复方所产生的生物效应，是其复杂的化学成分，通过多组分发挥多途径、多靶标的协同作用而产生的结果，揭示中药复方药效物质基础和作用机制一直是中药现代化研究中的关键问题之一。其中，对于确有疗效的中药大复方的有效成分、作用机制的解析，更是中药研究亟待解决的难题。本研究是以大复方脑心通胶囊（方）为研究对象，运用网络药理学、代谢组学等整合策略的思路和方法，进行该方有效成分、作用机制解析研究，为大复方的复杂体系解析提供示范，为中药大品种脑心通胶囊的培育提供了科技支撑。这项工作获得国家自然科学基金、国家重点研发计划等项目的支持，目前仍在深入开展，相关成果先后获得中国中西医结合学会科学技术一等奖（2013年）、中国中医科学院科技奖二等奖（2017年）、中华中医药学会科技奖一等奖（2021年）。

搞好科研的同时，唐仕欢还注重中医临床实践。在跟随孔老师出诊的同时，唐仕欢利用周末时间开始独立应诊，始终在中医临床一线。由于没有细分到某一个具体科室，临床所见，杂病最多，内科、皮肤科、妇科、儿科等均有涉及。中医强调整体，中药内服与外敷的同用，针灸与药物的密切配合。唐仕欢在临床实践过程中，不断磨炼，认真思考，逐步总结了“水火交融”特色疗法，即“中药汤剂内服（水剂）”与“火针外用（火针）”综合于一体，主攻肺系疾病、肿瘤及肿瘤术后、皮肤病，包括肺癌、肠癌、胃癌、带状疱疹、神经性皮炎、湿疹、下肢溃疡等，以及顽固性内科、妇科、儿科疾病，包括难治性哮喘、紫癜、三叉神经痛、肩周炎、静脉曲张、不孕症、小儿多动症、抽动秽语综合征等。唐仕欢在中医的临床学习和实践过程中，有惊喜、有苦恼、有无奈。惊喜的是收获了意外的疗效，解决了病人的痛苦；苦恼的是，有些患者有一些效果，但没有想象中的那么好，没有达到根除的目的；无奈的是，有些重病难病仍然有待破解。惊人的疗效是鼓舞唐仕欢深入学习和实践中医的第一动力，对有些患者的治疗过程总是印象深刻。

2010 年 3 月，一个 8 岁姚姓北京男孩来到唐仕欢的诊室。这个小男孩哮喘多年，稍有咳嗽则引发哮喘，发作时，必快速住院急救才能缓解，必须随身配用喷雾剂，以防哮喘发作。多方求医，包括全国知名老中医调理，但始终没有控制，有愈加严重之趋势。第一次就诊时，其陪同父母显得很忧虑，述说孩子被病折磨了很长一段时间了，当时由于没有网络等挂号平台，需要现场挂号，为了看知名专家，已经不记得多少次通宵熬夜排队挂号了，可谓是焦头烂额、心力交瘁。家长带着这个孩子进入唐仕欢诊室第一句话就是：“看了很多专家了，今天想换一个年轻的大夫给看看，试试新的治疗方法，请你帮忙给好好看看。”唐仕欢没有说话，而是认真仔细地看了病历记录，详细问诊，考虑再三，在老专家的处方基础上，适当加用了几味药。他开出了具体方剂：清半夏 10g，陈皮 15g，橘络 30g，茯苓 30g，桃杏仁各 10g，桑白皮 10g，炒白术 15g，冬瓜仁 30g，炒苍术 10g，生黄芪 10g，神曲 10g，炙麻黄 6g，射干 10g，全蝎 3g，当归 5g，生甘草 6g。上方 7 剂后，患者感觉良好，未有发作，患儿的家属大喜过望，说：“唐大夫，您的这个方子很好！”这也给唐仕欢巨大的信心。此后，唐仕欢守法加减调理半年，前三个月发作几次，但发作时间间隔不断延长，三个月后未发作，偶有感风寒、咳嗽，但未有哮喘发作，活动正常。患者至今一切正常，已经是大学生了。

2012 年 6 月，另外一个就诊的小男孩是 7 岁的杨某，内蒙古包头人。患儿由父母陪同特意从包头前来就诊，其父母也是医疗工作者，很信赖中医。主诉：咳喘憋闷反复发作 3 年余。现病史：小孩营养中等，3 年前由于呼吸道反复感染后，稍有不慎则咳喘憋闷发作，容易过敏，检查过敏原后诸如尘螨、鸡蛋等均为阳性，尤其不能吃鸡蛋，吃则发作，现有过敏性鼻炎、哮喘，西药控制不理想，二便尚可，舌质淡红，苔稍白腻，脉细滑。唐仕欢仔细诊察之后，按照中医的理论，考虑为风寒夹痰阻络的哮喘，用古方射干麻黄汤之意立方，开出了方剂：射干 10g，麻黄 6g，紫菀 15g，干姜 10g，甘草 10g，法半夏 9g，款冬花 10g，陈皮 6g，神曲 10g，莱菔子 15g，辛夷 15g，全蝎 3g，五味子 6g，茯苓 15g。14 剂后，哮喘未作。上方稍作加减，再进 14 剂，并逐步撤掉西药，病情控制。先后加减治疗近 5 个月，患儿精神良好，食欲增进，能吃鸡蛋，基本痊愈。11 年后（2023 年）患者因皮炎再来就诊，已经是一米八二的大个子了，真是让人大吃一惊。

还有一位退休教师侯某，女，山西人，2012 年 5 月来唐仕欢处就诊。患者双上肢关节疼痛，双手晨起僵硬，后背、肩胛颈部强直、活动不利，遇风加重，舌质淡，苔薄，脉缓左细。西医检查：类风湿因子阴性，颈椎增生，曾建议手术治疗。患者多年求医，虽稍有缓解，但终觉浑身不爽，主要症状如故。综上考虑为风寒痹阻太阳，宗仲景乌头汤法。具体用药如下：

桑桂枝各30g，狗脊30g，白芍30g，制川乌15g，制草乌15g，生麻黄20g，炙黄芪30g，炙甘草15g，鸡血藤50g。7剂，水煎2小时以上，每日一剂。

上方一周后，无不适，症状改善不大，但见脉已不缓，药已对症，上方去鸡血藤，加防风10g，徐长卿15g，改生麻黄30g，余同前。两剂后，见汗出，觉心下有不适感，嘱减量，每两日一剂。药后，浑身舒爽，一身轻快，手僵大减。前方减量善后一月，诸症痊愈。

最后一次来复诊时，该患者说可以去游泳馆游泳了，这是多少年的奢望啊！

2021年5月，由于新冠疫情的影响，不能现场就诊，只能网络会诊。患者范某，女，66岁。主诉：肺癌术后，水肿2月余。现病史：2020年10月行检查肺部肿瘤，11月于北京协和医院手术治疗，术后于2021年2月在海南省肿瘤医院行靶向药（普拉替尼）治疗，2月前出现水肿、胸腔积液，逐步加重，并出现脚趾红斑，蜕皮，近期全身浮肿，头面部尤甚，尿少，身体困重，不能行走，气喘，口中乏味，饮食难下，肾脏指标检查基本正常，停靶向药，以利尿药等治疗，越发严重，张口呼吸，精神萎靡，舌质淡，苔薄白。

根据病情，唐仕欢用败毒散合五苓散之意，开出了方剂：黄芪60g，茯苓60g，生白术60g，防风10g，荆芥15g，枳壳10g，桔梗10g，党参50g，前胡15g，益母草60g，桂枝30g，猪苓30g，泽泻30g，葶苈子30g，大枣15g。服药的同时，要求患者停服利尿的西药。7剂后，水肿症状消退90%，精神大为改善。上方稍作调整，再进 3 剂，水肿全退，再以它药调理肿瘤术后康复。

新冠疫情稍作缓和后，该患者为表感激之情，给唐仕欢送了一面锦旗。目前，该患者还在调理中，身体一切正常。

2022 年 12 月，新冠病毒感染期间，该患者用中药进行治疗，也安然度过，其家族 56 人全部服用中药防治新冠病毒感染，顺利康复，没有一个重症患者，包括 90 多岁的老人。欣喜之余，其家族成员联合起来，来中医中药科学院唐仕欢的办公室又送了一个大锦旗，以表感激之情。

2022 年 12 月初，随着我国疫情防控政策的调整，新冠病毒感染处于暴发状态，唐仕欢结合自己的亲身体验、与部分患者的深入交流，以及他深厚的中医学理论知识和丰富临床实战经验，认为本次新冠奥密克戎感染属于中医太阳寒闭，夹湿化热的表现，经典方剂大青龙汤合五苓散，取名为大青苓（大清零）汤，正是本次流行株的通治方剂。方剂的组成和剂量如下：生麻黄 9 克，桂枝 9 克，生石膏 25 克，苦杏仁 10 克，甘草 9 克，大枣 10 克，生姜 10 克，茯苓 15 克，猪苓 9 克，泽泻 9 克，生白术 9 克。该方剂推广使用后，疗效非凡，尤其是有发热或欲发热的患者，优于当时推荐中西成药，很多患者反馈：1 剂可以退热，3 剂可以平定。服用本配方，可以快速缓解症状成无症状或轻微症状。2022 年 12 月 28 日，国家卫生健康委发布了《关于在城乡基层充分应用中药汤剂开展新冠病毒感染治疗工作的通知》（联防联控机制综发〔2022〕146 号），该通知采纳了本配方，并作为全国通用基础方，为新冠病毒感染的疫情防控做出了应有的贡献。

科学研究与临床医学融会贯通，科研成果丰硕的同时，医疗水平同步上升。年轻的研究员唐仕欢，用他的努力与对中医中药的虔诚，攀登着一个又一个中医学高峰。

采访后记：受访人，唐仕欢，中国中医科学院研究员，博士生导师。

采访地点：中国中医科学院中药研究所（屠呦呦科研楼）。

特别说明：文中所出现的方剂，需要在医生指导下应用。

青春的颜色

北京四中房山分校，是位于北京市房山区长阳镇怡和北路10号的一所公立中学，学校总面积为59828平方米，教职工近160人，教师135人。其中党员教师比例超过60%，硕士研究生比例超过70%。

“绿色”“田园”“开放”是该校的特点，拥有许多得天独厚、设计感丰富、适合学习活动的公共空间，室内操场、游泳馆、健身房等硬件堪称房山第一。高中可以实现全员住宿，宿舍区配有空调、淋浴、洗衣机等配套设施，具有安全、温馨、舒适、便捷的住宿条件。

在这个开放、活跃、坚持素质教育的学校，学生快乐学习，健康成长，老师们与孩子做朋友，把先进的教育理念带入课堂，也把心理健康与身体健康纳入“工作坊”，青年教师张玉金就是“心里体验工作坊”中的一员。2020—2021年北京四中房山分校心理体验研究工作坊，获得“北京市青年文明号”称号。

青春是什么颜色？

有人说是红色，因为澎湃的热血和坚定的信念是红色；有人说是绿色，因为广阔的大地和自由的精神是绿色；有人说是蓝色，因为梦想的天空和扬帆的大海是蓝色；有人说是彩色，因为青春灵动和生活的丰富是彩色……而他却说：青春是“奋斗色”。

他就是张玉金，北京四中房山分校的后勤管理主任，一个用热血诠释青春颜色的人。

一

1983年出生的张玉金，家住房山农村。父母虽然都是农民，但家里条件很不错，1987年的时候，家里就购买了手扶拖拉机，不但解决了自己家农耕运输问题，还能挣点儿钱补贴家用。当时，山里的学校需要司机，父亲就开着拖拉机去学校工作。这也是张玉金对学校感觉亲切的原因之一。张玉金中专毕业之后，去了一家日企工作，从一线做起，一年以后被提拔到管理岗位上。工作相对稳定。收入也逐步提高，但是张玉金总感觉心有不甘，在这个企业工作，违背了当初内心的追求。他利用工作之余的时间，读东北财经大学网络函授教育，并顺利拿到毕业证，又参加“北大（网络）教育行政管理专业”的学习，也拿到了毕业证书。

在北京四中房山校区面向社会公开招聘后勤管理人员的时候，他毅然从原单位辞职前往应聘。

这个高大魁梧的男子，以一颗细腻、周到、柔和的心对待每一名“北四分”师生。

2015年，学校同时接收了三个家长眼里的“问题孩子”，这三个孩子跟正常孩子比，智力方面似乎都有一点儿缺陷。上课的时候，这几个孩子表现出来的不是初中生的聚精会神、孜孜以求，而是儿童的天真和自由，说跑就跑，想干啥直接就去了。

其中有个叫小美的女孩儿尤其爱动。她上课根本坐不住，想出去就直接出去，不论是上课还是班会，都没有纪律概念。更为糟糕的是，这孩子出去之后，自己找不到返回班级的路。老师向学校反映了这个情况，没有分辨方向的能力，学校这么大，她迷路回不到教室，出了安全问题怎么办？张玉金老师因此对小美就格外关注。每次小美从课堂上出来，张玉金就跟上去陪她一起走路，通过接触得知，这孩子的智力水平停留在三四岁的样子。张玉金向学校提出申请，由学校委派两名生活老师全程跟踪照顾小美。

义务教育的初衷是让适龄孩子广泛、平等地接受最基本的教育，掌握最基本的知识。学校严格执行这条原则的同时，对小美这样的孩子提供最贴心的帮助。

于是，学校委派两名生活老师轮班全程照顾小美和另外两名智力有缺陷的孩子。张玉金和这两名生活老师一起，对于这3个孩子给予最特殊的关爱。

学生家长对此非常感激，直言学校比家长更贴心，孩子交给学校，他们放心了。即便孩子学习成绩仍然不好，但孩子们有了受教育的经历，哪怕不能上高中，家长也感觉满足。

张玉金和同事们对这几个孩子给予更多的关照，在学校的支持和推荐下，安排老师单个照顾，给予他们更多的关心，还发动同学们对他们多加帮助。在如此多方位的照顾下，这几个孩子有很大进步，不但上课不再捣乱，还主动每天给老师打水，初三毕业以后，这三个孩子都去了职业高中学习。

对每个孩子一视同仁，对特殊孩子特殊关照，不以分数论成败，唯有教育得人心。

“不放弃每一个学生，这是我们每个老师必须具备的基本职业素养和师德标准。”这可能是这所学校每名教师共同的标准。

这时候，还能用分数检验教学质量吗？

全过程教育是素质教育的重要途径。在日常教学中，除了课堂上的知识传输，把孩子带到课堂外接受书本之外的知识，是张玉金和他的同事们一直在做的事情。带孩子游学，从初中到高中的孩子都参加，由老师带队，去过台湾、香港，以及欧美一些国家，张玉金负责后勤保障，也参与设计路线、沿途生活、安全保障等，带孩子快乐出行，安全返回，开阔眼界的同时，也锻炼体能。

每年学校冬季锻炼的启动仪式，都会组织“小清河长走”活动，张玉金和学生发展中心的老师们共同确定了小清河行走线路。这条环河线路，共有 16.7 公里，吃过中午饭开始走，下午 5 点钟返回。

同学们很轻松地走下来了，没有人掉队。

张玉金拿起相机，记录下这有意义的时刻。

二

游学，是中国古代就有的重要的学习方式，所谓“读万卷书，行万里路”，说的就是书斋之内的学习和周游世界的实践。当今生活条件好了，游学的优良传统也被继承了下来。然而，游学是游和学的有机结合，跟单纯的旅游有着根本的区别。如何组织好一次游学，并不如策划一次旅游那么轻松简单。每次游学不仅是把同学们带出去开阔眼界、增长知识，也把外面的同学带回来，与同学们一起互相学习、沟通交流，以增进友谊、完善性格，达到开阔视野的目的。

张玉金是这项工作的参与者和具体执行者之一。

每次游学，所有的线路领队和学生发展中心的老师们首先要规划路线，然后设计游学课程及行程安排，再做行前手册，还要做课程专题讲座及游学团队的团建工作，尤其是安全注意事项，杜绝一切事故发生。

方方面面的考虑，各种预案，各种解决方法，张玉金和同事们都会提前安排好。

对于很多人来说，看似一次简单的出行，无非是跟随老师们走就行了。但对于张玉金和同事们来说，既要保证活动的质量，达到预期目标，更要注意安全，保障每个人开开心心走出去，平平安安回家来。

在这个基础上，还要考虑游学的现实意义，给同学们带来什么样的教育与启发。

2019 年 6 月 2 日，张玉金和本校付丽娜老师一起，带着 19

名游学同学出发了。

这次名为“行走青山，悦踏绿水”的房山人文游学，就是探寻大美房山。

为什么选择房山游学？他们有着这样解读：“因为热爱，热爱家乡，热爱这块热土，从爱家乡的小爱到爱祖国的大爱的升华。”

房山千余年历史，有“北京之源、地学摇篮”之称。这里有独特的自然景观和地质文化，举世闻名的人类文明的发祥地周口店北京猿人遗址、被史学界视为北京古代城市发展起点的琉璃河西周燕都遗址、北方规模最大的石花洞等溶洞群，以及为纪念唐代著名诗人贾岛而建的贾公祠，还有千年古寺云居寺石刻佛经……在这个物宝天华、人杰地灵的地方，探访人文历史，追踪先贤足迹，接受不一样的教育，感触多彩的人生，激发同学们热爱家乡、为家乡美丽富饶而奋斗的决心和信心。

房山线游学设计多个主题，去房山找草原，考察植被分布；走进革命老区，品味圣歌；探究地质成因；探寻古代兵制，了解来江战史；忆平西抗日，缅怀英烈忠魂；感悟“推敲”精神，追求学问真谛；探猿人遗址，寻人类奥秘；在隽秀峡谷中穿行，体验仙境一般的美景；走访古村落，对比时代变迁；踏足古桥，穿越历史时空……

“诸生方盛年，志高而气锐，将欲厚其积储以大效于世耶？”王道元先生的这句话更能描绘出开营时同学们的目标。炙热的阳光照耀在同学们洋溢着热情且期待的脸上，每个人的心里都如这火热的天气一样，充满热情和激情。虽然游学路线是同学们的家乡房山，但沿途的风景与风土人情带给大家的有亲切，有震撼，有“山重水复疑无路，柳暗花明又一村”的欣喜与快乐。

在登上白草畔之前，队长邢泽龙同学为大家简要介绍了那个梦幻的自然圣地——房山专属的空中花园。绿树成荫，百草丰茂，繁花似锦，这么美丽的景象，这么美好的记忆，同学们沉醉其中。

这是在城市中无法感受到的清新、干净与自由，或许由于那里海拔高出平原2000米，自然的凉风从山间吹过，迎面吹来，吹散了大家的疲惫，脚下的步子也似乎更轻盈了起来。坐上摆渡车，在翠绿的山林间穿行，两边是无尽的林海，地面上不时有花儿闪过、鸟儿飞过，经过山边，眺望开阔的天空，挂在空中的骄阳与远处的群山、绿林构成了一幅绝妙的异彩青山图。同学们用眼睛和心灵，一起观察、感悟着大美自然、大美房山。

本次游学的另一条路线是“走进革命老区，品味红色经典”。

踏入没有共产党就没有新中国纪念馆，映入眼帘的就是一个手拿军号的石雕，这象征着红歌嘹亮。经过纪念馆内导游的讲解，同学们知道了抗日战争与解放战争的起源与结束，日寇的“三光”暴行，南京大屠杀留给中国人民的永远伤痛。

“忘记历史就意味着背叛”，红色教育永远不会过时。

在观看房山区近几十年的发展变化时，从21世纪房山掠影中张玉金指给孩子们看北京四中房山分校的俯视图，并给同学们讲解学校的建校历史，增加孩子们的集体荣誉感，让他们因母校而骄傲，同时也让他们为自己是这个学校的学子而自豪。

纪念馆中陈列着众多英烈的照片与事迹，其中有很多房山本地的英雄，他们虽死犹生、永远不朽，他们的牺牲换来今天中国的快速发展，也换来了同学们今天幸福的生活。

走进曹火星同志创作《没有共产党就没有中国》的原创地，别看屋子很小，但保存了许多作者生前的记忆，并有幸保存了众多文献。

有一首歌在大地上传播，在阳光里穿梭；有一首歌，在脉管里流淌，在心里头铭刻；这首歌的名字叫作《没有共产党就没有新中国》。

张玉金和孩子们一起高唱这首歌曲，响亮的歌声在山谷里久久回荡……

6 月 4 日，雷声隆隆，又是一场夏雨滋润了万物。环绕着千年古刹的雾气渐渐聚成点滴状，落在山川大地上，也落在千年古寺云居寺的屋顶与院子里。雨后的山间，空气一如过滤过一样纯净，天然氧吧让人心旷神怡。

云居寺是一所拥有 1400 多年历史的古刹，建筑古色古香、庄重大气，寺内安静，梵音袅袅。

同学们感受着古寺的庄严肃穆，呼吸着这里的清新空气，游学的每一天都是从晨读开始。

游学不忘学习，晨读是一天最美好的开始。

晨读结束，大家敲响了预示着吉祥的古钟，之后，开始了云居寺的游学之路。与大多数寺庙不同的是云居寺的主殿是毗卢殿，是华严经十种佛中第九身性佛的其中一个功德名号，在密宗法系中是最高身位如来。

最为壮观的就是云居寺的北塔了，它是辽代砖砌舍利塔，又称“罗汉塔”，高30多米，塔身集楼阁式、覆钵式和金刚宝座三种形式为一体，造型极为特殊。塔的下部为八角形须弥座，上面建楼阁式砖塔两层，再上置覆钵和“十三天”塔刹。这种造型的辽塔，十分少见。

云居寺游学结束，他们又陆续游走前往张坊古战道、长沟湿地公园等地。

游学结束之后，同学们对家乡房山又增添了许多了解，对房山的发展与前景更是充满了信心与期望，同时，这也鼓舞了同学们的学习斗志。

走出去，就是劳逸结合，坚决不让孩子们做书呆子，也不被应试教育束住手脚。这是北京四中房山校区的教育理念，也是张玉金和同事们一直探索的教育之路。

值得一提的是，在这次游学活动中，七年级男孩小斌积极报名参加。这孩子非常调皮，纪律观念淡薄，是老师重点关注的对象。如何让小斌同学遵守纪律，保障安全，又让小斌有所改变呢？张玉金颇费了一番周折。经过深思熟虑之后，张玉金决定让小斌当旗手。没想到，小斌对小旗手的角色非常喜欢。在游学的日子里，他常常提前等在集合的地方，手里的旗帜高高举起，不乱跑，也不调皮，像换了一个人一样遵守纪律，还常常主动帮助同学们。这让张玉金非常欣慰，对小斌及时给予表扬，小斌全程兴高采烈，和老师同学友好相处，没有违反纪律，按老师指定的行走路线行走，手举着鲜艳的红旗，雄赳赳气昂昂地走在队伍最前排，孩子的朝气蓬勃与青春活力，令张玉金深感欣慰。

活动结束回到学校之后，这孩子发生了根本的转变，原来不守纪律、不爱学习的小斌不见了，取而代之的是一个积极上进、认真学习的小斌。如此巨大的变化，让老师和家长都很高兴。小斌更是和张玉金老师成为好朋友，遇到什么困难，有什么心里话，小斌都主动去找张老师，张玉金更是不遗余力，适时给予指导。

小斌说：“张老师这么对我，就是拿我当亲人、当朋友，我不努力学习就是对不起张老师。”

三

学校楼顶的田园风光。

越过现代化的教学楼群，打开通往顶楼的小门，来到了顶楼。别样的风光，宛若来到了乡村田野。

> 林尽水源，便得一山，山有小口，仿佛若有光。便舍船，从口入。初极狭，才通人。复行数十步，豁然开朗。土地平旷，屋舍俨然，有良田美池桑竹之属。阡陌交通，鸡犬相闻。其中往来种作……

每每来到这里，张玉金就不由自主地将这篇《桃花源记》朗诵出声，眼前的“土地”逐渐开阔，各种农作物生长茂盛。

这一切是那么美好，又是那么干净，空气里弥漫着粮蔬香甜的气息。

春来播种，秋收冬藏，农人的辛苦，以及丰收的喜悦，同学们都能体会。

从2015年开始学校决定打造这块实验基地一直到2023年，8年的时光过去了，从开始的运土造田到现在的满园春色，张玉金一刻也不曾缺席。记得当时“造田”成功，同学们第一次来到这里整理土地，播下种子的时候，每个人都是那么快乐、那么专注。即便是初春的天气，乍暖还寒，同学们还是新奇大过劳累，有的同学脸上抹得像个小花猫，有的同学取笑对面同学的速度，大家开着善意的玩笑，在泥土里播种下希望的种子。夏季的时候，金灿灿的小麦果实饱满；秋天的时候，玉米、高粱、大豆笑弯了腰。秋收之后，蔬菜纷纷登场，一如眼前：楼门前的葡萄架上，葡萄紫红，一旁的韭菜已经开出了韭菜花。转过屋角，眼前更是豁然开朗，近处的辣椒火红火红的，丝瓜的黄花开得正艳，茄子、空心菜、西葫芦、花生、山药、苦瓜等等，可谓应有尽有。难得的是，另外一块田地种植着各种中药材，学生们来这里打理，也在这里辨识、熟悉每种药材的性情。

眼前的这些，让张玉金心生自豪，学校因地制宜，打造出来完整的农田实验基地，8年来，从这儿走出去的孩子，再也不是不分五谷、不接地气的小宝贝，而是懂得劳动辛苦，知道珍惜劳动成果的孩子。

张玉金清楚地记得，有一年夏季，麦浪滚滚，丰收在望的时候，他带着初中一年级的孩子来上体验课，当时有一个小女孩激动得哭了，她说这是她第一次看到这样的麦子。

张玉金了解到这个孩子的家庭状况，父母是普通的工人，一年到头在工厂打工，根本没有时间陪她去玩耍，更不可能带她去农村体验生活。她生在城里，却是爷爷奶奶带大，这孩子除了上学就是回家，没有什么娱乐活动，根本没有机会到广阔的田地去。看到大片的金光闪闪的麦子，小女孩眼里发光，在那里又笑又跳，她的开心快乐，感染着在场的每一个人。

被她的快乐所感染，同学们笑了，老师笑了，张玉金也笑了。这一刻，他感觉他付出的辛苦都值得了，没日没夜奋战在工地上的时间，成为照亮内心的一束光，让他感慨岁月的恩赐，他付出的劳动是生活给予的最好的馈赠。

秋风习习，阳光正暖，楼顶上的风光是一幅田园画卷。张玉金看着这生机盎然、绿色撩人的景色，与远处的高楼连成一片，白云悠悠，心旷神怡，任它城市里钢筋水泥，却也挡不住学校里的最美风光。寸土寸金的北京城，硬是被北京四中房山分校区的师生们打造出来一个属于他们“桃花源”。

四

2023 年 6 月 23 日的中午，张玉金忙完了手头的活儿，回到办公室，赫然发现，办公桌上静静地躺着一个白色信封，他有点好奇地拿起来观看，上面写着：“老师，希望我们还能再见面，您辛苦了。”

右下角写有“小红送给您的一封信。E407 张老师收”。

张玉金打开信封，稚嫩而秀气的字体呈现在眼前，信中详细回忆了她与张老师相处的点点滴滴，洋洋洒洒整整五张信纸，满满腾腾地写着对老师的感激之情。

这个叫小红的女孩子，张玉金非常熟悉，她是湖北籍，父亲是医生，母亲是一家公司的白领。由于父母工作很忙，她由奶奶带大，这孩子性格内向，不爱说话，平日里怯怯的，像一只受惊的小白兔，学习成绩不好，有轻度抑郁症状。

张玉金因此对她有更多关注。

说起来也是赶巧，有一天，张玉金在学校里常规巡视，他看到养鱼池里落入了树叶，就随手拿起工具把树叶捞出来。

旁边有一个孩子看到了，问他："老师您在做什么？"

张玉金一看，是初二的小佳，这个孩子比较特殊，有多动症，成绩很差，即便如此，学校还是收留了他，老师们也对他特别关照。

张玉金告诉他，"在捞树叶，这样是为保持鱼池清洁的同时，不影响大家欣赏金鱼呀。"

小佳说："老师，我可以捞树叶吗？"

张玉金说："当然可以啦。"

然后，张玉金就告诉他怎么样把树叶捞上来，同时要注意安全，不要把衣服鞋子弄湿了。

从此，小佳成了义务鱼池管理员。

张玉金每天用一些小礼物来奖励他。

后来，又有一个小男孩加入，再后来，就是这个叫小红的女孩也加入了鱼池管理队伍。

张玉金向学校领导做了汇报，给这三个孩子发了聘书，聘请他们为"鱼池管理员。"

春夏秋季，他们负责管理鱼池，到冬天天冷的时候，张玉金让他们把鱼带回家养，到来年开春再带回学校。

就是在这个鱼池管理队里，张玉金对三个孩子经常给予奖励，给予孩子释放天性的场所或者机会，不唯分数区别对待。

小红同学感受到了来自张老师的关怀，即便她成绩仍然不理想，她的脸上也是露出了笑容，人也变得开朗起来。

因为户口不在北京，她必须回湖北原籍读书，转学的时候，小女孩百般不舍，写下这封信，悄悄放在了张玉金的办公桌上。

读完这封信，他感慨万千，这个外表粗犷坚毅的男人，眼里已经泪光闪闪。

五

学校的院子里有三棵海棠树，九月初，海棠果挂满枝头，累累果实，把树枝都压弯了腰，微风吹来，果实轻轻晃动，仿佛在召唤着同学们来采摘，来品尝。

果实还没有真正成熟，张玉金清楚地记得每年采摘的具体日子。

去年的 9 月 24 日，是采摘活动日，张玉金和同学们采摘，大家开心快乐的样子，让他记忆犹新，欢声笑语连同果实的清香，飘荡在校园里，飘向天空，飘向遥远。

时至 9 月，今年的采摘日快要到了，张玉金要为采摘活动做准备了。

张玉金说："这些体验是宝贵的财富，这些快乐是金钱买不来的，孩子们在这里学习，在这里成长，让他们获得快乐，也是教育的初衷。"

什么是教育的初衷？孔子所说的，有教无类，因材施教；

卢梭、杜威所说的，教育即生长，生长就是目的，在生长之外别无目的。

不忘初心、时时坚守崇高的教育理想和信念，张玉金和北京四中房山分校全体老师做到了。

学校的开放式教育及人文关怀，给孩子们带来学习的动力，张玉金不教文化课，他和同事们带领学生走向德智体美劳全面发展的道路，不唯分数对学生，学生却努力用优异的成绩回馈老师，这一点让所有的“北四分人”欣慰，也让老师们对学校推行的教育理念与教学方法赞赏不已。

奋斗色就是青春的颜色，张玉金给了我们答案。

青春的颜色不会褪色，教育之路的探索，仍然任重而道远。

采访后记：张玉金，1983 年出生，北京房山人，北京四中房山分校后勤管理部主任。

采访地点：北京四中房山分校

“85 后”女生的坚守

——记北票市优秀企业家石艳

她曾像一只渴望五彩的雏凤，飞出大山，去追寻心仪的梧桐。她曾是一个多梦的纯真少女，为了追求，为了理想，为了实现人生抱负，她从边远的山乡一路闯荡到繁华的都市，奋斗的足迹踏出了一路的坚实，辛勤的汗水留下过青春的印证。她是才女，琴棋书画多有精通，可以一展甜美的歌喉，可以拿起心爱的乐器得心应手地抚弄，可以在美妙的音曲中轻歌曼舞，也常在一杯香茗的陪伴中醉心品读，偶尔展开文房四宝，在洁白的宣纸上留下飘逸秀美的墨迹……她那么热爱生活，在栖身的城市发展顺利，她初心难移，眷恋热土、心系家乡，当家乡需要她、召唤她时，义无反顾地回归故乡，以她的柔韧坚毅、清逸脱俗，在中国“80 后”的繁辰中脱颖而出，她，就是石艳。让我们一同走进北票市优秀企业家石艳的多彩人生。

一

在辽宁省西部，有一个美丽的小城——北票市。

据说，在清光绪三十三年(1907年)，境内有一位姓杜的官员，发现小扎兰营、兴隆沟、多木土鄂赖、大梁岗子四个地方有煤层，领取了4张龙票（即开采证），因为这四个地方都在朝阳市以北，北票名称由此而来。

北票市有着纯朴的民风和勤劳质朴的人民，是红山文化的发祥地之一，但由于历经战乱、地理位置偏远、发展形式单一、资源枯竭化等不利因素，未能及时跟上新时代发展的脚步。

2000年，不知道是不是幸运的，石艳努力学习也只是考上了辽宁省劳动经济学校，成了该校的一名中专生。中专毕业之后，她升入本校大专就读，学习汉语言文学。

大专毕业之后，石艳留在了本校工作，在校办公室做文员及档案管理工作。

这样的工作忙碌且繁杂，又夹杂接待和办公室杂事，让她每天工作时间很紧张。

后来，学校领导安排她去校招生办工作，彼时，国家已经放开中专招生，对于中专生入学不再有分数要求。这样一来，中专生的"门槛儿"大打折扣，学校的招生工作还是颇具压力的。

压力就是动力，为了做好招生工作，石艳用了很多办法。她喜欢这个工作，不仅仅是因为每个月可以有1200元的收入，更重要的是，她在这个城市有了归属感，一个来自北票市农村的女孩子，在省城沈阳市有了一份事业，让她心里慢慢的有了家的感觉。

这个美丽、青春、活泼、热情的女孩儿，希望用自己的努力能在省城扎下根来。

2006年，她应聘到沈阳炮兵学院图书馆工作。这段工作经历，让石艳很是怀念，多年以后，回忆起来，她仍然喜欢那份工作——能接触到那么多热爱学习的人，也拥有了很多读书的机会。

每当工作完成、读者稀少时，她就有时间读书学习，诗歌与文学伴随着她心底的浪漫走进了她的生活。

和书本一同走进她心里的，还有一个帅气的小伙子，这位高个、浓眉大眼、帅气逼人的小伙子是沈阳市人。这么美好的遇见，让生活变得丰富多彩，也让两颗年轻的心慢慢靠拢，爱情就这么悄悄走来。

2008年，爱好文学的石艳遇到了一个诗人，和别的诗人不同，这位才华横溢的诗人是金光集团的人事总监。也许是都写诗的缘故，也许是石艳身上那种干练的利索劲儿，让这位诗人总监向石艳抛出了橄榄枝。他问石艳愿不愿意到金光集团工作，集团公司正招聘一名行政助理。面对高薪和优厚的待遇，石艳动心了。一个农村女孩奋斗在省城，不就是想要高的收入和优厚的待遇吗？

石艳选择到金光集团报到。作为一名行政助理，石艳的时间被工作排得满满的。她安排各种会议，负责办公用品的采购发放，以及负责老总的衣食住行安排和工作安排等。工作很辛苦，但石艳感觉很快乐，因为公司福利待遇好，她的工资也涨到了近4000块的水平，让石艳感觉很满意。她的面前仿佛是条洒满了金色阳光的坦途，一切向着美好的方向发展。

也是在这一年，石艳的爱情瓜熟蒂落，她和那个相恋了3年的爱人幸福牵手，一起走进了婚姻的殿堂。

从2005年相识到2008年结婚，经过3年的爱情长跑，他们的爱情果实成熟了，两个人组成了一个温馨的小家庭。

婚姻美满，工作如意，两个相爱的年轻人徜徉于幸福的海洋。

2009年，爱人考取了北票市的人民警察，并于当年按规定入职。

两地分居，多有不便，石艳一时陷入两难之中，怎么办呢？她问自己，一边是自己的爱人，一边是蒸蒸日上的事业，她该如何选择？

思虑再三，她做出了一个艰难的决定，放弃自己的事业，返回老家北票市，支持爱人的工作。

于是，石艳告别了奋斗多年的城市，追随爱人回到了北票市。

2010年，他们爱情的结晶降生了，石艳升级为母亲。

爱人是警察，工作很忙，每天早上天不亮就走了，晚上九十点才回家，家务事根本帮不上忙，带孩子的事也是石艳一个人忙活。

从省城回到家乡，石艳脱离了原来的朋友圈，在这个虽说是家乡却没有一个朋友的地方默默生活。她每天带孩子、做饭洗衣……成了一个道地的家庭主妇，一干就是两年半。

孩子大了，石艳在寻找时机，希望能有适合自己的机会，让她能边带孩子边工作。爱人一个人挣钱养活三口人，经济上有很大的压力。

机会终于到来了。

一天，娘家姨妈打来电话，姨妈经营的学校食堂，由于她年龄大了，力不从心，想转手出去，问石艳有没有兴趣。

石艳一听，连忙说：“我干，一定做好。”

于是，石艳干脆利索地转身，带着孩子和母亲一起搬进了学校。

爱人也一起入住了学校。

从此，学校就成了石艳的新家。

买菜、择菜、洗菜、切菜，石艳亲自动手，为了节省成本，她只请了一个小工、一个厨师，她自己一身兼数职，切菜工、服务员、洗碗工、做饭、打扫卫生……她像一个机器一样，每天不知疲倦地劳作。

爱人下班回来，也给她打下手，早上起早，也充当服务员和采购员。

一个小工，一个厨师，还有她和家人一起，撑起了一所中学的食堂，这一干就是3年。

这3年，她并没有挣到钱，石艳心软，不忍心挣孩子们的钱，收费低廉，饭菜优质，勉强保本。有家庭困难的孩子，她还让免费吃饭。

3年过去了，虽然没挣到钱，但她积累了经验，也锻炼了自己。

二

2015年9月，靠着积攒的良好口碑与餐饮经验，石艳接到了北票市四中食堂和校园超市的邀请。初接手时，每天来食堂吃饭的人数达500多人，随着每年递增，每天足有1200人来食堂吃饭。

石艳从小规模经营改为公司集团化管理，她从小业主摇身一变成为企业家。

她经营的食堂从高中到小学营养餐，学校食堂的力量也多次升级。

厨师的选拔条件更高，除了身体健康等基本素质，还要求厨师的厨艺高超，要让师生们吃到干净卫生、色香味俱佳的饭菜，同时保证物美价廉，且价位低于同行业水准。

石艳如此做，很多人都说她疯了，一餐几块钱吃饱吃好，利润在哪儿呢？

石艳说：“我的食堂是半公益性质，不以挣钱为目的，保本经营，为北票市的孩子们做点事，为北票的发展尽点绵薄之力，我也就心满意足了。”

学校的食堂做得红红火火，饭菜质量也深受师生们喜欢。有一次，学校的篮球队去外地学校参加篮球比赛，这一去就是一周的时间，孩子们在外地根本吃不惯当地学校的饭菜，比赛一结束，这帮孩子回到学校的第一件事，就是早早跑到餐厅，等待开饭。见到石艳，他们围了上去，叽叽喳喳地告诉石艳：“太想吃咱们学校的饭菜了！”

“外面的饭菜吃不惯，根本吃不惯。”

“咱们学校的饭菜，好吃又便宜，像妈妈做的菜一样呢。”

石艳一时激动得泪目，同学们的信任就是对她最大的支持。

与此同时，她还把有限的利润归还到同学们中间去。

每年都有8—10个孩子免费吃饭。

这些孩子都是家庭比较困难的孩子，有的是单亲家庭，随父或者随母一起生活，也有跟随爷爷奶奶一起生活的留守儿童，也有家庭因病致贫，孩子缺衣少食……石艳只要了解情况，就把孩子拉到饭堂吃饭，告诉他们："到饭点就过来吃饭，不要你的钱，一定要吃饱，正长身体，不能饿着。"

每个学期开学，班主任老师都把贫困生名单交给石艳，按这个名单，石艳为这些孩子免费发餐券，供他们在学习阶段吃上免费的、热腾腾的饭菜。这是从石艳刚开始做学校食堂就一直坚持下来的做法。即便如此，石艳唯恐会有孩子吃不好，每到饭点，她就走走看看，观察孩子们吃饭时有没有异常现象。

有一年，高一新生报到之后，中午开饭的时候，石艳照例在食堂慢慢走动。

突然，石艳发现有个瘦弱的女孩只打了一份白饭就匆匆离开了。

按说，打了饭菜可以在食堂就餐，女孩打了白饭去哪儿呢？

石艳没有声张，悄悄跟上去，发现女孩去了学校的一个角落，一个人在那里往嘴里扒饭。

石艳走过去问道："同学，你是今年的新生吧？"

女孩抬头看看她，又羞涩地低下头，轻轻答一声："嗯。"

石艳问："为啥只吃白饭不打菜？"

女孩声音更小了，说："不爱吃菜。"

石艳问："父母是做啥工作呀？"

女孩说：“父亲去世了，妈妈身体不好，没有出去打工，就在农村种田。”

石艳明白了，这个女孩家庭条件差，不好意思告诉老师，就一个人偷偷地吃白饭。

看着这个柔弱的女孩懂事的模样，石艳心里很是难过。

她告诉女孩：“以后不要只吃白饭，你的生活费用有学校食堂给你包了。正在长身体的时候，营养跟不上可不行。”

于是，石艳亲手给女孩拿来了饭菜票。女孩三年的生活费用有了着落，感动得泪水在眼睛里打转。

每年的高考，是石艳最忙碌的时候，更是在社会食堂推出了高考学生免费用餐。高考的日子，石艳总是早早起床，来到食堂，为高三学子准备美味的免费高考餐。来到后厨，她检查各种食材，看到蔬菜新鲜，水灵灵的；饭后瓜果，正躺在清澈的水中，准备清洗；红烧肉食材五花三层，真材实料；鱼缸待宰的鲤鱼悠闲地游来游去……每天的食材，石艳都要检查一遍才放心，高考期间的食材更是不能掉以轻心，品质也必须是最好的。

看学子们走出考场，奔向食堂，他们或开心，或眉头紧锁，或三五人互相议论，或一个人单独就餐，石艳感觉比她自己参加考试还要紧张，她能做的就是为孩子们准备好可口的饭菜，备好水果与茶水，给他们做好后勤保障。看他们陆续进入饭堂，再心满意足离开，石艳内心感觉安慰，也是做这件事情的意义所在。

努力之下，必有收获；目光所至，众多赞许。

石艳苦心经营，饭菜优质，物美价廉，赢得了学生与家长的信赖，更赢得了社会的认可。

她经营的范围与规模也逐渐扩大，学校食堂从最初的一个到现在的七个，还拥有朝阳市第一家社区食堂与机关食堂。

这个每日奔波忙碌的坚强女子，却有一颗诗人的纯粹的心……繁忙的工作没有磨去她的文学之梦，她的诗歌在生活与工作中成就篇章……

午夜阳光

文 / 小悠（石艳）

午夜的每一格阳光，都长着
不同的模样
第一格铺垫着厚重，有担当
是举起的力量
第二格承接着奉献，默默拼凑成
坚实的玻璃幕墙
第三格跳跃着成长，折射着
炫彩的梦想
第四格攀岩着希望，按着
既定的目标起航
第五格或许有委屈的泪
悄悄流淌
第六格倾洒阳光，抚摸过我的疼痛
照亮了每一格忧伤
第七格旋转着向上，伴着歌声
在蓝天中飞翔

这每一格阳光，都是我的
都有不同故事出场
第一格阳光映着我的高跟鞋
走过路上的苍凉
第二格阳光连着我的粉色衣裙
在夜色中旋转别迷茫
第三格阳光倒影在水上
清澈的，思念如水一样柔长
第四格阳光还没想好名字
只明媚得让人幻想
第五格阳光来回摇晃
我的心也随着疏影摇晃
第六格阳光站在梦苏醒的地方
相见时，请说句别来无恙
第七格阳光是你的，我也是你的
还有这每一格阳光

三

2022年10月，朝阳市第一家社区食堂内喜气洋洋，朝阳市委书记、省里组织部领导来食堂参观，对于石艳的社区食堂给予充分肯定与表扬，这让石艳更是坚定信心，在食堂与公益的路上越走越成熟……

社区食堂整个范围内，共有60岁以上的老人592人，独居老人16人，对于每个老人的情况，石艳都做到心中有数，每天为行动不便的老人免费送餐，义务服务；对592名60岁以上老人，饭菜打8折……几块钱一份的饭菜再打8折，很多人怀疑石艳怎么挣钱。

石艳说："老人们辛苦了一辈子，应该安享晚年，如果我能做点事，是我的荣幸，怎么能去挣他们的钱呢？"不挣钱，只要能维持正常运行，只要能让老人们吃到可口的饭菜，让行动不便的老人得到照顾，石艳感觉内心无比欣慰。

在她的学校食堂里，她安排有困难的陪读家长就业，餐饮公司安排3个残疾人上班，解决102人的就业问题……

石艳说："帮助有困难的人就业，让他们有收入，为社会分忧解难，也是我的责任所在。"

石艳成功了，这个高颜值的"85后"女子，弱小的身躯里爆发出巨大的能量，以惊人的毅力与魄力成为名副其实的企业家。

与此同时，荣誉接踵而至，她被评选为市优秀企业家、劳动模范。

她被推选为北票市餐饮行业商会副会长，北票市青年企业家联谊会副秘书长……

四

十一月的北票市，冰天雪地，寒冷的风扬起脚下的雪。

每一个清晨都是如此寒冷。

石艳照例早早起床，在天色还没有大亮的时候，她就开始了一天的工作。看着熟睡中的孩子，再看看照顾孩子的婆母，石艳内心涌出无限温暖与感动。有爱人的理解、父母的支持和帮助，她才能轻装上阵，无后顾之忧，这一点，她是幸运的，也是让她自豪与充满感激的。

前方的路仍然遥远，而石艳坚定地走脚下的路。哪怕风雨，哪怕泥泞，但心中有阳光照耀，她必将一往勇前……

采访后记：石艳，“85 后”优秀女企业家，一个有文学情怀的浪漫诗人，一个热衷公益的才女企业掌门人。

采访地点：北票市

宋启华和他的地下空间站

“我们来时，一片荒芜，我们走时，万家灯火……”这是“80后”建设者宋启华参加工作时在笔记本上写下的第一句话。开始时，我和他一样不太明白这句话蕴含了多少艰辛，也不知道有多么的伟大，随着与他交流的深入，我才对工作在国家基础设施建设一线的这个群体有了更加深刻的认识。

1989年9月，宋启华出生于江西省丰城市农村。对于传统文化浓烈的山村来说，男丁的出生，总能让家里的老人倍感欣喜，给孙子起名，爷爷更是讲究。以启字辈为基础，爷爷给出生的男孩分别取名为：启荣，启华，启富，启贵，寓意荣华富贵。由于在堂兄弟中排行老二，主人公得名宋启华。家住偏僻的山区农村，很多人家的孩子读完初中就外出打工了。宋启华父母都是老实巴交的农民，说不出什么大道理，心里只有一个朴素的想法——伢仔读书才有出息。

和城里的孩子相比，宋启华除了要独立完成学业，还要照顾小他10岁的弟弟，农忙时节还要到地里帮着家里“双抢”，见过灾荒绝收时候农村的苦，宋启华暗暗发誓一定努力上学“跃农门”。

2007年高中毕业参加高考，宋启华顺利被心仪大学录取，通知书到的那一天，全村奔走相告，这是村里的第一个大学生，宋姓的乡邻们无不感觉荣耀。到学校报到那天，村民们敲锣打鼓、燃放鞭炮相送。看着春节才有的热闹场面，宋启华热泪盈眶，他拿着家里凑来的学费，回想起了佝偻在田间地头的父亲、锅边灶前的母亲、懂事听话的弟弟和努力坚持的自己，依依和前来送行的乡邻们道别，踏上了北上的求学之路。

“干工程吃工地、住工地，好找工作，能攒钱……”宋启华抱着这种想法报考的工程专业。他一边勤学苦读、一边兼职补贴家用，总是把自己的时间排得满满的，在他身上没有攀比、没有娱乐，个头儿上虽然比其他同学小，却总是一副斗志昂扬的样子。

2011年，宋启华以优秀的成绩大学毕业，如愿进入中国建筑集团，分配到湖南长沙某大型项目工程部。他学的工程造价，看图算量有很大优势，成本细节方面能把控很好，因为刚开始面子薄，宋启华不好意思请教别人，总是拿个小本子边记边琢磨。

“一台320挖机，一小时装多少方土，现有场地需要配几台挖机成本最低、效率最高？”

“一个楼层板面钢筋工、木工需要多少人，机电预留预埋在什么时候穿插工序才能高效衔接？”

“架体、模板什么方案周转效率最高？工期成本怎样实现科学控制？临时工程如何与正式工程做结合？”

当同届应届生还在商量着下班后去哪里会餐时，宋启华又捏着他的小本本坐在工地边琢磨起了他想知道的“奇怪问题”，他总是思考得比别人多，考虑得比别人全面，相比同事们吐槽工地的苦闷，他却在一次次找寻答案中成长。

一边是紧锣密鼓的生产安排和进度指标，一边是工龄尚短、缺少经验的自己，宋启华白天跟着经验丰富的项目前辈扎根在现场，看人家怎样安排工作，怎么协调各工种之间的矛盾，晚上趴在床上还在图纸上写写画画，看临建施工在设计上还可以怎么优化，想不明白的地方，大晚上一个跟头翻起来，又带着图纸上到现场去琢磨。“启华，大晚上你折腾个啥，有啥明天再看再说不行吗？”“我刚想到了点子，如果可行的话，我们临建上能省不少混凝土和材料呢！今晚不想好，明天班组就按之前的方案浇筑了……”

与他一届的应届生有40多名，虽然他是最不起眼的那一个，但凭借着勤奋和思考，宋启华在项目工程部站住了脚。大多数员工应对辛苦、烦闷、枯燥的工作，都是在下班后小聚、浅酌几杯，但宋启华永远是聚会第一个离开的那个。“手上还有事儿，我得先回去……”宋启华总是和同事们这样解释，甚至有段时间同事们因为他的“不合群”对他有了意见，但宋启华没有察觉，依旧做好交到他手上的每一项任务，还在力所能及的情况下帮同事们分担。

他每天都是早早来到工地上，下基坑、上楼层，图纸卷尺不离手，越是泥泞的区域他越去踩，越是崎岖的旮旯他越去钻，“管理不能有盲区，都不愿意去，谁能放得了心啊！”

扎根现场生产，他起早贪黑，方案措施方面，他点子频出，质量安全管控，他说一不二，人员机械调度，他用到极致，材料物资计划，他精打细算。宋启华的努力和付出，项目领导都看在眼里，从施工员到栋号长，从工程部经理到项目经理，一路走来，一步一个脚印。

因为建筑企业的特殊性，婚恋问题总是困扰着这帮长期在生产一线的青年们，每天接触的都是工地上的大老爷们儿，工作也是没日没夜地忙，企业也在替和宋启华一样的单身青年们操着心。五四青年节那天，项目书记把宋启华从工地上拽了出来，强行放了半天假，让他随大家一道参加与当地人民医院的联谊，就连相亲时，宋启华裤管子上还沾着点点混凝土浆，和对方交流时，说起自己的专业知识，他可以滔滔不绝，但聊起别的，宋启华却憋得满脸通红。不过正是他的这份真挚和朴实，以及一路上笨手笨脚的照顾打动了对方，宋启华和他的妻子周君走在了一起。成家后，他与妻子把家安在了长沙，虽然离公司就 20 分钟车程，但随着宋启华职位的晋升，肩上的担子也重了起来，生产任务的繁重却依旧将宋启华摁在工地上抽不开身，好在妻子也足够理解，不管再晚总是做好消夜等待忙碌一天的宋启华回家。

2020 年 3 月，宋启华接到公司领导电话，让其前往 4000 千米外的新疆拜城县负责生态养殖场建设项目。此时，身怀二胎的妻子还有三个月临盆，一番思想斗争后，宋启华在电话中与妻子沟通，还是得到了妻子一如既往的理解和支持，最终在交接完手上工作并与家人道别后，宋启华踏上前往新疆的航班。

随宋启华一同前往新疆的，还有十来名与宋启华朝夕相处的同事们，有与他同届参加工作的搭档，有随他工作数年的下属，还有工作数十年经验老到的前辈，大家纷纷表示：“只要启华摇旗子，启华说去哪里，我们都义无反顾。”

短短数日，在克服生活生产条件等各种困难后，宋启华带领团队迅速打开工作局面，3 个月后，刚把项目生产工作带上正轨，他接到了家里打来的电话，妻子预产期提前了。宋启华一边安排着项目上的工作，一边驱车往家的方向赶去，可是4000 千米的路程又谈何容易，在驱车数百公里，连转 2 次航班的十多个小时后，宋启华在女儿出生前赶回了家。“结婚这些年本来就忙于工作，缺少对妻子的照顾和陪伴，要是没能在这个时候陪在她身边，自己会内疚一辈子……”

身在工程行业，从来都少于对家庭的陪伴，一年到头聚少离多，宋启华也意识到了这一点，生产工作不那么紧张的时候，他都会催着大家签假条，让大家回家看看。“小田，最近辛苦了，把这个板面浇筑了你回家待几天，五一你也没休息，现在暑假了，回去陪陪老婆孩子！”“这马上高考了，波哥，你得回去陪考，给你放一个星期假，儿子考完试了出去放松下……”“老陈，快中秋了，你回去一趟陪陪老妈，这盒月饼你带回去，替我向阿姨问个好！”他总是替大家考虑，体量着兄弟们，自己却总是在岗位上坚守着，每次都是妻子周君带着两个孩子跑到工地上来陪他。

2020 年 8 月，宋启华再次接到调令，让他带领团队赶赴深圳地铁项目，项目合同额近 50 个亿，这一年，他 31 岁。在此之前，宋启华从未独立操盘过如此大的市政项目，也从未建设过地铁轨道交通项目，更从未带领过管理人员近200人、参建工人3000人的团队，在施工标准、工期要求都极高的深圳市，宋启华感受到了前所未有的压力。

近40平方米的施工场地上，百万平方米待拆迁的工业园区，众多河道、电力、燃气迁改，从哪里下手？车辆段作为地铁通车的关键工程，工期要怎么安排，生产要如何组织？一条条已知的问题和未知的困难压得宋启华晚上难以入睡，总是站在航拍图前一根根抽着烟。

想，都是困难，干，才有答案！宋启华拉着项目班子，在会议室的白板上一遍遍梳理前期工作问题，问题清单一项项责任到人、落实到“天”，老问题还没来得及全部解决，新问题又排得满满当当，销项工作推进缓慢。唯其艰难，方显勇毅。宋启华和他带领的项目团队没有退缩，面对业主、指挥部、政府部门、产权单位，门一扇一扇敲，人一个一个见，事一桩一桩办，针对待拆迁的施工场地，摸排地上建筑物，下探地下埋藏物，就连需要移栽的每一棵苗木，都一株株编号，一件件亟待解决的项目前期问题密密麻麻排满了工作计划表。“完成一项，销项一单，项目就能推进一步，进度就能提前一天！”宋启华鼓励大家。志不求易者成，事不避难者进。他们一个半月完成项目林地砍伐许可办理，创造深圳地铁项目最快拿证的历史性纪录；拆迁补偿安置方案印发后，项目团队积极对接街道办、土地整备中心和项目拆迁指挥部，仅用38天完成了35万平方米土地及地上建筑物搬迁补偿安置协议的签订工作，4 个月完成了 95% 工业园区及民房搬迁清腾和拆除工作，大幅缩短项目拆迁周期，为项目建设赢得了宝贵时间，地铁集团不得不追加年度投资任务。

针对现场交叉作业多，分部分项结构复杂和千头万绪的项目前期工作，如何科学策划和有效实施，是项目团队进场之初亟待解决的问题。从哪里干，哪里能够同时干，拍脑袋说了可不算。为提升项目管理水平，提高工程质量，降低施工成本，宋启华第一时间搭建创新团队，与项目技术骨干一道，一遍遍梳理生产过程中可能存在的难点、堵点和交叉作业点，在连续两周的紧张和全面梳理下，宋启华带领技术团队以 BIM 技术为基础，全面搭建完成施工方案策划，罗列全过程重点、要点工作 300 余条，几乎写满半个笔记本。技术团队根据宋启华的思路和要求，全力构建项目全过程 BIM 应用工作，赋予项目建设“数字生命”，为商务物资、现场生产提供实施依据和模型指导。进度、质量、安全、成本、能耗等一览无余，所有可能出现的风险都能提前预知、提前解决，大大避免了错、漏、碰、缺等问题，促进智慧决策，提升施工质量，保障工程进度。BIM 技术成果多次获全国、省、市级各项大奖，为企业及团队积累了丰富的智慧建造经验。

项目前期工作在高效率、快节奏推进，宋启华带领团队以作业面抢占为突破口，以坐不住、等不起、慢不得的紧迫感和责任感，直面问题找差距，加压奋进再发力。宋启华带领团队号召每名党员都亮出红色身份，把全局、抢拆迁、抓生产、保安全、强宣传、做服务，充分彰显了“一名党员就是一面旗帜”

形象，坚守“现场就是战场”信念，在爱国爱企教育中建队伍、聚思想，在党建共建共结中出成果、促生产，党建引领生产的红色内核在项目上充分彰显。

随着拆迁工作的推进，施工场地也逐渐移交，近40万平方米的施工场地上，200名管理人员、3000余名作业工人轮班扑上现场，栉风沐雨，披星戴月，抢抓作业面拓展，狠抓资源投入，以分部保分项，以分项保节点，全力冲刺年度目标任务。宋启华作为项目指挥长既挂帅、又出征，既督办、又参战，带领的项目团队赶超氛围浓烈。500余万立方米的土方全速外运，40台塔吊林立，每天数千辆工程车出入，每周万余立方米混凝土浇筑。在宋启华的带领下，项目团队严格对照产值任务和节点目标签订责任状，绩效奖金与产值达成强挂钩，成立以宋启华牵头的履约专班，每日召开现场生产协调会，制定落实项目形象和要素保障两张“作战图”，倒排工期，细化任务，形成严落实、高效率的推进工作机制，生产现场掀起建设热潮。宋启华团队上半年以“滚石上山”的工作状态保盾构顺利下穿，啃下年度最硬骨头；下半年以“拱卒精神”突破大凼水河道改迁，实现北区工作面全面投产。全年以“见缝插针”形式完成除高压线基座之外全部底板施工，日均达成产值700万元，单月产值近2亿元，高效、安全、高质量交上15.68亿的年度投资答卷。

风吹日晒，寒来暑往，作为项目负责人，宋启华始终坚守生产第一线，以脚步丈量现场每一块土地，有着高度的责任感，他勇拼搏，讲实干，精益求精，加强过程监控，认真履行职责，以过硬的工程实体质量，赢得了业主及业务主管单位高度赞扬。

在工程质量管控方面，宋启华可谓是“一根筋”，他带领团队拔高质量底线，弘扬工匠精神，精益求精，筑牢基础管控根基，打造过程品质典范。宋启华从原材质量、首件验收、过程管控、试验检测到质量通病专项治理，要求项目团队严守各项质量指标，把粗活做细，细活做精，认真做好每一次质量交底，严格做好每一步质量监督，做好每一项质量验收，工程实体质量完美可靠，以质量擦亮品牌，以质量赢得尊重。

宋启华对工程质量安全和施工进度都亲自把关，坚持“工作不疏漏，忠诚于岗位”，坚决杜绝“责任心差，敷衍了事，往后拖”的不良工作作风。从临建作业，到围护桩结构施工，从钢筋焊接到冠梁浇筑，现场班组最怕宋启华杀到现场突然来一句“这个不行，要重新搞！”“防护措施不到位不允许施工”，他对现场生产质量安全管控十分严苛，坚毅的眼睛里容不得半点沙子，几乎每个班组都经历过才开始做就让返工的情况。

“质量是底线，生命只有一次！我们不要牺牲质量的进度，不要无视安全的利润，绝不能为了赶进度而作质量、安全的让步！一片模一条桩如果是小事，一次吊装一次防护如果是小事，如果现场都是这么多的‘小事’不解决不处理，我们的百年工程从何谈起！”对待安全和质量，宋启华的态度总是如此坚决。所有和宋启华合作过的分包单位和班组都了解他的脾气，也理解支持他的管理要求。“宋总这样的项目领导，守规矩、讲原则，底线意识强，我们在他的项目上干活也放心！”主体结构劳务单位负责人对宋启华给出了这样评价。

现场生产高峰期，参建分包单位40余家，劳务工人达到

3000余人，如何管理和服务好这支庞大的参建队伍，宋启华在项目策划阶段便有考虑。“要让大家愿意来、留得住、干得好，更好推动项目生产，这是我们作为央企要履行的社会责任。”在这样的总基调下，项目以最高标准建设3个民工之家，涵盖职工服务站、维权中心、职工书屋、技能培训室、警民联络点、职工夜校、生活服务中心、健身活动区和娱乐区等设施，以酒店式的居住管理和物业式的后勤服务为参建民工提供完善的居住服务，全力打造温馨的职工之家阵地，提升服务水平和质量，让参建工友能够在职工之家“足不出户”即可享受到含居住服务、维权保障、休闲娱乐等完备的生活硬件配套设施和功能场所。班组提交人员进场计划和入住申请表，项目综合办与安监部联动，开展班组见面会、三级教育、劳动合同签订、反诈宣传、信访维权保障渠道宣传、治安消防教育等入场手续办理后，分配宿舍。让工友在入场第一时间接受到来自项目的规范管理，职工之家服务站24小时提供管理服务工作，让工友们有需要时，有处求助。

每当宋启华夜间带班生产结束后，他总是习惯到生活区去看看，“师傅们，我是项目负责人，咱们班组最近有没有什么困难，生产上、生活上的都可以提出来，我来想办法解决！”宋启华不同于在生产管理工作上的强势和严苛，每次与工人在交流时总是像与朋友家人相处一样，大家提出的每一条问题，能立刻解决的他都当场拍板，需要时间解决的他都一一记录下来，尤其是对农民工工资保障方面，宋启华最为关心。“白天很多时候忙不开，这个信访接待日工作我就主动上门来问大家，只有住好了、吃好了、钱拿到手了，大家干活才有劲！”

为确保3000余名参建职工问题有处反映、矛盾有法解决，宋启华要求所有管理人员同他一样都接受参建工友问题反馈，重点围绕农民工工资保障、工伤权益维护、生活设施完善、后勤配套服务等职工关注、群众关心的急难愁盼问题和项目生产发展重难堵点问题，以职工满不满意、赞不赞成作为切实维权的标准，项目支部将信访联系电话、维权保障流程张贴到工友生活区每一间宿舍。“在这个工地干活我们都很放心，工资月月到账，从不拖欠，项目领导的办公室我们也随便进，那个姓宋的指挥长还给我们冲茶喝呢！”钢筋班组曹师傅满意地说道：“上次那个戴001号安全帽的项目领导来俺们宿舍，我给他建议再加点晾衣区，夏天衣服多没地儿晒的问题，第二天就搞好了！”

宋启华用他的实际行动感染和带动着身边人，总是尽他所能关心和照顾着大家，办公桌上的台历上总被他画满了圈，“6月7—8日，老钟家闺女高考”“8月17日，安监部小耿生日”。与他共事过的同事们都被宋启华的细腻感动过，项目近200名管理人员的生日他都会送上祝福，每到节庆，他都在工友生活区摆上20桌坝坝宴慰问坚守岗位的项目职工，一到暑假，他都提前为前来探亲的数十个家庭周到安排。“现场生产忙，一年到头回不了两次家陪老婆孩子，宋总提前就安排好了家属房，让我把老婆孩子接来深圳过暑假，这是我干工程十来年最幸福的一个工地！”项目员工感动地说道。

与宋启华搭班子的项目书记张尹琪，中途从别处调动过来，起初常常能听到从宋启华办公室中传出的严厉批评声音，刚开始不太适应，以为宋启华是个霸道、蛮横、不听解释的人，后来经过工作上的磨合，发现宋启华并不像想象中的那样，反倒是心思细腻，记忆力好，处处都维护下属并愿意带新人的项目领导。对于深圳地铁公明车辆段这个新组建起来的来自天南海北的200人项目管理团队，宋启华能够记得员工们的毕业院校、家乡、家庭情况和工作上的困难，能够关心照顾有需要的员工。“特别心疼负责现场生产的兄弟们，常常嘱咐办公室要提高伙食标准，要把凉茶饮料送到工地现场，晚上加班要给兄弟们准备好消夜，不能让奋战在生产一线的兄弟们饿着、渴着……”项目书记张尹琪细数着宋启华这个搭档的优点。

今年，是宋启华带领项目团队在深圳地铁公明车辆段项目建设的第4个年头，项目主体结构已全面封顶，正式步入机电安装和铺轨阶段，其间的艰辛只有他自己知道，他开玩笑道：“干地铁就是这个积阴德、折阳寿的活儿。”一年365个日日夜夜，吃住都在这37万平方米的工地上，深夜听着混凝土泵车的轰鸣声入睡，清晨又在现场的叮当声中醒来，睁眼就是现场节点任务，每天早餐间隙的餐桌上，他都与项目班子开碰头短会，逐项安排工作。平均每天召开和参加2场以上会议，每周迎接近10场各类检查，他像台停不下来的马达持续工作着，他的敬业和勤勉激励着整个项目团队。“深圳信任中国建筑，把项目交给了我们，企业信任我，把团队交给了我，我的心态就是带领大家来创业的！”担负着企业的信任和团队的众望，宋启华从未懈怠，在他的带领下，项目团队从进场之处的地铁项目“菜鸟”逐渐成长为一支受到各方认可和称赞的团队，在与各大中央建筑企业同台竞技的深圳城市轨道交通建设舞台上，宋启华带领团队连续 3 年实现产值第一，连续 3 年荣获综合履约评价 A 级荣誉，出色的工作成绩和务实的工作态度，让宋启华本人也获得了更多的认可，荣获深圳市五一劳动奖章称号。“这些都是团队兄弟们的支持和付出换来的，我个人沾了大家的光……”宋启华谦虚地说道。

以汗水浇灌收获、以实干笃定前行，自宋启华参加工作以来，坚守初心、忠诚履职，尤其是如今在轨道交通建设的民生工程项目岗位上，面对新形势、新发展，他更加奋勇争先、豪情满怀，从优秀项目管理者不断努力向卓越项目管理者迈进，带领项目生产平稳向前，以实际行动诠释爱岗敬业、担当如铁！

采访后记：宋启华，1989 年生人，中建地下空间有限公司深圳分公司副总经理，深圳地铁 13 号线二期（北延）公明车辆段项目指挥长，高级建筑师，四川住建系统先进个人，深圳市五一劳动奖章获得者，中建集团优秀共产党员。

采访地点：深圳市

采访时间：2023 年 6 月

大漠深处有人家

在祖国的西北边陲，有一个美丽的湖泊，这个被称为“大西洋的最后一滴眼泪”的湖泊就是赛里木湖，

赛里木湖是新疆海拔最高、面积最大、风光秀丽的高山湖泊，也是大西洋暖湿气流最后眷顾的地方，因此有“大西洋最后一滴眼泪”的说法。

距离美丽的赛里木湖 90 公里处的博乐市乌图布拉格村就是王小英出生的地方。

作为标准的疆二代，比起父母，王小英的成长与生活顺坦了许多；作为新时期的边疆青年农民，她又貌似经历了很多。父母的期望，她自己的努力，以及她脚下的这片土地，她付出了许多，也收获了很多，她的爱人，她的孩子，她的 300 亩良田，她的牛羊，她的厂房，还有她的梦想与成就，都在这猎猎的风中铺展开来……

一

1986 年出生的王小英和妹妹两个人都随母姓。

母亲王志霞是一个要强能干的女人。

王志霞来自安徽农村，因为爱情，她追随爱人的脚步来到新疆。王小英的爸爸也是安徽农村人，当初响应国家号召，支援边境建设，这个血气方刚的男人来到了新疆。

刚来新疆的时候，真是吃尽了苦头。村子里分了十三亩地，几乎是夫妻两个所有的财产。住得简陋不说，吃饭也吃不好。但夫妻两个同心协力，日子勉强过得下去。

1985 年 10 月，王志霞怀孕了，夫妻俩商量，如果生男孩随父姓，如果生女儿就随母姓。

1986 年 6 月，女儿出生了，按原来约定，随母姓取名王小英。

女儿出生了，夫妻两个欢天喜地，虽然日子过得仍然是紧巴巴，但夫妻恩爱，虽苦也甜。

那时候，家里居住的房子都是土块砌起来的墙，村里人都很穷，但邻里关系都很好。村里蒙古族人与汉族人和睦相处，根本没有矛盾和不团结。孩子们之间也都一起玩耍。村里的小孩子常常来家里找王小英和她妹妹玩耍，王小英清楚地记得，在她 5 岁那一年，她拿了一毛钱，带着 3 岁的妹妹和村里另外两个小孩子，一起去镇上买羊肉串吃。4 个孩子走啊走，竟然走了 3 公里没有迷路，来到镇上，一毛钱买了一串羊肉串，一串正好是 4 小块肉，4 个孩子平分，一人一小块，吃到嘴里，真是香呀。直到现在，哪怕已经实现了羊肉串自由，王小英仍然怀念那一小块羊肉串的香味儿。

吃完羊肉串，王小英他们 4 个孩子沿原路返回。她们走到街头，被闻讯赶来的家长找到了，这么小的孩子，居然跑到镇上，家长找不到孩子，当时焦急的心情可想而知。挨没挨骂记不得了，王小英的记忆里留下的是第一次出远门的快乐和留在味蕾深处的羊肉串的香味儿。

王小英渐渐长大，转眼到了读小学的年龄，夫妻俩种地，女儿去村里的小学读书，日子过得温馨。

然而，这样美好的日子，却有一天被打破。

王小英的爷爷是她爸爸的继父，这位闫姓老人，有一位本家侄子，1993年的一天，那个人找到王小英父亲，让他担保贷款8万元，老实巴交的王小英父亲，根本不知道担保贷款意味着什么，面对找上门来的“亲人”，他不好意思拒绝，就稀里糊涂签字担保贷款了。

后来的结果是，银行的贷款，那个人根本不还，面对银行追款，人家干脆躲起来了。

就这样，王小英的爸爸作为担保人，不得不承担起还款的责任。

本来家里收入就低，一家人土里刨食，一年到头也攒不下几个钱，这8万元的巨款，一还就还了许多年。

从王小英读小学开始，直到她初中毕业，家里仍然被这笔巨款压得喘不过气来。

王小英成绩很好，初中毕业考上了县里的重点高中。

看着一贫如洗的家，看着父母愁眉不展的脸庞，看着妹妹无忧无虑的模样，懂事的王小英悄悄藏起了录取通知书，决定在家干活挣钱，为父母分忧解难。

母亲王志霞看着面前的家，确实感觉无力供养两个女儿读书，孩子爸爸又外出打工了，她一个女人干十三亩地的农活，又要养鸡养鸭，还有各种家务，实在让她力不从心。所以，王志霞默认了大女儿的选择。

哪怕她成绩再好，有什么用呢？

辍学以后，王小英和母亲一起过上了面朝黄土背朝天的农村生活。

王小英上手很快，各种农活一学就会，耕拉耙扛，拔草锄地，样样拿得起放得下。和妈妈一样，她给庄稼打农药，背着药桶在炎热的庄稼地里穿梭。

日子很苦，但农村人世世代代不就是这么过来的吗？王小英想得开，也看清楚了广阔天地一样大有作为。

国家一直没有停止对西部边远地区各方面的政策帮扶。

乌图布拉格村的土地属于草料基地，适宜种植玉米小麦等粮食作物，一亩地国家给补助70元。购买农具及农业机械，国家也会给予补助。

在国家政策支持下，家里陆续添置了拖拉机、收割机、播种机等，王小英回乡务农之后，家里劳力多了，可以腾出来手多开荒，也能多种植粮食了。

王小英和母亲一起，边开荒，边从别的村民手里再承包一部分土地。

家里的土地面积快速增长，从最初的13亩到如今的300亩。土地增多了，家里的收入也水涨船高。

家里再也不为缺钱而犯愁了。

很快，王小英到了相亲的年龄，没有太多波折，她乖乖听从父母的安排，和一个叫孙涛的男孩相亲成功，恋爱不久，两个人牵手走进了婚姻的殿堂。

婆家在不远处的邻村，王小英结婚之后，选择在娘家居住。

王小英和丈夫一起承担了家里所有的劳动。

家里的经济条件好转，王小英和父母商量开办一个灌带厂。生产水带、毛管两种农业生产物资。不仅满足自家土地抗旱、灌溉之需，也可以向周边村庄的村民提供这类产品，增加一份经济收入。

厂子很快办起来了，王小英主抓生产，爱人负责销售，平时王志霞二老负责给女儿女婿打下手，一家人生活其乐融融。

这个灌带加工厂是季节性的，冬天生产，夏天种地，既不耽误挣钱，也不耽误农业生产。现在已经有 4 个厂房，占地 22 亩，厂里有六台机器，包括生产毛管、水带用的颗粒机、粉碎机和成品机器。工人有十八个，不但解决了一部分人的就业问题，也使得经济收入大幅提升。由于价格合理，产品优质，这个厂子每年生产的产品供不应求。

如今，这个小厂子每年产值 200 多万元。

家里的土地也扩大到 300 多亩。

300 多亩玉米成熟之后，全机械化收割，玉米粒归仓，玉米秆粉碎成饲料，自家牛羊留一部分，余下的出售。

每年玉米收入是 30 多万元。算起来每年家庭的总收入，王小英的脸上露出了笑容。

这个家早已经走上了富裕之路。

她们家不仅早就还清了欠款，还盖了新房，王小英本人也购买了代步车。

二

农业机械化，让王小英从体力劳动中解放出来，再也不需要顶着烈日在田间长时间挥汗如雨了。种植机械化，收玉米也是机械化，农药化肥也是机械化，灌带厂的生产与销售也步入了正规化。对于王小英来说，她解放出来的时间可以享受生活了。

这个努力肯干的女生，并没有停下前进的脚步。

她通过考察学习，与人合资又开了一家“美颜明尚”健身理疗店，这个店采取合租合营模式，把技术老师和市场销售人员有机结合，每个人员既是员工又是老板，把经济利益与个人贡献直接挂钩，激活员工积极性。

这个模式一经推出，很快受到当地年轻人的关注，有一些志同道合的朋友加入进来，生意很是火爆。

如今，王小英的“美颜明尚”共有技术老师 9 人，市场销售人员 16 人，每月的利润当月分红。王小英说：“每个月 1.5 万的收入上下浮动，也可以了。”

说及职业，王小英说：“我是边疆的农民，这一点不会变，搞好粮食种植和农业生产仍然是我的主业，至于灌带厂和‘美颜明尚’，那不过是我顺带做的事而已。”

不说辛苦，不言艰难，再怎么努力也能够云淡风轻，也许，这就是“80 后”边疆农民的胸怀吧。

如今，王小英已经是两个孩子的母亲。

两个儿女在县城读书，有母亲王志霞带着，王小英和丈夫、爸爸一起，操持农田，管理工厂。占地 22 亩的灌带厂就坐落在农田的边上，家里居住的房子也在厂房的一旁，住房的后面是牛棚和羊圈，牛棚里 12 头牛，膘肥体壮；羊圈里，15 只羊，悠然吃草……

三

8 月的清晨，凉爽而舒适，王小英早早起床，爬上房子的顶层，站在房顶，放眼望去，300 亩的玉米长势正旺，绿油油的，一眼望不到头，微风吹来，索索地响，仿佛在窃窃私语，亦仿佛在低声吟唱。空气里弥漫着玉米的清香，天山脚下，312 国道在玉米地的尽头，这玉米的香气能带到国道的尽头吗？想到这儿，王小英笑了，玉米的清香能不能到国道尽头她不知道，但她种出来的玉米能沿着国道运到祖国需要的地方去，灌带厂的产品也能通过这条国道输送到需要它的农民手中，还有她的“美颜明尚”，以及她打开的通向世界的窗口。她坚信：她的坚守是有意义的，她的勤奋与努力一定会给她带来财富，也会回馈这个社会更多的美好。

延岑师父和他的少林研学

一

少林寺，位于中国河南省郑州市登封市，始建于北魏太和十九年（495年），是孝文帝为了安顿印度高僧跋陀落迹传教而兴建的一座寺院，因坐落于嵩山腹地少室山茂密丛林之中，故名“少林寺”。现任方丈是曹洞正宗第47世、第33代嗣祖沙门释永信。少林寺不仅是禅宗的发祥地，还是少林功夫的发祥地，有“禅宗祖庭，功夫圣地”之称，被誉为“天下第一名刹”。少林寺因历代少林武僧潜心研创和不断发展的少林功夫而名扬天下。“天下功夫出少林，少林功夫甲天下”是世人对少林功夫的褒扬，更是崇拜。少林寺是世界文化遗产、全国重点文物保护单位、国家AAAAA级旅游景区。

2010年8月，包括少林寺常住院、初祖庵、塔林在内的天地之中历史建筑群被联合国教科文组织列为世界文化遗产。

这个神秘而又武学灿烂的千年古寺，默默矗立，却光芒万丈，而真正让它名扬世界的，是一部电影的热映。

1982年1月21日，由李连杰主演的《少林寺》在香港公映。伴随着郑绪岚甜美的《牧羊曲》一下子火遍大江南北。很多“80后”都是看着这个武打片长大，中华武术一时之间冲进世界人民的眼睑，人们感知到少林武功是功夫更是一种文化，千百年来，在一代又一代少林僧人的努力下，得以传承并发扬光大。

1988年出生的武僧教头延岑师傅，就是这样一位致力于少林武术及少林文化传承与发展的人。

延岑师傅与他的少林研学正逐渐走向社会，走向广大的青少年中间……

2023年7月15日那天，嵩山的天气骄阳似火，少林寺内外游客如织，延岑身穿蓝色长衫，带着他的两个徒弟，早早地等在寺院大门外。

一个近百人的研学团队，从郑州坐大巴而来。

几十位家长和孩子在带队老师的带领下，来向延岑报到。他的少林研学迎来了又一批青少年学子。

延岑坚持自己带团进入寺庙。

从少林寺的发展开始到少林经过的劫难；从少林寺苦练武功开始到少林寺僧人行侠仗义；从少林寺坚守寺庙开始到少林僧人武功传承与文化发展……一步一个故事，延岑讲得认真，研学团学员听得全神贯注。

大少林、大武术以及大国家与大情怀，大文化与大发展，都在大家面前铺展开来。

从2017年开始，这是第几次研学团来这里研学，延岑记不得了，他只记得他每次都要把少林武功与少林文化给大家讲清楚，然后再开始演绎少林武功，让世人感受少林，也能体会少林文化，更能领会少林精神，也许，这就是他做这件事的意义吧。

二

1988年8月，延岑出生于河北省邯郸市一个农村家庭。

在那个落后的小山村，农村的孩子没有太多的娱乐活动，和许多农村家庭一样，延岑父母也喜欢电影《少林寺》，村里有放电影的时候，他们也带着孩子去看。到延岑记事的时候，他也看到了《少林寺》，并把少林寺记在了心里。

8岁的时候，延岑开始习武，12岁那年，他再也抑制不住对少林武术的向往，坚持让家人送他到河南嵩山少林寺学习武术。

经过长途跋涉，延岑一路风尘仆仆来到了少林寺，并如愿以偿留在少林寺习武。

那时候，习武还要学习文化课，尤其是要背诵经文，读不懂的要问，经文里的解释要多次研习才能搞明白。

不仅如此，他还要去厨房帮厨、洗碗、打扫卫生。

为了学功夫，到后厨干活都是应该的，小小年纪的延岑咬牙坚持过来了。

最考验毅力的是练习武术，一天要练习8个小时，早上五点半开始到六点二十结束，斋堂过堂时间是六点二十，早饭以后打扫卫生，收拾厨房，然后搞自己的内务。上午学习，下午练武术，一般是师兄代师授艺。练习武术的时候，受伤是常有的事，小的伤，可以自己处理；比较严重的伤，就到少林药局治疗。

经过艰苦的努力，延岑进步很快，成了巡演团队中的一员。

经常出去展演，接触了很多人，也看到了花花世界的繁华，面对的诱惑就多了。有一次，延岑做完展演，走下舞台，准备休息。这个时候，有一个衣着光鲜、风度翩翩的男士走过来，对着刚下舞台的延岑一顿猛夸，延岑被夸得有些羞赧，抱拳向该男士表示感谢。

男士还礼，然后问延岑："小师傅，每个月你有多少个人收入？"

延岑说："300 元的单资，已经用不完了。"

男士递上名片，延岑接过一看：原来是一位赫赫有名的大老板。

该老板说："做我保镖，一个月我给你开 4 万。"

延岑毫不犹豫地拒绝了，男士还想再邀请，延岑说："人各有志，莫强求。"

于是，那个大老板讪讪地走了。

诱惑是有，但是，金钱与物质财富，与他热爱的少林武术相比，又算得了什么呢？

在少林寺的日子里，延岑把更多的时间用到了习武上，但有一段日子，习武遇到了瓶颈，再怎么努力也提高不了多少，延岑无奈，陷入了深深的苦闷中。

2009 年，是延岑遇到的一个瓶颈年，当时怎么努力也冲不破瓶颈，延岑一时陷入了两难境地，他想到了放弃，但放弃后，又不知道做什么。他每天被矛盾所折磨，郁郁寡欢。

这时候，有一个师兄看到了延岑的情况，延岑经历着的这些，也是他曾经经历过的。

他陪延岑谈心，也陪延岑一起跑步、练武，又给延岑讲了很多道理，并把延岑带进了禅堂，坐禅一个半小时。坐禅结束，每个人会有一个热腾腾的大包子，延岑被这种美味的大包子所吸引，第二天又不由自主地来到禅堂。坐在那里，他闭上眼睛，脑子里有很多的画面在转来转去，睁开眼睛的时候，看到老和尚很专注，他赶忙收心，继续打坐。

他的一切变化都被师父释永信看在眼里，也为他的转变而高兴，师父语重心长地对他说："少林文化是咱们少林一代又一代人的坚守，心无旁骛才能有所成。"

师父的鼓励让延岑的心结一下子打开了，延岑终于不再焦躁也不再烦恼，他的心里又开始阳光明媚。从此，他再也没有产生过离开的念头。他只想努力，把少林武术学得精湛，让功底更深厚，能到外面广阔的世界里，推广少林功夫，传播少林文化。

三

2003 年，延岑随团去国外巡演。第一次走出国门，他的内心既激动又快乐，他决心好好表演，把博大精深的少林武术展现给国际友人。

然而这一次没那么顺利，在展示过程中，延岑受了伤，他没有吭声，咬牙坚持到表演结束，回到后台，大家才知道他受了伤。他这次受的伤确实很严重，回到少林药局针灸按摩，调理了很久才完全康复。

少林药局是一个神秘的存在，他们的治疗沿用少林武学的一部分，用点穴治疗，结合传统针灸按摩，效果神奇。

延岑感受少林武术的浩瀚，也体验到了少林药局医术精湛，对于少林，他更增添了敬仰与崇拜，也增强了他刻苦练习武术的信念。

延岑武艺进步很快，也让他在一众师兄弟中间崭露头角。

2014年，联合国教科文组织、世界和平基金会和少林寺三方共同组织了非洲和平之行，延岑和他的师兄弟一起到非洲去展演。

到了非洲之后，展演如期举行。这时候，有一个高大健硕的黑人男子过来挑战，要求和他们比武。延岑二话不说，出来应战。他没有害怕，凭他对少林武术的信心，凭他多年刻苦练习武术得到的一身功夫，一个黑人再怎么高大又有什么呢？

果不其然，没有几个回合，这个高大威猛的人就败在了延岑手下。

那人有点不好意思地向延岑伸出了大拇指，延岑冲他抱拳施礼，一场比试就这么在友好的气氛里结束了。

这件事对延岑震动很大，传承少林功夫，弘扬少林文化，不是只用口头能做到的，而是要有实实在在的训练，有扎扎实实的真功夫才行。

三个星期的活动期间，非洲出现了“埃博拉”病毒，科特迪瓦也开始有了病毒传播，一旦被这个病毒感染，病人会高烧不退，最终吐血而死。

怎么办？是继续下去还是回国？经过多方考量，大家一致决定，活动继续。下一站去马里，活动期间要注意保持安全距离，教学的时候，距离学员远一些。当时延岑所在的少林寺团队是 3 个人，是世界和平基金会的肖秘书长带队的，他们一行人受到马里总统的接见，并受到总统先生的邀请，到总统府做客，这次民间活动由此上升到外交活动，受到新华社的关注。

马里有很多人喜欢少林功夫，当地政府部门安排在马里体育中心举办大型的少林功夫展示活动，这次活动取得了圆满成功，在他们国家掀起了中国功夫热。

随后又去德国进行三个月的巡演，延岑和他的小伙伴们走遍了德国大大小小的城市。有一次，演出中间加一个“少林功夫”教学体验，延岑上去教学，对观众来说，近距离接触少林文化，是一种很新鲜的感受。演出结束了，观众不走，鼓掌持续了五六分钟，谢幕两分钟了，掌声还没有停。这一刻，延岑感觉自己为中国文化传播尽了一份力，内心很是欣慰。

如今，延岑和他的少林武僧团已经走过四十多个国家和地区，把少林武术和中国文化传播到世界各地。

四

2017 年，云贵川边远山区来了几个热爱少林武术的孩子，他们利用暑假，怀揣着少林英雄梦想，来少林武校学习，从边远地区来到河南嵩山少林寺。延岑看着那一张张稚嫩的小脸，心里涌出无限喜爱，他每个月有 1500 元的单资收入，平时也用不着，正好拿出来资助这些孩子。

有了延岑师傅的资助，这几个孩子开启了在少林武校学习的快乐暑假。

他们很努力，很珍惜这个学习机会，练功与理论知识学习，都很刻苦努力。

假期结束，他们返程的时候，延岑和他们依依惜别，鼓励他们好好学习，好好锻炼身体，学习的少林武术套路，要温故而知新。

2021 年，由于疫情原因，没法走出寺庙，延岑开始专注课程研发，“少林研学”让孩子们身临其境，“少林问学”鼓励孩子们主动提问，老师来回答，从而达到让孩子们增长知识的目的。

课程研发出来之后，郑州第一个合作的学校是世纪少年先锋学校，延岑走进学校，向学生们讲授。

他以少林功夫为主，从少林基本功开始，除了练习，还要讲少林文化，很受孩子们欢迎。

后来，延岑逐渐走进社区，又在郑州市文化馆和省文化馆陆续开讲。

一开始是延岑一个人做这个事，慢慢地，师弟们也加入进来，公益性的教学，一直到现在……

为了了解不同程度的青少年和幼儿，为了更精致的课程研发，延岑走进郑州市大金店幼儿园，教授小朋友功夫，已经坚持了一年，以后还会坚持下去。

开始做教学，延岑也遇到过困难，文化上的不足，让他如饥似渴地学习文化知识，夜晚的时间，他常常躲在藏经阁博览群书，书本给他打开了另外一个世界，也武装了他的头脑，开阔了眼界。少林历史，少林古迹，他都了然于胸，与孩子们面对面的时候，也让他有了更多的自信。

刚开始做教学的时候，他遇到一个网瘾孩子，这孩子因为网瘾太大，根本耐不住性子，坐不住，也学不进去，爱较劲，不服从管教。

延岑陪他一起罚站，也陪他一起面壁，延岑告诉他："你犯的错误，是师父没有教好。"如此数次，这孩子慢慢受到感动，成功戒掉网瘾，暑假之后，这孩子回到学校，开始发奋读书，从班级倒数第六逐步成为班级前十名的优秀学生，如今小学顺利毕业，升入初中了。

除了国内研学班，延岑也带国际班。

其中，有非洲的闭关班已经办了很多届，不同的是，这些闭关班的学生大多是成年人，他们在少林寺闭关学习 3 个月，延岑很严格地要求他们，用心教授他们武术，从拳法到技艺，再到修炼方法，都给予他们指导和训练，希望他们把正宗的少林功夫学到手。科特迪瓦有一个少林弟子，名叫延科，在少林寺学习了两年，学到了不少真本领，回到非洲后，在赞比亚少林文化中心做教练，传授当地人少林功夫。

美国少林弟子乔治一行 25 人到中国少林寺学习。

说起来也是缘分，延岑去美国交流文化，在华盛顿的时候，正赶上 3D 的《中华功夫》上映，在美国引起了少林武术热潮。延岑走在大街上，很多人就大声喊"少林师父"。知道延岑在美国，这个叫乔治的人从另外一个城市带着礼物专程赶过来，因此与延岑结缘。

乔治带着25人的团队来少林寺学习武术，延岑在各方面给予他们帮助，并尽心尽力地教授少林武学。

在武术的教授上，延岑对他们尽心指导并倾囊相授，乔治跟随延岑学习的时候，也是非常认真，学习交往中，他们之间产生了深厚的友谊，乔治不仅对少林武术痴迷，更是被延岑的武学与人品所折服。乔治一行返回美国后，成了少林文化坚定的学习者和推广者，他和他的一众弟子活跃在美国及世界各地的武术赛会上。

五

清朝初期，清廷出于对少林寺的猜忌，疯狂打压少林寺，首先采取的措施就是不允许练武。

在这种情况下，有一个僧人带着他的弟子偷偷留了下来，他们不敢公开活动，只能利用附近村民的身份，白天自己开荒种地，晚上诵经习武。

少林寺千佛殿，就是他们偷偷练武的地方。这个殿只能容纳48个僧人，这48人每天在这里习武，把大殿中铺砖的地面都跺出坑了。千佛殿中用方砖铺成的地面上，有48个深浅不同的锅样脚窝，这48个脚窝排列4行，前后左右间隔2米有余，排列非常整齐，最深的有50厘米。

少林武术特别重视腿上功夫，师傅教弟子特别重视腿上的基本功。几十个人在千佛殿内，前后左右拉开距离练功。因受四壁十二根屋柱和中间毗卢佛龛的限制，千佛殿内最多容纳48人练功。武僧们经常固定在这些位置上习练腿上功夫，久而久之，这48个脚窝也就自然而然地踏成了。

少林僧人冒着杀头的危险，也要练武术，也要守住寺庙的存在，使得少林寺武术以及少林文化得以延续。

延岑带着他的学生，讲解这段历史的时候，内心升腾起庄严与肃穆，一种责任感油然而生。

做好传承，做好文化传播，是他未来的目标与发展方向。

如今的少林寺，正焕发出更加迷人的风采，千年古寺，青松翠柏，古木参天，殿宇金碧辉煌，香烟袅袅。钟声悠悠，梵音阵阵，幽静庄严，一片宁静，远山含黛，近水清澈。美景如画，成为世界各地人民向往的一处最佳观光胜地。

延岑身穿蓝色长袍，站在寺庙门前，迎来一批又一批拜师学艺的学生，也送走一批一批朝圣的人群。他的武术表演，他的武术传授，以及他的少林研学，正输往世界各地并生根发芽。

采访后记：延岑，1988年生人，嵩山少林武僧教头、少林英雄主教官、联合国委派非洲和平之少林功夫国家非遗传承人。

采访地点：嵩山少林寺

采访时间：2023年7月

稻花香里说丰年

——记凌海市青年农民、全国“双带”农村致富先进个人郝丹

一

五月的凌海，乍暖还寒。到了春耕播种的时候，对于农民来说是一个播下希望、耕种未来的美好时节，青年农民郝丹迎着阳光奔走在田间，看清凉的井水从水泵里喷薄而出，逐渐把稻田蓄满，井水清冽，用手摸下去，凉可触骨，溅到腿上，湿了裤脚，郝丹感觉到了腿上的冰冷。但这些丝毫不影响她的好心情，抬头遥望远处，1800 亩稻田让她内心生出无限温暖，田地的另一边，大凌河奔涌而过。引来大凌河灌溉，只需要一根水管即可，郝丹却采用更麻烦的井水灌溉，让很多村民百思不得其解。世世代代种田插秧的村民，早就习惯了大凌河水的甘甜与馈赠，从来没有过打井灌溉的经历，而郝丹却不厌其烦地耗费资金在稻田地里打井，用井水灌溉，有经验的老农更是知道，大凌河水水温适宜，更适合稻苗生长成活，且产量更高；而井

水温度低，稻苗有适应期，且产量相对较低。

面对众人不解的目光，郝丹微微一笑，耐心地说出了原因。通过对水质、秧苗、土地成分等综合考察分析，并经过试种比对，井水灌溉的稻田生产出来的大米，软糯筋道，口感更好。

经过反复实验与筛选，盐丰、越光、丰锦、沈稻 925 这四种水稻更适合当地水质及地理环境。

郝丹在这 1800 亩田地里种植了这四种水稻。

每一种水稻特点不同，口感也有差别，盐丰与沈稻 925 相对容易管理，产量较高。越光与丰锦产量较低，但丰锦水稻幼苗淡绿健壮，根系发达，抗青枯病、立枯病能力较强，插秧后缓苗快。

科学种田，机械化操作，田地蓄完水之后，停顿个一两天，就是插秧的时候，插秧机开进水田中，秧苗一行行插下去，整齐划一。

种水稻犹如养娃娃，知道脾性，了解规律，谙熟其生长之道，因材施教，才能茁壮成长。

郝丹看着绿莹莹的稻苗，仿佛看到了稻花飘香，稻浪滚滚的壮观景像，也看到了丰硕的秋天在向她招手。

在十一月份稻谷成熟的时候，金浪滚滚，稻米飘香，收割机驶进田地，颗粒归仓，那一种喜悦溢满心田。

郝丹欣喜地望着面前堆积如山的稻谷，再有车辆陆续拉走，输送到各地，这一刻，她的成就感油然而生，也许，这就是她奋斗的意义，是她作为新时期的青年农民的自豪感所在。

2021 年 10 月 12 日，经中国绿色食品发展中心审核，她的绿贡农珍大米产品符合绿色食品 A 级标准，被认定为绿色食品 A 级产品，许可使用绿色食品标志。这意味着郝丹种植的大米在品质上已经有了全新的突破，成为值得人们信任的绿色食品。

从大学生到农民，从小打小闹到规模化种植，从个体经营到合作社道路，郝丹逐步成长为新型农民，成为农村脱贫致富的带头人，她一步一个脚印，用柔弱的双肩顶起村里现代化农业的大梁，用坚定的脚步丈量出社会主义新农村的发展之路。

二

1988 年 1 月凌海市阎家镇山神村。和村里其他孩子一样，郝丹的童年在村里度过，和村里别的孩子不一样的是，她的父亲是郝永德。说起郝永德，附近各村无人不知无人不晓。

郝永德是辽宁省锦州市凌海市阎家镇山神村党支部书记、主任，他带领全村村民勤劳致富，在许多村民还在观望的时候，他就率先在全村搞起了蛋鸡和肉食鸡的养殖，后又指导村民们实行“产、供、销”一条龙式管理。2007 年，他个人出资，带头创办了凌海市“永德”专业养殖合作社，带动、发展周边肉食鸡养殖户 102 户，年出栏肉食鸡 70 多万只，当年就使 78 户村民摆脱了贫困。山神村二组村民王树林，日子过得一向紧巴，儿子娶媳妇要盖新房，可 3 万多块钱的缺口却让一家人愁眉不展。郝永德获悉这一情况后主动帮着王树林跑银行、跑信用社联系贷款，随后自己又拿出了 5000 元钱借给他，解决了王树林一家人的燃眉之急。为了尽快帮助王树林脱贫致富，郝永德又鼓励王树林从事肉食鸡养殖，王树林第一次养肉食鸡没有资金垫底，郝永德就先赊给他，从鸡雏到饲料再到防疫，等到出栏后统一结算，结果王树林第一次养肉食鸡就净赚了 5000 多元。以后王树林又陆续养了几次，3 年坚持下来，日子缓了过来，王树林跟郝永德成了好哥们。后来在郝永德的影响下，王树林又加入了“神益农”合作社，现在承包水田 160 多亩，彻底甩掉了“穷帽子”。这样的例子不胜枚举，在郝丹的心里留下了很深刻的印象。从她读书的时候起，每天看到的是父亲劳碌的身影，是为村民们奔波的不知疲倦的神态。有时候，她不理解，为什么父亲要管那么多的事？操心村民经济收入、管他们家长里短婚丧嫁娶，甚至管独居老人吃喝拉撒、头疼脑热……养殖业处于最低谷时期，郝永德为这些养殖户出“保底价”，并掷地有声地承诺：“赔了我一个人顶着，赚钱大家分！”在他的带领下，山神村又陆续成立了“国富水稻种植合作社”、海娟水稻机械化种植合作社、农机服务合作社等，带动全村的种植业、养殖业向产业化、规模化发展……耳濡目染，郝丹在心底埋下为民服务的种子。

2011 年，郝丹大学毕业，面临人生中的重要选择，是留在大城市就业还是回乡创业，郝丹一时很难下定决心。父亲郝永德语重心长地告诉她：“人生的路不只有一条，农村的广阔天地更需要有胆识有知识的年轻人。”

听了父亲的话，郝丹放下包袱，下定决心回到农村参加家乡的建设。

2013 年，郝丹带头成立了凌海市“神益农”农产品专业合作社。该合作社吸收社员124户，每户社员入社资金1万元，总计注册资金124万元。郝丹作为法人代表，主要从事组织采购、供应成员农作物种植养殖所需的农业生产资料；组织收购、销售社员产品；引进新技术、新品种，开展与农作物种植有关的技术培训、技术交流和信息咨询等服务。为了壮大山神村集体经济，更好地带领广大村民致富，凌海市“神益农”农产品专业合作社2016年10月进行股权变更，变更后的合作社社员暂定为36名（户），每户入社资金2万元，理事长郝丹入社资金10万元，山神村集体入社资金180万元。变更后的合作社占地3900平方米，投资142万元建成农资超市，其中土地折资30万元，建筑用资112万元。合作社现在办公厂房474平方米，内设有理事长办公室、监事长办公室、财务部、业务部、农产品展厅、会议室、小食堂等。加工车间投入15万元购置两套水稻、杂粮等多功能加工设备。郝丹建设合作社与购买这些设备，按照相应的国家政策，得到了国家的相关补助。

讲起这些，郝丹由衷地说：“我走到今天，完全得益于国家的扶持政策，带领村民走共同富裕的道路是我的责任所在。”

2014年，郝丹迎来了她人生中最激动人心的时刻，这一年，她成为一名光荣的中国共产党党员。在鲜艳的党旗下庄严宣誓的那一刻，郝丹激动得热泪盈眶。从此，她更感觉肩上的责任重大，一个党员，一个新农民的历史责任感要求她带头致富，带领村民们脱贫攻坚，为建设新农村贡献力量。

2017年3月，在山神村党支部的具体指导下，合作社成立了党支部，郝丹成了支部负责人。合作社有党员18名，成立了

“爱心团队”，义务为本村的五保户、低保户、留守儿童等弱势群体提供帮助。郝丹的凌海市“神益农”农产品专业合作社，下设“傻福”经贸有限公司和种子化肥经销公司，每年一二月期间组织、筹划，与各厂家沟通联系，工作人员深入各家各户了解货物需求。每年的三四月合作社从厂家直接购进各种化肥总计400多吨，以成本价销售给本社社员和周边的村民，使社员和周边村民都得到了实惠，每亩地与往年比较节省开支50—70元；每年的七八月，郝丹协调凌海市农业中心，用现代化的手段完成稻田灭虫，全村8000亩稻田使用飞机喷洒杀虫杀菌（低毒）药液水，免费喷洒，为村民的水稻增产增收10%；到了十一二月，郝丹与赤峰、内蒙古等大型发电厂联系，将8000亩水田的秸秆打捆回收。剩余部分又加工制作成粗饲料，鼓励村民发展养殖业。在合作社这种优惠条件带动下，山神村现在从事养牛的就有60多户，占全村养殖业的2/3，其中，养牛头数超过20头的有18户，年收入在15万元左右。

2018年3月，“神益农”农产品专业合作社被评为锦州市乡村振兴巾帼行动示范基地。

目前，除了郝丹自己种植的水田试验基地1800亩之外，合作社的富硒水稻新品种共有日本的越光、小町，国产的秋光、丰锦，沈稻系列、盐丰系列等十多个品种。其中，越光富硒大米在市场上曾一度卖到18块钱一斤。

2018年7月，凌海市“神益农”农产品专业合作联合附近的其他水稻种植专业合作社、农机合作社、米业公司等组建了专业合作社联合社，努力打造从水稻育苗、种植、收割、深加工到稻米销售和秸秆综合利用等系列产业链。其影响范围覆盖整个阎家镇，带动周边20多个村。

郝丹和她的“神益农”农产品专业合作社是辽宁省农业科研所定点帮扶单位，农科研常年为合作社提供种各类技术培训，每月都有工作人员到村做具体指导，好学上进的郝丹与村民一起如饥似渴地学习农业科学知识，欣喜地享受现代化农业带来的丰硕成果。

郝丹组织社员到盘锦、苏家屯、辽宁等实验基地参观学习，“带出去，迎进来”这是郝丹对自己的要求，即把社员带出去学习提高，把科学的管理和现代农业技术迎进来，把合作社逐步发展壮大，完善管理，实实在在造福于村民。

2017年8月，凌海市“神益农”农产品专业合作社已被吉林大学挂牌确定为教学实验基地。这意味着，郝丹的规模农业有了“正规军”的指导，她的每一项投资与新产品开发，都会有专业的理论支持和实验数据支撑。

2018年7月19日，辽宁省供销合作联社组织的“镇社共建、村社共建、振兴三农”现场会在山神村“神益农”农产品专业合作社召开。郝丹的合作社与她的稻田实验基地成为标志性农业的典范。

2019年5月22日，国家供销总社党组成员、理事长宋璇涛，国家供销总社经济发展和改革部副部长马继红等领导到山神村联合社调研，郝丹作为联合社领导人员之一，认真听取专家建议，明确了联合社下一步发展方向。

2019年联合社在原有农民股东40户的基础上又发展吸收

全镇建档立卡贫困户 20 户 48 人，（包括许多困境儿童、留守儿童家庭）入股合作社经营，通过产业扶贫、通过年底分红，使这些贫困户彻底脱了贫而且永远不返贫，从根本上解决了农村剩余劳动力的再就业问题。现在在联合社打工的村民就有 120 多人。这些人通过土地入股合作社，通过年底分红，通过在联合社打工，一年下来这三项收入比原来自己单纯耕种土地时的收入要翻了两番还要多。

土地增产，稻花飘香，致富的喜悦溢满心头。郝丹并不满足于粮食的丰收，她想："用什么方法让合作社村民增加更多的收入呢？"思虑很久，综合水田条件，她灵机一动有了想法：如果在水稻田里养殖小龙虾岂不是一举两得吗？

说干就干，郝丹决定在 250 亩水田里实验种植。

很多事情说起来容易做起来很难。小龙虾与水稻混养可是个稀罕事，村民们有过水田养殖河蟹的，也有养殖鱼类的，但没有过水田混养小龙虾的经历。听说郝丹要养小龙虾，尝试一水两用、一地两用，父亲郝永德也坐不住了。

他问郝丹："成功的把握有多大？考虑没考虑环境等客观因素？"

郝丹老老实实的回答："只是尝试，稻田需要肥料滋养，小龙虾生长过程中也需要一些肥料，也会进行新陈代谢，如此反复，也许能找到一条适合彼此生长的道路。"

郝永德不再说话，他默许了郝丹的做法。

年轻人敢闯敢当是好事，哪怕走一些弯路又何尝不可呢？

250 亩水稻和小龙虾种养结合项目顺利上马，稻花飘香的季节，这块特殊的水田里，小龙虾也慵懒地躲在水里，静待花开花落，由弱小到肥硕。

敢于创新，敢于落实，将科学种田与养殖相结合，郝丹和她的合作社很快名声大噪。

2020 年 2 月，“神益农”农产品专业合作社被评为辽宁省巾帼科技培训示范基地。

与此同时，联合社开辟赤松茸蘑菇、羊肚菌蘑菇试验基地，赤松茸蘑菇、羊肚菌蘑菇营养价值高，市场前景也好，郝丹的塑料大棚也建立起来了，她准备自己动手做实验，种植成功后，再在全村大面积推广。如今，郝丹的塑料大棚内，即便是冬季，也是蔬菜碧绿、菌香四溢。

经过近几年的发展，“神益农”农产品专业合作社现已发展壮大，经营管理走向正轨、运作模式走向规范、销售范围走向全国。

目前，郝丹的“神益农”农产品专业合作社已拥有五谷杂粮、小米、黑米、精米加工系列：虾油、虾酱系列；鸡蛋、鸭蛋、海鸭蛋系列等“绿贡农珍”品牌 32 种。该合作社在锦州、凌海、黑山、北镇设有 4 个门市部和经销点，同时以山神村的“一村一品”微信平台为依托，开辟微商贸易渠道，“绿贡农珍”系列农产品远销山东、山西、南京、北京等 7 个省市。

郝丹带领合作社社员参加了辽宁省第 24 届、第 25 届、第 26 届科技协会农超对接展销会，参加了锦州第 30 届、第 31 届农产品交易博览会，与凌海市供销联社、辽宁锦州滨海电商基地（坐落地锦州港）锦州京东农特产品馆，结成长期合作伙伴关系。合作社平均每年销售额超百万元，获利十余万元，通过“一村一品”微商平台在网上与电商基地对接，定时定期为凌海市“神益农”农品专业合作社产品进行销售，及时、准确地提供农业信息，更新农产品并对农产品进行售后跟踪与反馈。

2020年1月9日在上海市“新春农特产品大联展”中，山神村联合社的“绿贡农珍”农产品以“凌鲜四海”的区域标表，成功登录上海市民的餐桌。

在“神益农”农产品专业合作社的积极引导下，广大村民整体观念有了很大改变，逐渐由单一的个体经营转入承包大户经营转入入股合作社经营，促进了农村生产关系的有效转化。目前，村民个体土地流转承包到经营大户的有201户，全村超过50亩的经营大户有120户，超过100亩的经营大户有52户，超过200亩的经营大户有5户。全村入社社员总计270户，占全村村民总数的三分之一。

2020年郝丹被评为全国“双带”农村致富青年先进个人。

三

郝丹成功了，她不但自己致富，还带领村民们一起奔小康。山神村村民共同走上了社会主义的康庄大道。

2021年4月1日，锦州市农村“三变”改革现场会样本采集工作由凌海市融媒体中心在山神村联合社拍摄。

这一天村民们兴高采烈，像过节一样开心。

站在村委会办公室内，郝丹看着墙上的荣誉陷入了沉思：

2017年被民政部命名为全国农村幸福社区；

2019年被评为辽宁省城乡社区综合治理实验创新示范单位；

2021年10月被民政部办公厅确认为全国497家村级事务协商议定实验创新试点单位；

2022年6月被中共锦州市委授予“五星堡垒”基层党组织称号；

2023年9月被评为全国乡村治理示范村；

…………

这些荣誉是父辈们努力的结果，让郝丹的自豪的是，她赶上了好时候，有机会参加了新农村建设，能够有能力接过父辈的大旗继续带领村民们一起追逐幸福的梦想。

正在思虑间，郝丹听到门外有人喊她，外面的拍摄还在如火如荼地进行，她作为“全国‘双带’农村致富先进个人”怎么能缺席这么重要的场合呢？

捋捋头发，看一眼着装，郝丹快步走出村委会办公室，步履坚定，目光明亮有神，她仿佛看到了未来的山神村更美好的未来。

采访后记：郝丹，大学本科学历，凌海市政协委员，全国“双带”农村致富先进个人。

采访地点：凌海市

电网“特种兵”

——记党的二十大代表、国网河南超高压公司输电带电作业高级技师陶留海

一

国家电网河南电网实现数字化建设，各方面打造一流电网，智能电网飞速发展，超特高压水平包括带电作业技术更是走在世界的前列，让世界看到了中国速度、中国科技、中国电网的非凡实力。

2012 年，随着电力体制进一步深化改革，国网河南省电力检修公司（2023 年更名为国网河南超高压公司）应运而生，带电作业班也进入了人们的视线。

因为带电作业工作人员需要在高电压、高电场和高空的环境下工作，一旦出现问题就有可能在顷刻之间出现重大后果，这么危险的环境，不仅考验工人的技术，还要考验其胆识与魄力，在数十米甚至百余米高空中行走，犹如行走在刀尖上，因此他

们被称为“刀尖上的舞者”，也是输电线路检修的特种兵。陶留海就是其中的佼佼者。从普通职工成长为国家电网公司首席专家、全国技术能手、中华技能大奖获得者、感动中原十大人物、河南省十大能工巧匠、党的二十大代表，获得国务院政府特殊津贴，他的传奇经历向人们展示了一个基层一线职工的奋斗史、成长史。

他说：“我是一个兵，电网特种兵，守护电网安全，确保电网安全是我义不容辞的责任。”

超高压公司党委书记、副总经理刘红伟说：“陶留海同志踏实肯干，勤奋好学，二十多年如一日，兢兢业业工作，刻苦钻研技术，无愧于这个时代，无愧于优秀共产党员的光荣称号。”

刘红伟是陶留海的老上级、老同事，他是做技术出身，从一线走出来的领导干部，对于超高压电网的维运工作可谓非常熟悉且技术水平一流，对于陶留海给予过技术与理论方面的指导与帮助，他见证了陶留海的每一次进步，看到了陶留海付出的辛苦与努力。

看到陶留海的成长，刘红伟既欣慰又心疼，同时也深感自豪。河南超高压公司，能培养出陶留海这样出类拔萃的优秀人才，是刘红伟的骄傲，同时也是全公司的骄傲。

陶留海用实际行动向公司领导和同事们展示他的才华，用他付出的热血与汗水向世界展示河南电力一线工人的追求与情怀。

是的，陶留海就是这样的一个人，一个在超特高压线路上行走的刀尖舞者，一个优秀的电网特种兵，一个知识型、技能型、创新型的电力工匠。

优秀的企业文化和科学合理的用人制度，培养出了陶留海这样的一线技术专家，让他在电网的运行中闪耀着电光火花，带动一批又一批的电力人才前赴后继为电网发热发光，带领一批又一批的专家、技术精英成为这个时代的星辰大海，也成为国网河南电力公司不可或缺的优秀人才。

陶留海开展技能帮扶和导师带徒活动。他的工作室成员中，有3人获得高级工程师职业资格，3人获得工程师职业资格，4人获得高级技师职业资格，12人获得技师职业资格。1名徒弟荣获河南省技术能手称号，1名徒弟荣获郑州市五一劳动奖章，2名徒弟荣获电力行业优秀技能选手称号，2名徒弟荣获河南省电力公司技术能手称号，2名徒弟荣获郑州市青年技能工匠称号，4名徒弟荣获郑州市技术标兵称号。

2017年公司成立陶留海劳模和工匠人才创新工作室，陶留海和他的团队主要专业领域是超特高压输电线路带电作业和运维检修等，由陶留海带领团队开展科技攻关，在超特高压领域研发出更先进、更安全的使用工具和更适合带电作业的专业技术。他们负责河南境内194条共计12600余千米超特高压输电线路带电作业等工作，包括世界首条1000千伏长南线、世界首条最高电压等级±1100千伏吉泉线、世界首条专门输送清洁能源的±800千伏青豫线等特高压工程，涵盖目前世界所有特高压电压等级。

“各部分连接良好，准备蹬梯。”随着安全负责人一声令下，带电作业人员在铁塔上开始攀爬。

“两米、一米。”带电作业人员距离带电导线越来越近，直至近前，伸出手，熟练操作，一气呵成，完成了身体与带电导线的紧密联系，然后顺利起身，在距离地面83米的高空走起了“钢丝”。

这是带电作业的一个场景，塔顶距离地面80多米，被超特高压包围，稍有不慎就可能化为灰烬。在高空、高电压和高电场环境下，这个危险的工种，被陶留海与他的团队硬生生闯出了一条安全生产的路、一条流金岁月的坦途。

“艺高人胆大”，陶留海用他高超、过硬的技术本领，向党和人民交出一份份满意的答卷。

每天和百万伏的电压相接触，危险程度堪为极限，说他们是一群“刀尖上的舞者”也不为过。这个危险的行业，全国不到600人，河南不到30人，堪称是电网系统的特种兵。作为特种兵的一员，陶留海经历了从无到有，从探索到成功的发展阶段，他亲眼见证、经历、参与了河南特高压的发展，是这支特种兵队伍里的带头人。

二

超特高压输电线路的带电作业工作，每天接触的电压从50万伏到110万伏不等。陶留海战胜了心理与生理的极限，他深知害怕危险的心理比危险本身还要危险1万倍，不是非要带电做，而是根本就停不下来，一条超特高压输电线路一旦停下来，会对一个区域电网供电造成很大的影响。

2015年12月15日，上合组织成员国政府首脑总理理事会第 14 次会议在郑州召开。会期将至，每个夜晚，河南超高压公司值班室内灯火通明，时刻关注着整个超高压电网动态，陶留海和他的同事们整装待发。只要有需要，他们就是一群随时奔赴前线的特种兵，随时准备奔赴战场，排除险情。

“喂，你好，哎，这里是国网河南检修公司……”热线电话带来了线路险情。

晚上 9:50 分，陶留海接到了应急抢修的命令，在荥阳电厂外面的官荥线，被风吹上去一个 50 多米长的防尘网。如果不及时处理，郑州供电的线路就可能跳闸，影响整个城市的供电，对上合组织成员国政府首脑总理理事会产生影响，对中国的形象也会带来负面影响。

接到这个任务之后，陶留海感觉到身上的责任重大，他和同事们急速赶赴现场。

那天的夜晚，刺骨般寒凉。这样恶劣的天气环境加上夜间漆黑，视线非常模糊，夜间带电作业的条件十分恶劣。

为了特殊时期的用电保障，也为了在郑州举办的重要国际会议顺利召开，陶留海带领带电作业抢修队员紧急行动，第一个从带电库房拿起带电作业工器具并快速登车，抢修车辆在夜色中疾驰。

夜色更加深浓，抢修人员在高的铁塔上攀爬，冷风像刀子一样刮脸、刮进衣服里，整个身体都在哆嗦，隔着屏蔽手套仍然感觉到塔材透骨的寒凉。

陶留海反复嘱咐伙伴们要小心，大风、潮湿、阴冷、黑暗，还有强大的电场，一个不小心，将会造成终生的遗憾。

自然条件的恶劣，足以让普通人望而生畏，但陶留海他们是这个强大电网的主宰者，是一群能克服一切困难的特种兵。

陶留海和他的同事们采取严格的夜间抢修安全技术措施，打开大型的照明灯具，照亮了抢修现场的夜空。他们凭着高超的技术、过硬的本领、强大的心理素质以及一个共产党员舍我其谁的英雄气概，义无反顾地攀爬上高的电塔。

“报告工作负责人，沿耐张绝缘子串到达电位转移工作位置屏蔽服各部分连接良好，申请电位转移。”

“同意。”

“等电位”伴随着“滋啦”的声响，抢修人员和带电导线“亲密接触”，完成了等电位转移。

抢修队员打好人身保护绳，手扶着一根导线、脚踩着另外一根导线，很快走到了缺陷所在的位置，看到了遇见下雨就造成线路跳闸的“罪魁祸首”——那个足足有50多米的防尘网。抢修人员上下协同配合，将这条悬挂在导线的大型异物切割清除。当这个异物落地后，在整理过程中，抢修队员发现防尘网里还卷裹着一根四五米长的钢筋，这根钢筋在作业过程中是有可能造成线路跳闸的，这样危险的场景让人想起来就后怕。

陶留海说：“我们是电网特种兵，电网的需要、人民的需要就是对我们的命令，我是党员，必须带头执行命令。”

故障排除了，隐患消灭了。安全隐患就是一个个敌人，无论多么困难，陶留海和他的团队都会勇敢地向前冲，科学、安全地去消除。

害怕吗？很多人会有这样的念头。

高空作业，普通人看一眼都会觉得胆战心惊，而他们不但有走钢丝的本领，还要拥有高超的作业技能，更需要胆量与勇气。

置身强大的电流周围，不紧张是不可能的。但是，只要掌握技术，克服胆怯心理，严格按照操作规程工作，就不会出现人身安全问题。

2020 年 4 月 27 日，位于固始县境内的 ±800 千伏特高压灵绍线 2144 号塔，在运行检查中，工作人员发现某导线引流板存在发热缺陷，如不及时处理，随着天气转暖、气温升高，该输电线路有跳闸的可能。

±800 千伏特高压灵绍线是我国重要的特高压直流输电通道，一旦跳闸，将会损失巨大。

陶留海带领带电作业班一起赶赴现场，开始登高带电作业的准备工作。陶留海一次次认真检查，确认环境状况之后，用自信且不容置疑的语气说道："当前风速 7 米 / 秒，湿度 70%，符合带电作业条件。"

于是，陶留海和同事一起登高作业。

"每一次登塔都是对生命的考验，不容任何疏忽。"陶留海如是说，"此次作业接触的电压等级高、困难大，对技术、装备和作业人员素质要求极高。"

超特高压带电作业人员要爬上 70 米高的铁塔，先安装吊篮等乘坐工具，然后在空中"走钢丝"到达缺陷位置，以规定技术动作完成消缺任务。

此次消缺采用了填补国内空白的新型电位转移棒。特高压线路 Ω 型等电位转移棒是针对特高压均压环环体直径大的特点，独特设计出 Ω 型导电弹性金属夹头卡住均压环体，有效地解决了等电位转移棒无法在特高压线路沿耐张绝缘子串上使的问题，结构简单、操作方便，能够保证工作人员人身安全。该成果在全国特高压带电作业中受到广泛推广应用。“这是我们在实践中不断总结经验、自主研制的型号，可有效防止接近导线时产生的电弧对身体造成伤害，提升了带电作业中人员的安全性。”陶留海说。

特高压，相当于电网中的“高铁”，可以将能源基地的能源以电流的形式快速输送到负荷中心。随着河南电网在全国率先迈入特高压混联运行新时代，守护好电力“高速路”，成为陶留海等电网运维检修人员肩头最重的担子。

位于河南省境内的一处 1000 千伏特高压黄河跨越线路的维修，也是一块硬骨头，塔高距离地面 135 米，相当于 60 层楼的高度，下面是水流湍急的河水，对于登塔作业人员的心理素质与技术能力都是一个考验。

陶留海带领团队的电力运维人员身着屏蔽服，爬到距水面 135 米高的高压线上，进行带电检修。

“比如说有些关键部位的螺丝帽松了、销子掉了，出现了危及线路安全的缺陷，还不能停电，我们就在设备带电的情况下，进行检修、运维、测试等各方面的工作。”

这么高的高度，走在带电的电线上，脚下是湍急的水流，想一想都感觉“刺激”，而陶留海和他的团队，不仅要行走其上，还要按照操作规程完成作业，其中的惊心动魄自不必说。

带电作业是在高空、高压环境下开展的作业，陶留海和同事们或是迎着寒风在铁塔上攀登，或是顶着烈日在导线上巡行。截至目前，他们已累计完成带电作业500多次，作业时间4000多小时，实现了作业零差错、零事故。“作为一名电力工人，保证电力线路可靠运行是我们的使命。”

“工作就要从最难的地方做起，让世界级难点变成亮点。”陶留海勇当第一个“吃螃蟹”的人，与其团队率先完成了1000千伏晋东南—南阳—荆门特高压交流输电线路、±800千伏天中直流特高压输电线路的首次带电检修。

截止到2023年9月12日24时，河南超高压公司已顺利实现连续安全生产4000天，河南主干电网保持长周期安全稳定运行。

自2012年成立以来，河南超高压公司所辖500千伏变电站从27座增至50座，新增500千伏变电站23座，增比85%；变电容量从49350兆伏安增加到93390兆伏安，增比89%；330千伏及以上输电线路总长度从7513千米增加至12821千米，实现了安全生产与高质量发展“双丰收”。

这些年以来，国网河南超高压公司聚焦“作业人员会不会干、作业现场有没有人管”两个根本问题，系统梳理安全管理经验，构建“三维三层五体系”安全管理模式，建设安全文化，凝聚理念共识，在公司层面建立各层级安全“红黑榜”，健全安全生命积分制，树立“十不干”典型，促进正面激励作用发挥；在工区层面全面落实到岗到位责任制、“三全四有”工作法，严格执行科级干部同进同出、二次准入等要求，确保作业现场有人管、管得好；在班组层面开展“两长两员”和设备运检关键业务培训，聚焦“两票三制”“标准化作业”，建立安全分享机制，强化遵章守纪，提升业务能力，形成了领导班子带头干、生产工区抓落实、一线班组重执行的良好风气。

在这样的氛围中工作和生活，陶留海感觉到了团结与奋进，浑身充满了力量。

河南超高压公司以提升超特高压输变电设备可靠性为核心，从细从实做好电网侧保供各项工作，科学安排检修计划并提升检修人员整体素质，精准制定消除策略和运维措施，确保重点生产任务安全有序，实现主网设备发生率、治理率“一降一升”。创新开展带电作业中心、试验检测中心、无人机机巡中心建设，为设备管理转型升级助力赋能；实施“三型人才”托举工程，开展调相机站“交调融合”、运维专业“运监融合”、检修专业“修试融合”，有力推动核心业务能力再上新台阶，也推动了河南超特高压带电作业的发展，使陶留海团队走在带电作业的全国前列。

无人机加电动升降装置进入等电位的运用，是带电作业里程碑式的进步。高空作业中，这不仅大大降低了劳动强度，而且也提高了安全系数。

在带电作业现场，无人机带着绳索起飞，在固定的位置精准搭下绳索，检修人员乘坐电动升降装置，借助绳索，很轻松地升至高空，减少了攀爬过程，节省体力。

作业结束，工作人员乘“电梯”下来地面，无人机取回绳索。

这样的画面很解压，也很舒服。

每一项技术革新或现代化作业的运用背后，都是电力人不断探索的结果。

陶留海第一个向公司提出建议，把这项成果运用到超特高压输电带电作业中来。

三

“特别爱学习、特别肯钻研、特别能吃苦，特别能战斗。”这是河南超高压公司工会副主席张海丽对陶留海的评价。

1998 年 10 月，陶留海从南阳电力技工学校毕业，被分配到河南送变电建设公司，成为一名在野外施工的送电线路架设工。

报到以后，经过半个月新入职员工培训，他被分到施工队和师傅一起上工地做架线工作。

当时，队里安排给陶留海的师傅姓武，跟随武师傅 6 个月时间，师傅不但给予技术指导，还在生活方面关照他，可惜武师傅因为疾病六十多岁就不在了，这让陶留海难过万分。

原来在学校时，陶留海成绩优秀，认为自己学业扎实，工作应该没问题。一旦投入工作，他马上发现了自己的短板，一些数据分析和输代码他看不懂，学校学的东西根本不够用，技术方面差距太大，这让他陷入了迷茫之中。

经过几天的思考，陶留海心里做出了决定：努力学习，把短板补上来。

于是，他白天工作，晚上在灯下学习。他根据工作中遇到的困难，分别找不同的书籍去学习、钻研。

很多工作中遇到的困难，他在书本中都能找到答案，这让他尝到了学习的甜头，从此再也没有迷茫过。

技术难题可以从书本中找到解决办法，但心理的难题还是需要自己努力克服。

第一次爬上高塔的经历，陶留海终生难忘。

那是他第一次去工地，行李还没有安顿下来，就开始爬塔了。

当时他背着行李刚来到工地，看到武师傅正准备登塔。那时的武师傅50多岁，常年风吹日晒的野外作业，使他看起来比实际年龄要大上几岁。看到武师傅年龄大，陶留海就地放下行李，对武师傅说：“师傅，让我上去吧。”

准备爬塔的武师傅看了看面前刚来的小年轻，问道：“你行吗？”

陶留海说：“一定行，师傅指导一下，肯定没问题。”

于是，武师傅就把攀爬工具递给了陶留海。

很快，陶留海做好了准备，背起30斤重的工具包，带上花杆（观测导线弧垂用的标志物），开始向着36米高的高塔攀爬。

那是一座酒杯型的铁塔，刚开始垂直那一段，脚钉是左右分布的，还是比较好爬的。大概到铁塔全高三分之二位置，开始斜着爬的时候，脚钉不太好踩，每向上爬一步都很艰难。时间一分一秒地过去，36米的电塔，好似有千万米的距离，身上背负的东西又好似千斤重，陶留海抬头仰望，这个高度仿佛停滞了一般，每上行一米都那么艰难。

他的两腿不由自主地打哆嗦。

塔下，武师傅和几个同事担心地看着他。

每个人必须经过这一关，不战胜自己的心理关，怎么能成为一名优秀的野外作业电力工人？

看着他在塔上停顿、攀爬；再停顿，再攀爬……武师傅知道，陶留海在经历他人生中最重要的一个关口。

陶留海很快发现了自己的怯懦，停下来调整自己的心态，长舒一口气，硬着头皮继续爬，他想："今天是第一次，以后这就是日常，这次一定要爬上去，不能退缩。"

于是，他继续爬，歇一会儿爬一会儿，十月底的天气，河南的旷野已经是秋意深浓，秋风吹来，凉凉的，让他的脑子也变得更加清醒，不是要守护电网吗？不是要成为优秀电力工人吗？这点困难算什么呢？

陶留海一边给自己打气，一边继续向上爬。

不知道用了多久，他终于爬到了塔顶，按师傅塔下的喊话要求，陶留海顺利完成了技术任务。

从塔上下来，陶留海的全身已经湿透，深秋的天气里，大汗淋漓的他，一个人体验了一把盛夏的滋味。

有了这次的坚持，以后的登塔过程就渐渐顺利，陶留海再也没有过害怕与畏难情绪，工作逐渐上手，业务很快成熟。

1999 年的春节，是陶留海工作后的第一个春节。在村庄的喧嚣中走来，时而清晰时而朦胧的鞭炮声，提醒着在野外作业的陶留海——新年到来了。

因为紧张的施工任务，陶留海和他的同事们选择在工地过节。

冬日的旷野，冷风飕飕。听着传来的鞭炮声，看着周边的村庄升起的袅袅炊烟，陶留海的内心突然感觉有点难过，他想念温暖的家，想念母亲做的喷香的饭菜，也想念父亲默默递过来的鼓励的眼神……此刻，他们在做什么？是不是也想念他呢？陶留海的鼻尖飘过一丝酸楚。

正在陶留海低头沉思的当口，他突然发现眼前有一双穿着布棉鞋的大脚，陶留海缓缓抬起头，看到父亲就站在他的面前。

父亲的爱无时无刻不在，陶留海感觉父亲的爱更是深沉。这个沉默寡言的父亲，总是用行动代表言语，在万家团聚的日子里，他担心在工地施工的儿子，推上自行车，骑行几十千米，只为看望顾不上回家过节的儿子。

陶留海发现父亲站在眼前，他没有说话，眼泪却夺眶而出，虽然他已经参加工作，但他还是不满二十岁的半大孩子，过年了，家人挂念他，父亲也想念他并用行动支持他在工地施工。

父子对视，陶留海满眼泪水，父亲也红了眼睛。

他看到儿子单位领导也在工地，儿子没有受委屈，父亲释然了，说：“好好干，注意安全。”

父亲走了，走向他停放在路边的自行车，然后，骑上自行车，一路飞奔回家了。

陶留海目送父亲走远，转身投入工作中，父亲的那句“好好干，注意安全”激励着他一直努力，成为他前行中的无上动力。

相比于第一次登塔，第一次高空走线也让他终生难忘。

500 千伏牡郑输电线路是起于孟津县横水镇 500 千伏牡丹变电站，止于郑州二七区小刘村 500 千伏变电站，线路全长 179 千米，途经孟津、新安、偃师、荥阳等地，其中洛阳段线路长 120 千米，是河南省第一条从黄河小浪底水电站供给省会郑州用电的500千伏线路，也是河南省第一条500千伏同塔双回线路，其重要性及历史意义不言而喻。

500千伏的一相导线有4根导线组成。站在八十米高的空中，陶留海背着30斤重的工具包，手扶着两边的导线，脚踩着另外的一根，一步一步往前走。距离电塔近的线比较硬，走起来没那么费劲，随着与电塔距离的增加，脚下的电线也越来越软，陶留海感觉自己的脚仿佛飘了起来，整个身体不受控制，更让人心惊胆寒的是，低头看一眼，下面仿佛是万丈深渊……陶留海命令自己冷静下来，脑海里回想起师傅的话，要弯腰找平衡，调整胳膊弯曲度。来回晃，平衡腰；胳膊酸，走弯线；不要慌，不要忙，钢丝走线也正常……按照师傅教的方法，陶留海很快平衡了身躯，一步一步向目标位置靠近，一点一滴认真干起了工作。

认真工作起来的陶留海忘记了危险，慢慢地战胜了恐惧心理，越来越熟练地操作手里的工具。

爬塔走线工作不仅考验体力，也考验精力和技术。

从生涩到熟练，中间隔着的就是第一次攀爬的距离。克服了畏惧、畏难情绪，爬上塔顶也有了“一览众山小”的优美风光。春秋天是最美的季节，这样的天气登塔，天高云淡，清风鸟鸣，真有让人心旷神怡的感觉。除去劳作，抬头眺望一眼远方，云在身旁，雾里容身，一切美景尽收眼底，谁不赞叹这祖国壮美的河山？

最辛苦的就是冬天的登高作业了。

爬到塔上清扫绝缘子，是陶留海日常工作之一。绝缘子的清扫也有技术要求，用钢丝球擦洗容易损坏绝缘子，引起绝缘子爆裂，只能用水和毛巾清洗。高空作业，带的水有限，有时候，水用完了，就用自己的唾液凑合。一天下来，累是不必说，但是看到自己的劳动成果，陶留海心里还是充满了喜悦。

有一次冬天更换导线间隔棒让陶留海记忆犹新。当时的陶留海凭着年轻力壮，坚持高空作业一天不下来，一天可以换 13 档，一档是 8 个，13 档就是 104 个，对人的体能是极大的挑战。饿了的时候，同事们会把饭绑绳子上拉到高空，饭菜到了空中已经变得冰冷，抓紧时间吃上几口，补充体力，然后抓紧干活。

一天的作业完成，下到地面，全身酸疼。再怎么辛苦都能克服，电力检修工人就是凭着钢铁一般的意志，完成工作，保障电网安全运行。

1999 年 9 月，陶留海开始做带电作业。为了更好地完成工作、提高技能，公司派他和同事去位于辽宁虎石台的中国带电作业技术中心培训学习取证。15 天的理论、实操学习，陶留海拿到了资格证书，回来公司之后，开始摸索着干，白天登高爬低，晚上学习书本知识。一年之后，陶留海把超高压运检的工序、方法总结出了一套标准化流程——《带电作业明白卡》。这套卡片总共有 14 项，方法、工序、工器具、危险点、注意事项等都在卡片上写出来，便于大家学习与记忆。

《带电作业明白卡》由于通俗易懂，简单易记且实用，受到了领导和同事们的一致好评。当年，这套卡片获得了郑州市优秀合理化建议金点子奖。

与此同时，陶留海改进了绝缘子电压分布测试仪，这项成果获得河南省电力行业优秀 QC 二等奖。这一年是 2004 年，这个奖项给予陶留海极大的鼓舞，也让他把更多的精力和时间投入发明创造中去。

2005 年 11 月 29 日，这一天是个值得纪念的日子。在这个让人热血沸腾的日子里，陶留海怀着无比激动的心情加入了中国共产党，在鲜艳的党旗下，他庄严宣誓："我志愿加入中国共产党，拥护党的纲领，遵守党的章程，履行党员义务，执行党的决定，严守党的纪律，保守党的秘密，对党忠诚，积极工作，为共产主义奋斗终身，随时准备为党和人民牺牲一切，永不叛党。"

从此，他以一个党员的标准更加严格地要求自己，像一个旋转的陀螺一样，不知疲倦地工作、搞科技创新。创新需要积累，需要学习，更需要沉淀。陶留海就是这样日复一日、年复一年，在他的岗位上埋头苦干、殚精竭虑。

陶留海在工作中遇到了工具不顺手或者器具需要升级的时候，马上琢磨研究，尝试改进。

上班的前 10 年，他几乎每天晚上都是在办公室里度过的。

每天晚上，他的办公室里总是一直亮着灯，让公司值班保安很好奇，先后有几个保安来他办公室看过，看这个年轻人每天待在办公室在做什么。当保安师傅轻轻推开门，看到陶留海坐在办公桌前，边看书边记录，有时画图纸，有时也找一些工具研究，保安师傅深受感动。

偶尔加班一次、几次都容易做到，常年加班，谁能做得到？

2006 年，陶留海认识了本公司的一个女孩。这个坚韧、努力的年轻人，对爱情也是执着，他看上了这个秀丽有内涵的姑娘，主动追求她，女孩也注意到了高大、憨厚、踏实肯干的陶留海，于是答应了他的追求，爱情的种子在两个年轻人心里生根发芽，很快就开花结果。2008 年，两个年轻人原本准备步入婚姻的殿堂。然而好事多磨，陶留海接到公司通知，让他参加国家电网公司首届输电线路带电作业技能大赛，这就意味着集中封闭训练与学习，与他们婚期的时间冲突。思虑再三，陶留海决定婚期延后，一心备战。他有些忐忑地和爱人王美兰商量此事，听到他说婚期推迟，王美兰沉默了。

空气仿佛停滞了下来，陶留海急切的目光看着王美兰。沉默了好久，王美兰决定支持爱人的工作，为了公司的集体荣誉，推迟就推迟吧。

事情就这么决定了，陶留海长舒了一口气，对爱人报以感激的微笑，转身投入比赛的准备工作中去。

2008 年 10 月下旬，陶留海和队友一起代表河南省公司参加。国家电网公司首次举行输电线路带电作业技能大赛。早在同年 5 月，公司就开始封闭训练，相当艰苦。这期间，他们每天进行理论学习、实操训练。陶留海背书学习经常到十二点还不休息，书都翻烂了好几本，背到滚瓜烂熟。哪个知识点大概在哪本书的哪一页，他都能随口说出来。除了自己掌握，他还把知识要点总结成册，分享给大家一起背，团队理论成绩快速提升。

白天实操，一遍又一遍不停地练习，他的手掌从开始的疼痛到后来结了厚厚的茧子，腿上磕得青一块紫一块，新伤摞旧伤。为了达到要求的效果，他不断进行体能训练，每天早上，陶留海腿上绑着沙袋跑5千米。为了提高工作效率，仅仅提高体能还不行，还要不断优化工作方法、改进工器具。比如快速进电场，最开始采用的是吊篮，但人不好转移；又采用蜈蚣梯，长度四米，但安装传递不方便。结合这两点，陶留海和队友做了一个“日”字形的梯子，比前两种有进步，但还有局限。后来，陶留海一步步计算、改进，一次次实验，最终发明了绝缘“士”字梯，简单轻便。

绝缘“士”字梯是一种直线塔等电位进电场工具，外形如汉字“士”，结构简单、尺寸小、重量轻，进出电场非常方便，既节省时间，减少人员的劳动强度，又保证了人员和设备的安全。该成果在这次输电线路带电作业大赛中发挥重要作用，助力陶留海所在的国网河南电力公司获得优异的成绩。

在这件法宝的帮助下，陶留海和队友的作业效率得到大大提高。到参加国网公司的比赛时，只用了不到8分钟时间。最终，他们以优异的成绩，获得了500千伏带电作业项目华中公司团体第一名，国网公司团体二等奖。如今，无论在作业现场，还是在电视里看到同行用绝缘“士”字梯进入等电位的画面，陶留海内心感到无比欣慰和自豪。

这次行业大比武，让陶留海脱颖而出，也让他尝到了科技创新的“甜头”，从此，他在一线工作的科技创新路上越走越远，取得了让人瞩目的成就。

2009年，在公司领导的关怀下，陶留海和妻子报名参加了公司举办的集体婚礼，两个年轻人终于修成正果，结为恩爱夫妻。

结婚之后，有了自己的小家庭，陶留海每天不再住办公室，加班之后，无论多晚，他也要回家陪伴妻子。每天在办公室加班到夜里两三点是正常现象，妻子理解他，也支持他的工作，科技创新取得的成果，让她为爱人自豪。

后来，两个女儿相继出生，妻子主动承担了大部分家务，没有因为孩子和家庭而影响陶留海的工作。

“军功章里有你的一半也有我的一半。”提起妻子，陶留海如此深情地说。

2010年，1000千伏晋东南—南阳—荆门特高压扩建投运前开展大负荷试验时，特巡人员发现606号塔上一个耐张串延长杆金具发热，但是发热现象时有时无，找不到发热原因。

后来，特巡人员找到陶留海帮忙分析。但在进行细致研究后，陶留海也找不到原因。就这样，这个问题成了陶留海的一个心病。

加班到深夜回家，陶留海还念念不忘这个事，向妻子王美兰说起他的困惑：“到底是什么原因呢？一直发热。”

看着陶留海紧锁的双眉，王美兰感觉既心疼又好笑，安慰他说：“赶快休息吧，也许这个答案很快就能揭晓了。”

谁知这一等就是三年的时间。在这三年里，这个问题始终萦绕在他的心头，他利用一切机会向专家请教，结果，国内其他特高压线路也没有出现过类似问题。尽管如此，陶留海依旧不放弃。

直到2013年停电检修，那一天，陶留海特意来到606号塔下，叮嘱塔上作业的同事，要对发热部位仔细查看、拍照。

同事在上面看得仔细，查得认真，还对细节一一拍照。同事下塔之后，他们在现场开了一个小会，根据情况做现场分析。

突然，陶留海异常兴奋地说："原因找到了，缺陷原因找到了，是延长杆与跳线防磨措施用的橡胶护套造成的！"

本来是可以忽略不计的问题，陶留海却牢牢盯了三年。下班回到家之后，他把这个喜讯告诉了妻子。

妻子心疼地说："总算可以安心了。"

陶留海欣慰地笑了。

任何一个安全隐患都有可能带来巨大的灾难或损失，而陶留海能把安全隐患扼杀在摇篮里，是他常年琢磨技术的结果，也是一个共产党员的责任使然。

25 年来，陶留海始终坚守在输电运维带电作业生产一线，牢记"人民电业为人民"的宗旨，发扬工匠精神，在超特高压输电带电作业领域攻坚克难，从一名技校生成长为全国带电作业领军人才，先后完成了世界最高电压等级 ±1100 千伏特高压直流输电线路带电作业实用化创新与应用等创新成果 50 余项，填补我国带电作业多项空白，达到了世界领先水平。他获得发明专利 25 项，实用新型专利 45 项，制定国际标准 1 项、国标 1 项、行标 6 项，合著论著 15 部，发表论文 50 余篇，获得中国能源创新成果一等奖等省部级奖项。他为我国特高压输电带电作业技术占领世界制高点和国家电力能源安全做出了突出贡献，产生了重大经济效益和社会效益！

国家没有忘记他，人民没有忘记他，他收获了众多的荣誉与认可。他获得国网河南省电力超高压公司高压线路带电检修高级技师、教授级工程师、中华技能大奖、全国技术能手、河南省劳动模范、河南省优秀专家、河南省十大能工巧匠、国网公司劳动模范、国网公司五四青年奖章、国家电网公司优秀共产党员、国家电网公司首席专家、党的二十大代表、中国工会十八大代表等荣誉称号和奖章，享受国务院政府特殊津贴。

2022 年 10 月 23 日，陶留海作为党的二十大代表，在人民大会堂北大厅，受到了党和国家领导人的亲切接见并合影留念。这一刻，华灯璀璨，气氛庄重而热烈。陶留海的内心激情澎湃，苦与累，悲与喜，一切的一切都不重要了，内心奔涌的是巨大的幸福。作为一名共产党员，为了党的事业，为了电力的发展，他所做的一切都是他应该做的。成绩代表过去，今天才是起点，他的奋斗才刚刚开始。

四

“一个人加一次班很容易，加 100 次班也能做到，而陶留海坚持了近 25 年高强度的工作。”超高压公司书记刘红伟心疼地评论陶留海。

没有人让他加班，他也可以休息，但他选择了科研创新的路，一个一线工人在做好本职工作的同时，把科技创新当作一座山峰去攀登，注定了他比普通人付出更多的心血，他没有时间休闲，没有太多时间陪伴妻儿，也没有时间会客交友，所有的精力都倾注在工作与科研上，这么一坚持就是 25 年。

他的坚持，他的努力，取得了丰硕的成果，为河南超高压公司，为国家电网的特高压带电作业技术发展做出了突出的贡献。

昌吉—古泉 ±1100 千伏特高压直流输电线路工程是 2015 年

12月28日获得国家发展和改革委员会核准的工程项目，始于新疆准东（昌吉）换流站，止于安徽宣城（古泉）换流站，途经新疆、甘肃、宁夏、陕西、河南、安徽六省区，线路路径总长度约3304.7千米，输送容量1200万千瓦，电压为±1100千伏。

2016年5月11日，准东（昌吉）至皖南（古泉）±1100千伏特高压直流输电工程（新疆段）开工动员大会在乌鲁木齐召开，标志着这项享有四项世界之“最”的直流输电工程的新疆段全面开工建设。

昌吉—古泉±1100千伏特高压直流输电工程是世界上电压等级最高、输送容量最大、输送距离最远、技术水平最先进的特高压输电工程，昌吉至古泉工程从电压等级±800千伏上升至±1100千伏，输送容量从640万千瓦上升至1200万千瓦，经济输电距离提升至3000千米至5000千米。该工程是国家电网在特高压输电领域持续创新的重要里程碑，刷新了世界电网技术的新高度，开启了特高压输电技术发展的新纪元，对于全球能源互联网的发展具有重大的示范作用。

“昌吉—古泉”工程是我国实施“疆电外送”的第二条特高压输电工程。工程建成后将推动新疆能源基地的火电、风电、太阳能发电打捆外送，保障华东地区电力可靠供应，并对大气污染防治、拉动新疆经济增长等具有十分重要的作用。该工程建成后，每年将向东中部送电约660亿千瓦时，减少燃煤运输3024万吨，减排烟尘2.4万吨、二氧化硫14.9万吨、氮氧化物15.7万吨。建设“昌吉—古泉”工程是贯彻中央新疆工作座谈会精神、落实“一带一路”建设的重要举措，具有显著的经济、社会、环境效益。

2017年8月5日，昌吉—古泉±1100千伏特高压直流输电线路河南段进入架线施工阶段，2018年3月竣工。至此，河南境内拥有了世界最高等级电压线路，标志着河南超高压线路技术踏入了世界领先领域。

陶留海和带电作业班在线路维护、维修，面临着更高更严苛的要求。昌吉—古泉±1100千伏特高压直流输电线路的投运，标志着电压等级运行又迈上新台阶。当时，市场上并没有针对±1100千伏特高压直流输电带电作业的直接研究成果，我国现有的屏蔽服最高适用±800千伏直流输电电压等级和1000千伏交流输电电压等级，对±1100千伏特高压直流输电等级并不适用。陶留海把目光放在了屏蔽服的升级换代上。

屏蔽效率、衣料电阻、熔断电流等是国家标准中规定的屏蔽服的基本参数。通过各种试验验证，±1100千伏直流线路等电位作业时，屏蔽服屏蔽效率为83.6dB，能够屏蔽外界99.9%以上的电场。流经人体的泄漏电流不会超过5uA，小于规定值，因此屏蔽服可有效地对流经人体的电流起到防护作用。为了验证±1100千伏特高压线路带电作业安全防护措施的有效性，陶留海项目组联合中国电科院在国家电网公司特高压直流试验基地开展了±1100千伏输电线路模拟带电作业试验。现场试验证明了±1100千伏直流特高压带电作业屏蔽防护研究成果的有效性和可行性，为±1100千伏特高压直流带电作业的开展提供了有力的理论和实践支撑。

我国现有的屏蔽服主要采用金属材料和纺织纤维经过特殊

加工制作成屏蔽织物。±1100 千伏带电作业用屏蔽服，采用的具有电场屏蔽效果的金属丝布为专用研发。±1100 千伏带电作业用屏蔽服相比传统屏蔽服进一步增强了屏蔽服的金属网状结构，减少了部分电场穿透屏蔽内部。作业人员在进行带电作业时，作业人员做任何动作，满足作业人员在 1100 千伏电压下带电作业的安全要求。它能像“金钟罩”一样把检修人员保护起来进行安全作业，屏蔽服各项指标均达世界领先水平。

“我们成功了！”

2018 年 5 月 26 日，北京昌平的中国特高压直流试验基地内响起一片欢呼声。

这一天，两名电力工人身着陶留海团队自主研发的屏蔽服爬上高塔，在队友的协助下，分别在 ±1100 千伏的电压等级上成功完成了“耐张塔使用吊篮荡入法进入等电位”和“无人机配合绝缘软梯进入等电位”带电作业。

“这是一项新的世界纪录，带电作业电压是目前世界上的最高等级。”陶留海回忆说。试验开始前，包括基地的工作人员手心里都捏着一把汗，但陶留海对自己和团队的研发成果充满信心。

陶留海说，为了完成这个挑战，他们用了近两年的时间专门开展 ±1100 千伏特高压直流线路带电作业方法和工器具装备实用化关键技术重点攻坚课题研究，先后成功研制了专用屏蔽服、电位转移棒、绝缘拉棒等带电作业防护用具和工器具，填补了系列带电作业关键技术世界级科技空白，并经中国电科院检测及现场试用，具有灵活实用、可靠方便等特点，完全能够满足现场作业和安全需要。

同年6月，陶留海带领团队编制的“±1100千伏架空线路带电作业技术方案及17项作业指导书”顺利通过国家电网公司专家组评审，率先具备±1100千伏带电作业实际操作能力。

在工作中发现，在发现中思考，在思考中创新。陶留海把他的创新精神与战胜一切的勇气发挥得淋漓尽致。

昌吉—古泉±1100千伏特高压直流输电线路工程，是陶留海多年研究成果的爆发点。绝缘子主要采用840kN、550kN、420kN等型号。840kN大吨位绝缘子更换工具，国内国际市场上都没有，陶留海面对这个难题，决心研制出来自己的产品。陶留海通过对工具结构的优化及工具材料的优选，使工具的结构更合理，整体强度更高、质量更轻、工作更可靠。围绕基本要求，陶留海确定了需要解决的几个关键问题。首先是工具主体材料的优选。钛合金的密度仅为钢的60%左右，但强度却高于钢，比强度（强度/密度）是现代工程金属结构材料中最高的。其次是常规传动系统的改进。在机械荷载下传动系统仍以液压机构为宜，液压机构由单向行程丝杠改为双向行程丝杠。

一系列的技术难题得以解决的背后，是陶留海团队日夜兼程的辛苦劳动。多项技术得以突破，多项工具得以推广应用，陶留海的眼睛里闪烁着自信的光芒。随后，陶留海又带领团队做了大量实验，研发出电动升降装置。“有了它，检修人员不用再攀登铁塔，而是可以像坐电梯一样到达带电作业位置，提高了作业效率。”针对这个电压等级最高、维护难度最大的超特高压线路，陶留海及其团队先后研发或改进出适用作业的工具16种。

“旌旗挂龙虎，壮士募鹰鹯。”一直勇往向前的陶留海，以壮士的勇气与情怀，时刻在强大的电网中突破与寻求，找到一条造福人民的康庄大道。

五

2023年10月27日下午3点，河南郑州电力高等专科学校礼堂内座无虚席，国网河南省电力新员工入职培训正在进行。来自全省各分公司的新员工，分三组队员分别身着红黄蓝三种颜色的服装，坐在礼堂内，聆听这位来自一线的技术技能专家的发言。讲台上的陶留海亲切、自信，侃侃而谈，仿佛师者，仿佛邻家兄长，又仿佛是每个人身边的家人。从基层工作的艰苦到取得成绩的喜悦，从学习到收获，从艰苦研发到硕果累累……

这一刻，讲台是属于陶留海的，希望是给予新员工的。看着台下的新员工们，陶留海仿佛看到了当年的自己，青葱岁月如此美好，不负嘱托，不负期待。台下，听者无不动容，掌声雷动。无疑，陶留海的这次讲课又获得了巨大的成功。

他不是第一次来“电专”，最近几年，每年的新员工培训，他都会应邀来讲第一课。

郑州电力高等专科学校是一所以电力职业教育为主体的普通高校，为河南电力系统培养出了一批又一批高素质的专业技术人才和管理人才。

作为超特高压出色的技术大师，陶留海引起了郑州电力高等专科学校领导的关注，在超高压公司领导的支持下，学校建立陶留海技术大师工作室，从而与学校合作紧密，为学校的发展与人才培养做出了一定的贡献。

“打造电力正规军，培育能源大工匠”，这是学校的定位，也是陶留海愿意为学校发展不遗余力的直接原因之一。

讲课结束，陶留海马不停蹄地来到了郑州电力高等专科学校220千伏变电站实训基地。

该实训基地投资3000余万元，于2017年动工建设，2019年9月建成并通过验收。基地的建成是公司推动职业教育高质量发展，持续推进“产教融合”的重要举措。同时，基地作为“河南省绿色电力产教融合实训基地”和“河南省电力能效智能管理工程技术研究中心”的重要组成部分，承担着“产教融合、校企合作”的重任。基地严格按照国家电网公司智能化变电站标准进行设计建设，包含220千伏主变压器一台；220千伏、110千伏、10千伏三个电压等级；主控楼一栋、高压室一间。其中，220千伏采用双母线接线，110千伏采用单母线分段接线，10千伏采用开关柜布置，提供站用变及无功补偿。站内一次设备及二次设备均与现场220千伏智能变电站配置同步。基地还搭建了电网数字化模型与真实变电站二次设备相结合的混合仿真系统，能够实现与真实电网运行场景一致的实践教学系统，具备一次二次系统的运行仿真与教学功能。

2019年8月，220千伏智能变电站实训基地被认定为“河南省教育厅电力技术双师型教师培训基地”，2022年学校依托变电站获批全国首批“国家级职业教育‘双师型’教师培训基地（能源动力与材料大类—电力技术类）”。学校2023年同华北电力大学共同承接了国家“双师型”教师培训基地首批示范项目，近年来同时承接了省培“电力技术专业技能培训”项目，培训了大批学员。

陶留海熟悉这里的一切，他无数次带领学员爬上高的电塔，为学员示范、讲解，夏日挥汗如雨，冬日饮下寒风。他把自己的经验与技术分享出来。让学员们受益并得到成长，需要耐心，需要身体力行，更需要示范的力量。陶留海不畏艰苦，一次次重复，他做到了耐心细致，做到了榜样示范，做到了一个优秀共产党员应该做到的先进带头作用。

同时，学校电力工程学院举办“技能大师进校园”主题活动——“中原工匠”陶留海职业生涯交流分享会，为弘扬“技能宝贵、劳动光荣”的时代风尚，做好学校职业教育活动周工作，把活动具体化、固定化，学校邀请陶留海为师生们分享生活、工作中的点滴。陶留海从输电线路带电作业发展历程、个人工作成长经历、技术攻坚等方面分享了自己在工作、生活中的感悟，同时勉励同学们珍惜青春时光、脚踏实地、刻苦钻研。二十三年如一日的坚持，无数个夜晚的勤奋学习、潜心钻研和在电网运维一线的恪尽职守、探索创新，陶留海同志用自己的亲身经历，为师生们上了一堂生动深刻的“思政大课”。同学们纷纷表示要学习陶留海老师勤奋刻苦的精神、精益求精的态度，努力奋斗，早日成才。

电力工程学院院长孙帅，惜才、爱才、重视人才，对于陶留海老师为学院做出的贡献表示感谢，同时也表示以后将继续开展类似活动，落实立德树人根本任务，促进思政育人良好局面，营造“人人皆可成才、人人尽展其才”的良好环境，培养更多高素质技术人才。

“专业、敬业，勤奋、努力，二十五年如一日，把所有精力都贡献给超特高压电力事业。陶留海老师的精神值得我们学院每一位师生学习。”该校电力工程学院院长孙帅如是说。

一枝独秀不是春，百花齐放春满园。陶留海获聘国网公司高级兼职培训师、三峡大学硕士指导老师等，作为副组长参与开发了我国第一套特高压带电作业培训教材并授课，累计为20余省培养特高压带电作业人才600余人，参加国网新员工入职培训等培训授课，累计培训3000余人次。同时，他应邀到新疆、青海、福建、云南等省电力公司讲课。陶留海发挥导师带徒、传帮带的作用，把所学所用的知识毫无保留地传授给其他同志，帮助同志们提升技能水平。

六

十月的郑州，秋高气爽，风景如画。结束了一天的野外工作，陶留海拖着疲惫的身躯回到了单位，还好，这次赶上了单位食堂没有打烊，赶在师傅还没有下班之前来到了食堂。拿起餐具，陶留海匆忙打饭，然后狼吞虎咽扒拉几口，来不及细嚼慢咽，他很快吃干净餐盘里的饭菜。他大步走向放餐具的窗口放好餐具，然后转身离开餐厅，回到4楼办公室继续加班搞科研。

又是一个安静的夜晚。

陶留海在灯光下与书本对话，与所学的知识交流，把思维从白天的工作中抽离出来。

室内，灯光明亮，照耀着他眼前的书本和面前摊开的图纸，也照耀着他满头的白发，谁能想到，他其实只有40来岁的年龄？偶尔抬起头，炯炯的目光下，看得到他的睿智、聪慧与不屈不挠的精神。

时间过得飞快，不知不觉已经深夜，陶留海揉揉干涩的眼睛，抬头看看墙上的时钟，时针已经指向凌晨1点。

他站起身，活动一下关节，收拾好桌上的东西，拿起椅子上的外套，关好门窗，然后走向停车场。半个小时的路程就可以回到家，家里，有等待他归来的一双可爱的女儿和温柔的妻子，想到家里的温暖，他的嘴角不由自主地露出了微笑。

从结婚到现在，每一个夜晚几乎都是这么过去的。结婚之前，他是住在办公室里的；结婚之后，无论多晚，他都要回家陪伴妻女。作为丈夫，作为父亲，他尽可能给予爱人和女儿一些陪伴。虽然，每次到家，妻子和女儿都已经熟睡，但他固执地认为，他回来哪怕一个小时，也能给妻子和女儿带来温暖，给予她们安全感，这是他作为男人应该做到的。

“不抽烟，不喝酒，不打牌，不搞无谓社交，没有任何不良嗜好。”说起陶留海，他的妻子王美兰眼里是深深的怜惜。

他们有两个可爱的女儿，大女儿今年13岁，上初中一年级；小女儿7岁，上小学一年级。两个孩子的家庭，家里事儿也特别多，陶留海只要在家，家务活都会主动干，但他工作忙，在家的时间屈指可数，家里的事都落在妻子王美兰一个人身上。他们家距离王美兰工作单位有60多里，每天早上，王美兰要给大女儿送到学校后赶紧去上班，直到晚上才能回到家；而陶留海每天再晚也要坚持回家，就是希望陪伴孩子一会儿，早上送小女儿上学，也能减轻妻子王美兰一点儿负担。好在孩子的奶奶帮忙带孩子，给孩子做饭，也帮助做做家务，陶留海说起来这事，就会因心疼母亲而红了眼睛。晚上下班到家，王美兰心疼婆婆，总是让婆婆先休息，她一个人带着小女儿，辅导大女儿作业。夜里，这个坚强的母亲几乎没有睡过一个囫囵觉。

日积月累的辛苦，导致王美兰身体出现了问题。2018 年 4 月的一天，王美兰正在单位上班，感觉身体极度不适，去卫生间竟然发现自己尿血了。当时，王美兰特别害怕，心里极度忐忑，不知道自己得了什么病，她强迫自己冷静下来，一个人悄悄吞下恐惧，静静等待下班。

时间一分一秒地过去了，对于王美兰来说，时间是如此漫长，漫长得仿佛过了一个世纪，漫长得仿佛经过了几辈子的煎熬。终于熬到了下班时间，她什么也没有说，也没有告诉任何人，一个人去了医院。

到了医院，王美兰给陶留海打电话说了自己的病情。他说：“你让医生好好给查查，听医生的，别害怕！我现在在信阳特高压带电作业，赶不回去，有结果赶紧给我打电话。”检查后，医生说需要立即住院输液治疗。

一阵手忙脚乱，药物拿到了护士值班室，当班护士手脚麻利地给她输上了液。输液间，王美兰突然觉得心脏加速跳，胸口喘不上气，意识有点恍惚，只听到旁边一位老太太吃惊地说：“妞，你咋了？你咋不给家里人打个电话啊？”这位好心的老人叫来护士，赶紧给她测量血压，血压指标非常不好。医生赶来后，王美兰被要求送到急救室，可陶留海不在身边，出个事儿连个签字的人都没有，王美兰虚弱地对医生说：“先不去急救室，叫我歇一会儿看看再说吧。”

半个小时后，缓过劲儿来，王美兰继续输液。看着输液大厅墙壁上的时钟，听着时间在滴滴答答的声音中流逝。10年的风风雨雨，一路走来，爱人陶留海一心扑在工作上，虽然对家庭、对孩子关照得有些少，但他是个负责任的人，对工作负责、对社会负责、对家庭对妻子和女儿也负责，他对得起他的荣誉，对得起优秀共产党员的称号。

这时，陪着老伴儿输液的一位老大爷问王美兰：“恁老公嘞？咋不叫他来？”

这个时候，王美兰多么希望爱人能陪伴在她身边，她特别想给他打个电话，可想了想又把电话放了回去。因为她知道，他此时正在带电检修现场，带电作业工作环境很危险，任何的疏漏都有可能引发灾难的发生，这个时候，她怎么能够让他分心呢？

从柔弱女子到坚强的母亲；从处处要人呵护的小女孩到体恤丈夫的女汉子，王美兰用自己的行动，坚定无声地支持着陶留海，让家庭安稳、温馨，让大后方安定、安全，才能让陶留海没有后顾之忧，安心工作。

为了让陶留海干好工作，王美兰习惯了坚强，也习惯了沉默。当女儿入睡后，身体劳累一天的她在牵挂中躺在床上，没有怨言，也没有不平衡，唯有一颗爱他的心。

她知道，他的工作有多重要，为了国家电网，为了特高压的安全运行，陶留海排除一切干扰，留住星辰大海。

妻子王美兰躺在医院的病床上，望着洁白的天花板，想起这些年的风风雨雨，内心深情地对爱人表白：“留海，咱俩结婚整整十年了。十年来，你改变了我，改变了我对你的认识和看法，让我开始理解你、崇拜你，而我却未能改变你。十年了，你从来没有在我面前喊过苦，没有说过一次累。今天，在这里，我就对你表白一次吧。留海，你创造了那么多的第一，获得了那么多的荣誉，赢得了那么多的赞誉，但对我来说，这一切都不重要，只要你平平安安的，这是咱全家人的心愿，我跟女儿在家等你，因为我们知道你的工作是为了守护电网安全，为了万家灯火，非常的有意义。我和女儿永远是你坚强的后盾。这一生，这一世，我都会永远支持你、陪伴你！”

陶留海结束了工作，匆匆赶回到她身边的时候，看着他满眼的羞愧、一脸的自责，王美兰安慰他说：“没事了，只要你安全工作，我也就放心了。”

有了妻子的支持，陶留海才如虎添翼，才能够在专业领域勇往直前、无所不能。

徒弟孙超对此深有感触。

“师傅是一座山、一片海，更是一面镜子，让我们向他学习和靠拢，努力成为像他一样的‘电力人’。”国网河南检修公司输电带电作业班高级作业员孙超，讲起师傅陶留海时如此说道。

孙超，是国网河南检修公司一名普通带电作业工，也是陶留海的同事和徒弟，平时孙超也喊师傅为陶哥。

跟陶哥在一起时的很多画面，那燃烧着激情如火的工作现场，澎湃着创新项目成功后的真挚感动，每一个瞬间，每一个相处的点滴都让孙超难以忘怀！无论是赤日炎炎的盛夏，还是在冰霜雪雨的隆冬，总有这样一种精神，有师傅陶留海这样的人，激励着、鼓舞着、鞭策着他前行，使得他热血沸腾，一次次步履坚定，让他充满力量地勇往直前！一种大爱情怀，一种工匠精神，一个共产党员的感召力量，让孙超有了方向和目标。在新时代背景下，“工匠”二字不再局限于传统意义，它代表着一个时代的气息，工匠精神不再被狭隘地定义为职业技能，而是一种内在的精神品质。陶留海就是工匠精神的代表，也是一个优秀共产党员艰苦奋斗的典范，成为孙超身边的榜样。

2006年8月，孙超从部队转业，分配到河南超高压公司带电作业班工作，成为陶留海团队的一员。他刚到单位不久，就在单位里听到了陶哥的传说。曾有个老师傅这样说起陶留海：“小陶真是厉害呀，你问他带电作业的技术规范或者是安全规程，他能明确告诉你在书的哪一页，哪一行。他真是利用一切时间学习啊，那么厚的专业书都被他翻烂了！”

陶留海的每一次成功与技术突破都是他不分白天与黑夜的奋斗得来的。

2007年，陶留海就考过了高级技师，拿到了高级技师证，成为公司最年轻的高级技师。说到他的传奇一样的奋斗业绩，孙超的眼里流露出崇拜的眼神。

这就是陶哥，到处流传着他的传说。

不了解这个行业的人，根本不知道取得高级技师资格有多难。很多人干了一辈子，也未必能取得高级技师，而那时的陶哥也仅仅是二十多岁的年龄。

2012 年 12 月，孙超和陶留海一起进入新成立的检修公司，陶留海是带电作业技术专责，在他的带领下，面对不断攀升的电压等级，攻坚克难，开展带电作业。孙超和他在一个战壕里摸爬滚打久了，对他有了更深入的了解和认识。

每一次带电作业之前，都要开技术交底会。陶哥都会特别认真仔细地讲解怎么干，采用什么方法，使用哪些工器具。他每次都特别操心，再三叮嘱危险点是什么。

有些常规且典型的作业项目，每年都开展好几十次，大家都干了很多年了，熟悉得不能再熟悉，觉得交底会走个形式就行了。可陶留海还是一遍遍地说，也许是看出了大家有些烦躁，有一次会后他突然改变了说话方式，硬汉子突然温柔了起来。他说：“越是大意的时候，越容易出事故。我们都是家里的顶梁柱，家里都有老婆孩子，都有父母双亲，谁出了事故，家里就塌了天。我们这个队伍，一个都不能少。”

队员们在塔上干活，而他在塔下瞪大眼睛盯着，还不断扯着嗓子喊：“头不要抬高、幅度不要太大……”

酷暑时分的带电作业，作业人员穿着密不透风的阻燃内衣和屏蔽服干活，体能再好的人也苦不堪言。没有爬塔任务的时候，陶留海总是坚持在塔下的玉米地里盯着，等着接下塔的每一个人。看到他在太阳下暴晒，汗水滴滴答答地落下来，孙超于心不忍，就劝他到树荫下等待。

孙超跟他说：“你到远处阴凉的地方看，跟在塔下晒着看有啥区别？”

陶留海说：“我的兄弟们在高空带电作业，他们顶着太阳干活，我去凉快着，我凭什么？”作为技术专责，他本可以进行技术指导，不需要参与到工作中，但他总是全过程参与。有些现场在大山里，车开不进去，他就主动拿着工器具，带着大家登山开路。他跟着大家一起蹲在工作现场啃烧饼、喝凉水。这个队伍里的所有人都觉得，他就是自家的大哥、亲哥。

2017 年 2 月，迎峰度冬期间的某个夜晚，孙超在单位值班，大概是夜里三点多了，起来上厕所时路过办公室，看到里面有灯光。孙超以为是自己忘了关灯，一进屋，发现是陶留海正在那儿扒拉图纸呢，桌子上、地上全是资料。

陶留海太专注了，都没有意识到孙超进来。

孙超说：“你咋还不回家呢，总这样加班，身体受得了吗？”

陶留海说：“明天咱们不是要干±800 千伏的带电作业吗？这活稍微复杂点儿，我把方案和作业指导书给大家编详细点，弄完就走，别管了，你去睡吧。”

这就是陶留海，大家心中的陶哥！一个充满激情，追逐梦想，又温暖又有温度的人！

那一刻，孙超深深体会到陶哥已经不把带电作业当成工作，而是融入血液、成为一种发自内心热爱的事业。

杆塔耸立，银线条条，河南境内 194 条超、特高压输电线路绵延 1 万多千米，正是陶哥这个刀锋舞者最好的舞台。

很多时候大家觉得陶哥就像战士，坚守岗位，发光发热，带动着每一个人；又像一个大齿轮，把很多人咬合在一起，推动着各项输电业务的安全运转。

2018 年 5 月 26 日，这一天必将载入史册，在位于北京昌平的特高压直流试验基地里，陶哥带着创新工作室的团队成员，圆满完成了昌吉一古泉 ±1100 千伏特高压首次模拟带电实际操作，面对该工程的四个世界之最，陶留海付出了艰辛的努力，他带领输电检修中心的兄弟们，历时两年自主研发了带电作业核心技术工具——目前最高电压等级的带电作业屏蔽服，比原有 1000 千伏屏蔽服效率提高 40%，各项指标均处在世界领先水平。同时，在操作过程中，除了使用原有的耐张塔使用吊篮荡入法，陶留海创造性地发明了无人机配合绝缘软梯进入等电位法，这两种方法均在世界上处于领先水平，尤其是后者，在 ±1100 千伏电压等级上进行带电作业，这还是世界首次。

多年来，在陶留海的带领下，Ω 型电位转移棒、绝缘“士”字梯等一系列发明，陆续在全国推广普及，促进了我国特高压输电运行检修技术的发展。

更让人为他自豪的是，陶留海参加全国带电作业标准化委员会，编写了特高压带电作业国家标准 1 项、行业标准 6 项，还参加了我国首个特高压带电作业培训项目的开发和教材编写工作。

作为高级兼职培训师，他受国网技术学院委托，完成了特高压带电作业人员取证培训的授课任务，国网河南检修公司特高压带电作业经验向全国推广。国网系统有 10 余个省份的兄弟单位慕名来河南超高压公司交流调研。这一切，都充分彰显了公司的专业实力，奠定了河南超高压公司在特高压带电作业领域的领军地位。

在他的带领下，孙超和师兄弟一起都在不断提升，技能等级、职称、学历都得以进步。孙超本人的进步更是神速，先后拿到了技师、工程师资格证，获得了“国网河南省电力公司技术能手”称号。输电检修中心的人才当量密度，由公司成立之初倒数第一，成为现在公司业务机构排名之首。

没有枪林弹雨中的辉煌，没有惊涛骇浪前的闪光，作为一名普通的国网人，他是那么的平凡；在沉甸甸的荣誉背后，他又显得是那样的高大！25年来，他的发明创造，他的科研成果都与他本人一样，在岗位上闪闪发光，在超高压带电作业领域独树一帜。一路走来，一路艰辛；一路走过，一路从容。

于孙超而言，陶哥就像一座山，工作现场，他那被蚊虫叮咬过留有疤痕的皮肤，那被汗水浸透过印有国网标识的工装，写着无悔，写着担当。

孙超说：“陶哥就像一片海，在科技创新的热情里永远不愿平息，那布满血丝的双眼依然孜孜不倦，不断探索；陶哥更像一面镜子，25年的斗转星移，25年的栉风沐雨，25年洒在带电作业上的汗水，25年对输电线路所倾尽的爱，都时时刻刻让我反思自己，告诉自己要守护好一方光明，做一个‘简单纯粹、专业专注’的电网人。”

2018年11月，王华宾援藏结束，到河南超高压公司报到，成为陶留海带电作业团队中的一员，也成为陶留海众多得意的弟子之一。

对于这个有特殊经历的徒弟，陶留海给予最体贴的关照，也给予最严格的要求。

五个年头过去了，肯吃苦，愿钻研，能打硬仗的王华宾，已经是输电检修工作专家，行业技术能手，高级工程师，成为业内顶级人才之一。

输电跟变电专业一样，也分为输电运维和输电检修，输电检修又包括停电检修和带电作业。输电和变电的不同，在于作业环境和作业方式的不同。输电负责的是变电站围墙外面的输电线路，更多在野外工作，且更多跟绳打交道，如传递绳、牵引绳、保护绳、二防绳等，而变电专业负责的是变电站围墙里面的变电设备，主要使用扳手、螺丝刀等工器具。输电和变电虽然专业不同，但更多的是相同之处，都是设备的外科医生，需要多去现场、多接触设备，处处留心，多请教。精通一个专业不容易，需要多年的积累、学习、总结。师傅陶留海对于技术毫无保留，知无不言，言无不尽。

“不积跬步，无以至千里；不积小流，无以成江海”。陶师傅从一名技校生开始，二十多年坚持不懈地学习进步，一步步取得今天的成就。王华宾每天和陶师傅一起工作，觉得他身上有三个小细节、小习惯特别值得年轻人学习。

首先是他对自己要求高，特别勤奋，连坐车的工夫都在笔记本上敲敲写写，每天加班至夜里十一二点已成常态。

其次是他目标明确，认定的事情，总要高质量地完成。他常说，一个人的精力是有限的，要集中精力做好重要的事情，这样一年下来可以有所收获。

最后是他重视总结提炼，做事情要注重结果，最好把结果成果化。比如师傅带的 ±1100 千伏特高压输电带电作业科技项目，这两年荣获国网公司科技进步奖、工人创新奖等奖项。实际工作从 2017 年就开始了，包括研制工器具，获得相关专利发明专利十多项、编制作业指导书，是国网公司第一家审核通过的项目。然后是写论文、论著还有参与规程制定、开展实际操作，每一步都走的格外踏实，成果丰硕，所以获得奖项也就顺理成章。

这正是河南超高压公司所倡导的“三严三实”工作作风的真实写照。

强帅手下无弱兵。

王华宾拥有与师傅陶留海同样不怕吃苦的品质，人又谦和温暖，学习热情很高，进步非常快。如今的他是高级工程师，技术能手，带电作业专家。

“山高我为峰，原阔任驰骋，狂风不凌乱，昂首傲苍穹。”国画大师张大千的友人赠送给他的这首诗，引用到这儿，是如此贴切。

身为电力人，王华宾是何等自豪！成为陶留海团队的一员，王华宾是何其有幸！

七

险情就是命令，高压电场就是战场。排除险情，把任何危险因素都扼杀在摇篮里，全力维护，确保河南电网安全高效运行。

早上 6:30，陶留海团队在公司院内集合。7 个人一字排开，王华宾、孙超、马志……每个人都是响当当的排头兵，学历高，技术精湛，虽然是一线工人，但每一位都是这个行业的专家。

此时，他们目光坚定，昂首挺胸，整整齐齐地站在那里，一如即将开赴战场的军人。

陶留海站在队伍前面，目光如炬。看着队员们再一次整理好服装、安全帽，戴好白色的绝缘手套，陶留海满意地冲他们点点头，声音洪亮地喊道：“出发！”

这一声振聋发聩，力透云层，在公司院内的上空久久回荡。

又是一个野外现场带电作业的检修工作，奔赴平顶山，陶留海和他的徒弟们义无反顾地踏上了征程。

更高、更强、更卓越；敢拼、能打、安全高效，是这支电网特种兵的特点。他们犹如一支利剑，随时准备射向高压电场的高空。

采访后记：陶留海，河南新郑人，河南超高压公司高压线路带电作业高级技师、正高级工程师、国务院政府特殊津贴专家、党的二十大代表、中国工会十八大代表、中华技能大奖获得者、中国质量工匠、大国工匠年度人物提名人选、全国带电作业标准技术委员会委员、河南省劳动模范、国家电网公司劳动模范、国家电网公司首席专家。

采访地点：河南超高压公司、驻马店、平顶山野外施工现场

风华正茂的时代之光

——读刘春荣报告文学集《心中有束温暖的光——“80后”追踪纪实》

张大勇

中国的发展进入新时代，在壮丽的社会变革中，使命和责任的接力棒在一代一代人之间悄然传递，一代又一代人成为支撑我们国家和民族不断前行的中流砥柱，再把那光荣的千钧担子交给后来者。“80后”这一代人正值盛世，也正当盛年，在不断前行的澎湃浪潮中，他们是击水中流的弄潮儿，在960万平方千米的辽阔大地上，这一代人身处各条战线的最前沿，从东到西，从南到北，共赴中华民族伟大复兴的征途。

他们有着怎样的人生，对于时代和社会以及自身的命运与追求有过怎样的思考与抉择，追寻这一代人的人生足迹，可以从中清晰地看到不断发展进步的历史逻辑，也可以强烈感受到中华民族强国复兴的精神力量，刘春荣奔波于大半个中国，记录下17位“80后”真实的人生故事，以高度的凝练和高超的表现手法，捕捉风华正茂的时代之光，由点及面、纵横铺陈，用一个又一个迥然不同的人生经纬，描绘出了一幅新时代中国社会进步、人民有为、精神气象沉实阔大、蓬勃昂扬的时代图景。

一代人的生活无疑即是一个时代的画像，当代中国，江山壮丽，人民豪迈，特别是近十年来的发展进步更是举世瞩目，在这幅时代画卷中，个人的理想与时代的命题紧密地交织在一起，时代潮流滚滚向前，“80 后”这一代人的人生实践和中国式现代化的实践同样紧密地结合在一起。

伟大的社会变革、丰富的社会实践和一代又一代人的非凡创造，是现实文本书写和文艺精品创作的不竭源泉，“80 后”风华正茂的盛年正当全国各地经济社会高质量发展的重要时期，这一代人的人生故事和理想追求，以及他们的现实奋斗应该被关注，刘春荣追踪记录的这 17 名“80 后”，涉及北京、河南、甘肃、吉林、辽宁、山东、广东、新疆等多省多地，他们的事业领域分布广泛，他们中间既有国家重点项目的一线建设者，也有扎根乡土的新农村创业者；既有高精尖技术研究的带头人，也有在时代潮流中追求个性事业和审美生活的“生意人”。

有的人往来于国内外，有的人坚守着自己脚下的土地，他们之间彼此联系，这种一般人的眼睛看不到的“联系”被刘春荣用自己的思考和手中的笔展现在了这部书中。使命担当、家国情怀、无私大爱是他们共同的精神底色，每一个人在自己的事业领域都做出了不凡的业绩，也实现着每一个人想要努力实现的人生价值，他们如群星闪耀，共同标注出民族和国家理想大厦的精神纬度。我们可以感受到作为采访者的刘春荣在立意上的高远追求和在相关题材处理上的不凡慧眼，而她的采访对象反映出时代和社会的整体风貌。

“80后”不同于曾经上山下乡“失落的一代”，也不同于“90后”和“00后”，在全球化和信息化潮流中成为思想意识和个性特点极为明显的“新新人类”，把他们放在历史发展的群体性特征上分析，不难看出既呈现出“八十年代新一辈”的坚韧顽强和蓬勃朝气，又具有多元开拓、追求锐意个性的特殊气象，刘春荣在这一方面作了具有一定深度的刻画和表现，使全书呈现出一种难能可贵的历史感。

但另一方面，得益于她对每一个个体价值的尊重和对每一个采访对象的极具现场感的差异化书写，17个“80后”又在她的笔下绽放着不一样的个性光芒。这部作品追踪这些“80后”的成长轨迹，通过真实的记叙和艺术的描写，同步展现了人物成长的社会大环境和事业及家庭小环境，每一个人物的记录就像一个个耐人寻味、值得亲近与共鸣的“人世间”故事，成为这部作品艺术叙事方面的独特价值。

她在冷静真实地记录着一个个采访对象，但她的目光却又不可避免地被采访对象之外的人所吸引，于本书中富于感情地记录下这些“80后”曾经的师长、师傅以及他们的父母和爱人。往往是旁逸之笔最动人心，我们时代的进步是由一代又一代人接续推动的，而推动每一个人投身于时代洪流，担当使命，努力前行的又是被那一代又一代人所传递的某种精神力量。

刘博的父亲作为一名老铁路，对于铁路和儿子同样寄予着深厚的感情；郝丹的父亲总是操心着乡亲们的事，在女儿面临人生的重要抉择时告诉女儿，农村的广阔天地也需要有知识的年轻人；陶留海的父亲放心不下在工地的儿子，骑行几十千米去看望儿子，给予他无声的支持……很难说他们的父亲以及更多“80后”的父亲们只是在关心支持自己亲情缘系的儿子，还是在关心和支持着我们这个国家城市和农村的那一项项事业。从这种精神传递中，我们更能够捕捉到这个国家和时代不断进步，取得一个又一个辉煌业绩的动力之源和精神之钥。

“师傅”这个词在刘春荣的笔下被赋予深具传统精神的时代意义。小飞有师傅，即使之后自己不再以厨艺为生，但依然尊敬和关心着自己的师傅。黄楚盛的师傅陈汴生一颗仁心，对病人不分老幼、不分贫富，一视同仁、耐心不倦，为了给病人看病，中午饭常常推迟到下午一两点钟，师傅所传递的精神成为黄楚盛心中的一束光。刘博的师傅冯运河对刘博言传身教，把坚韧的人生和工作态度埋进刘博的心中，成为他处理庞大机车数据的“芯”。还有陶留海的师傅……刘春荣的笔不由自主被她的感情所支配，延伸到了这些采访对象事业成功和精神成长的基因图谱上，记录下了更为广阔的我们这个时代的社会景象，也进一步拓展了这部作品的厚度和深度，在那些情感叙事的节奏里演绎着中国人赓绪传统、精神传承的心灵史。

刘春荣对这些“80后”的采访有种近乎“苛刻”的态度，她把笔力和脑力放在脚力的广泛和眼力的深刻之上，她既能写到普通采访者可以靠录音笔和笔记本就可以留存，并整理出来的采访对象的日常生活，却又能把一颗慧心楔入每一个采访对象意志、理想和人生与事业追求的最深处。

如果只是一般地去了解一个人，也许看他平时的日常作为就够了，年龄、职业、收入，以及他们个人所表露和表达的用于概括自己人生态度的若干话语，但这样的“人物”无疑泯然于众人，并没有被书写的典型价值。如果想要深刻地真正去读懂一个人，那么就深入他最为挣扎纠结、最为沉潜浸淫、最感得失与悲欣的那些生活实践和精神生活中去。

刘春荣就是这样做的，为了写好“数据侠”，她自己也要成为“数据侠”，为了写好任玉婷这一篇章，她把自己代入了任玉婷的生活，追踪着她的眼和手去触摸和感受那些珠宝上的温度与光芒。从材质到设计，从传统到时尚，她写到“Askew London 东方系列”：“从设计本身的东方角度来讲，龙是古代传说中的一种神异动物，是中国最大的神物。人们视其为百鳞之长，乃至生物世界的最高主宰。含有成功、稳重、睿智、自信等美好寓意。龙的设计，有两种形态，一种偏向东方的龙形象，身躯以鳞片覆盖，没有翅膀；一种比较偏向西方的dragon，身躯有部分羽毛覆盖，带有翅膀的设计。其中东方飞龙采用了我们国人印象中最根深蒂固的盘龙形象，非常的有气势。西方飞龙采用了希腊神话中奇美拉的形象，有着美丽不可被驯服的意义。”

与其说是任玉婷在欣赏和推介着那些时光与文化的结晶，不如说是刘春荣和自己所采访和欣赏的对象一起在时光悠久中追索着心灵的结晶与寄托……

刘春荣写唐仕欢，这个中医专家和国手，从他儿时爷爷的土方启蒙到后来的中医临床实践与专业研究，刘春荣的脚步一路跟随，她甚至备细记述下被唐博士所诊疗的一些重要病人的药方，如刘春荣在书中记录下了唐仕欢在2006年师从孔令诩先生学习时，老师治疗水肿的一例药方：黄连10g，香薷15g，白扁豆10g，厚朴10g，佩兰10g，砂仁5g，枳实10g，清半夏10g，茯苓15g，猪苓25g，郁金10g，土虫3g，制军5g，红花5g，内金20g。

近20年前的对症于某个病人的一例药方，于唐仕欢而言留存在他的心底深处，或录之于笔墨，但于刘春荣而言，能挖掘采录而得之，并考究备细写入书中，这采访功夫也可说是下得了极致。书中这类例子不少，从专业角度而言，这些药方经得住一个“实”字的推敲，其中既彰显着唐仕欢对于中药医学的研究自信，同时也体现着刘春荣对于这部作品和所采录内容的刻苦用心。

一部作品也好，一位采访对象也好，其内容必经过一个广采博录而精粹约取的过程，写在书中，记在言下的十不及一二，由此也可以知道刘春荣在工作过程中经历了怎样的艰辛，作为一名女性，奔波于数省区，并作这样浩繁艰难而审慎细致的工作，令人敬佩。可以说，这是这部作品成功的前提之一。

在刘春荣笔下，张鹏的校园和课堂充满了诗情画意，这是这一方特殊天地应有的样子，也是一代又一代人在那个不长的花样年华中应该有的心灵驿站。如果“80后”缺少“人类灵魂工程师”这个职业，如果每一个人的成长历程中缺少那么几年校园的教育和熏陶，心灵得不到阳光和爱的滋养，那就无法在接下来的人生长河中搏击风浪，无法接过上一代人交过来的接力棒，这是张鹏工作的意义，也是刘春荣的在采访对象选择和篇章布局上的站位与慧眼。

和张鹏的克俭与勤奋相同，肖俭的努力更多地让人看到了“85后”女生拼搏向上的身影，阳光下的她温暖而自信，她的眼光落在了为民众健康服务上，并且一直在孜孜不倦地向着既定目标前行。

刘春荣工作过程中，和我交流，她遗憾于有些人物在采访上还不够深入，体现在篇幅上也略单薄，我想她是不是指王小英，我通读全书，却反而觉得这位“80后”在整书结构非常重要。

王小英是新疆博乐市乌图布拉格村农民，相比于铁路高塔等工作环境，讲台会显得有些“平稳”，相比于小飞和任玉婷等“80后”动辄来往于国内外，农田可能过于“平静”，但我觉得这个篇章也很精彩。

身处距离赛里木湖90千米处的博乐市乌图布拉格村的王小英，她是新时代的边疆青年农民，她的梦想和生活在脚下的300亩土地和那镇日吹拂的猎猎长风中……她养牛羊，种玉米，办灌带厂，生活和事业可能跟其他采访对象有一些差异，显得比较“普通”，但这个“普通”恰恰体现出某种不普通来，作为一部反映某个年龄和时代群体的报告文学集，刘春荣没有忽略可能看上去比较平凡的“80后”普通劳动者。刘玉英在遥远的边疆，从事着和土地、水草、牛羊这些很“传统”的事物紧紧联系着的营生，过着普通的生活，然而他们却是我们这个时代，这个幅员辽阔的国家，这个将从现代走向未来，走向幸福明天的民族的根基力量，就像刘春荣写的：“她坚信这一点：她的坚守是有意义的，她的勤奋与努力一定会给她带来财富，也会回馈这个社会更多的美好。”

我曾经采访和记录过一位“80后”的事迹，张小娟，全国优秀共产党员、全国脱贫攻坚模范……在甘南藏族自治州奋力脱贫攻坚，与全国全省一道全面建成小康社会的征途上，在即将迎接胜利的前夜，她牺牲在了美丽的白龙江畔……我带领社里记者到舟曲采访张小娟事迹，一点一滴还原她曾经的生活和奋斗。“我骄傲，我来自脱贫攻坚最前线”，我们寻访张小娟奋力向前的每一个足迹，感受那一方山川大地上蓬勃起伏的时代脉动，我们真切地看到张小娟和她的同事们共同改变了的那一个个村子、一个个人家幸福安宁的生活。“我们是幸福的一代，新时代的祖国为我们建功立业提供了前所未有的广阔平台，让我们尽情奔跑，成为各自领域的追梦人。作为新时代的青年，把人生奋斗汇入时代洪流，以青春之我贡献青春之国家、青春之民族、青春之人类，应该成为我们超越小我的最大梦想。”

当2008年家乡舟曲被汶川地震波及时，她毅然放弃北京优越的工作机会和条件，回到了舟曲，2010年“8·8”泥石流灾害，她在抢险救灾一线火线入党……调到县扶贫办后，她走村串户、操心忙碌……

同样是“80后”……

光明和蓬勃的未来在千千万万“80后”的青春奋斗中变成可触可感的烟火人间、安宁幸福。

一切平凡的劳动都是不平凡的，把每一个人放在中华民族伟大复兴的经纬上观察，他们都是我们这个古老而伟大的民族的一部分，不可或缺，他们的人生交替支撑着中华民族的千年夙愿和光荣梦想，开拓着这个世界更加美好的明天。

刘春荣的这部报告文学集，具有叙事和抒情相结合的艺术手法，通篇弥散着浓厚的历史人文气息，也兼具文学的美感。在每一篇章的开头，她交代采访对象的地域和所在城市，气象浩大，当她讲完每一个人物的故事后，写景抒情，点染情境，余味回甘，耐人咀嚼……

作为一个“70后”，我有幸于有这一代“80后”意气风发，能够和他们并肩而行，看着他们带着“90后”和“00后”走向更远的远方。